イタリア幻想曲

貴賓室の怪人 II

内田康夫

角川文庫 14881

目次

イタリア全図
スイス
ボルツァーノ
ミラノ
ヴェネツィア
トリノ
ジェノヴァ
ボローニャ
ラヴェンナ
サンマリノ
フィレンツェ
フランス
トスカーナ
アンコーナ
リグリア海
チヴィタヴェッキア
アドリア海
コルス島
ローマ
ヴァチカン
イタリア
ナポリ
バーリ
サルデーニャ島
ティレニア海
パレルモ
イオニア海
シチリア島
ヴァレッタ
地中海
マルタ

トスカーナ地方主要部
カッラーラ
ヴァッリ湖
ヴィアレッジョ
ルッカ
フィレンツェ
ヴィンチ
ピサ
アルノ川
ポンテデッラ
リヴォルノ
カッシアーナ・テルメ
カッシアーナ・アルタ
ヴォルテッラ
シエナ
至ローマ

登場人物表

●トスカーナツアーのメンバー
牟田広和・美恵……老舗《しにせ》の美術商夫妻。ツアーリーダー。

入澤稔夫・麻里奈……静岡県の食品会社会長夫妻。

石神敬史……機械メーカー顧問。

萬代弘樹……大阪のお好み焼きチェーン店経営者。

永畑貴之……貿易会社相談役。元ドイツ大使館の一等書記官。

野瀬真抄子……フィレンツェ国立修復研究所職員。ツアーの通訳。

浅見光彦……フリー・ルポライター。

●ヴィラ・オルシーニの住人
ハンス・ペーター・ディーツラー……スイス人。ヴィラのオーナー。スイスからトスカーナに移住。

ピア・ディーツラー……ハンスの妻。ヴィラを手伝っている。

バジル・ディーツラー……ハンスとピアの息子。ヴィラのリストランテでヴェジタリアン料理を作るシェフ。

若狭優子……イタリアでバジルとめぐり逢《あ》い、結婚。ヴィラを手伝っている。

石渡章人……イタリアに長く在住する画家兼ニュースカメラマン。

ダニエラ・デ・ヴィータ……ヴィラの近所に住む画家。

グリマーニ警視……事件を捜査するカラビニエーリ（国防省に所属する警察）の捜査官。

パウロ・ファルネーゼ……グリマーニ警視と行動をともにする謎のイタリア人。

浅見陽一郎……光彦の兄で警察庁刑事局長。20歳の頃に欧州を旅行。

久世寛昌……若き日の陽一郎がカッラーラで出会った日本人。

堂本修子……久世寛昌の妹。

内田康夫・真紀……豪華客船で世界一周旅行中の作家夫妻。

プロローグ

二十歳になった記念に何かプレゼントをしようと父親の秀一に言われた時、浅見陽一郎は即座に「ヨーロッパ旅行を」と頼んだ。大学が休みに入る二月末から四月初頭にかけて丸二ヵ月半の大旅行を計画した。

「ほほう、でかく出たな」

秀一は笑った。

「いいだろう。ただし、行った先で何があろうとトラブルだけは絶対に起こすな。それから、プレゼントは往復の旅費だけだ。あとは自分の才覚で稼ぎ出せ」

そう言われて相応の覚悟はしていたのだが、パリの安宿に到着してからスーツケースの中身を引っ張り出すと、底のほうにドル紙幣の小さな束が入っていた。「犯人」は父親かそれとも母親の雪江か、あえて追及する気はなかったが、陽一郎は東京の方角に向かって頭を下げたものである。

パリでぽんこつ寸前のようなアルファロメオを買った。時には車の中で寝袋にもぐり込んで、宿代を浮かせながら、フランスを皮切りに、ドイツ、スイス、オーストリアを経てイタリアに入った。不労所得のお陰で当面は旅費の心配はなかったが、それでも陽一郎は甘えることなく、当初の予定どおりケチケチ旅行に徹した。レストランの皿洗いなどで生活費を稼ぎ、貰《もら》った金は博物館や美術館巡りの費用に向けた。

ヨーロッパの冬は厳しかったが、イタリア国境を越えると急に春めいてきた。ヴェネツィア、ミラノを経て南下、地中海の北端にある港湾都市ジェノヴァに出る頃には、ミモザの黄色い花がちらほら咲き始めた。さすがに地中海沿岸は温暖の地だ。風景もそうだが、人々の気風もいかにもイタリア人らしく陽気になってゆくのが分かる。

海岸沿いに南東へ百キロほど行ったところにカッラーラという町がある。大理石の産地として有名だ。古代ローマ時代から現在に至るまでの彫刻や建築物のほとんどが、ここで産出した大理石から生まれた。ミケランジェロもここの大理石を使ったにちがいない。陽一郎は喘息《ぜんそく》のように息切れをするアルファロメオをなだめすかしながら大理石の採掘場を目指した。

麓《ふもと》の町から谷沿いの坂道を登り、その谷を渡って小さな集落を抜け、峠を一つ越えると視界が開けた。前方に峻険《しゅんけん》な山塊の連なりが現れた。穂高《ほたか》岳ほどもある山が、全山大理石でできているらしい。表面を削られたところはまさに大理石の白い光沢に輝き、そういう山が、まるで雪山の連峰のようにいくつも重なっている。

道は深さ三百メートルはありそうな断崖《だんがい》の上をさらに高度を上げてゆく。やがていくつもの採掘場を通り過ぎる。採掘の規模も桁外《けたはず》れに巨大で、高さ数百メートルにも及ぶ断崖状の露天掘りや、幅十メートル、高さ五十メートル、長さ二百メートルも掘り抜いたトンネルがあった。

最後の採掘現場を過ぎると、真っ暗な長いトンネルに入った。本来は工事車両のために掘られたものだろう。岩盤をくり抜いたままのトンネルで、路面も壁も粗削り、猛烈な振動が容赦なく襲ってくる。やっとの思いでトンネルを抜けると、それまでとはうって変わって、濃密な森に覆われた風景になった。しばらく走ると湖が見えてきた。

湖を見下ろすあまり立派でないリストランテに入り、遅い昼食をとることにした。建物は貧弱だが、湖面に臨む最高のロケーションが人気なのか、こんな辺鄙《へんぴ》なところでも、それなりに観光客がいるらしい。若いカップルや親子連れの客が数組、賑《にぎ》やかに談笑しながら食事をしている。

その中に一人、黒縁の眼鏡をかけた、たぶん日本人と思える男がいることに、陽一郎は気づいた。日本人としては大柄で、日焼けした顔は一見逞《たくま》しそうだが、やや痩《や》せ型で精気が感じられない。陽一郎が気づく前から先方は気づいていたらしく、人懐こく白い歯を見せて立ってきて、「あんた、日本人ですか」と言った。

「こんなところに日本人が現れるのは、僕以来じゃないかな」

男は嬉《うれ》しそうに向かい合った椅子に座り、互いに名乗った。若そうに見えたが、青年は陽一郎より十歳年長で「久世寛昌《くぜひろまさ》」といい、七年前からヨーロッパ各地を転々として、この地に流れ着いたのだそうだ。「欧州無頼ですよ」と自嘲《じちょう》的に笑った。

陽一郎が東大の学生と知ると、「ほう、東大ですか」と驚いた。

「あれから、東大はどうなりました?」

訊《き》かれて、陽一郎は何のことか意味を量りかねた。

「あれから、と言いますと?」

「例の安田講堂は騒ぎの後、どうなったかと思いましてね」

「ああ、そのことですか」

久世は東大紛争のことを言っている。七年前、東大本郷キャンパスの安田講堂が全共闘の学生と労働者六百人あまりに占拠されるという事件が発生した。当時の総長代行が警視庁に出動要請を行ない、ほぼ二日間にわたる攻防戦の末、学生たちは排除されたのだが、その戦争さながらの状況はテレビで実況放送され、社会に強い衝撃を与えた。

しかし、その大事件も五年後に入学した陽一郎の世代からは、すでに遠い出来事でしかなくなっていた。東大紛争は歴史的には、日本に於《お》ける学生運動の終焉《しゅうえん》を告げるイベントだったのかもしれない。東大紛争の翌年には大阪万博が開かれ、日本は「平和ぼけ」と悪口を言われる時代に入る。さらにその二年後には長野県軽井沢で「あさま山荘事件」が発生、過激な「革命」運動の存在そのものが社会から嫌悪され排除される、それはいわば断末魔のあがきであった。

久世は東大紛争の直後に日本を離れたそうだ。

「失礼ですが、ひょっとすると、久世さんも東大出身ではありませんか？」

陽一郎はふとそう思って訊いた。いまはいくぶん窶《やつ》れているが、手入れのよくない長髪が頬骨の辺りにバサッとかかる精悍《せいかん》さには、全共闘の猛者《もさ》――という印象がある。

久世はチラッと陽一郎を見たが、すぐに視線をはずして「いや」と首を横に振った。

「東大出がこんなところで労務者をやってるはず、ないでしょう」

投げやりな口調だ。現在三十歳で七年前に日本を離れたとすると、当時二十三歳。東大紛争には在学生だけでなく、他校の学生もＯＢも参加した。東大生でなかったとしても、久世が紛争に参加して、その直後、日本を脱出した可能性がある。

「僕は上野ですよ」

久世は仕方なさそうに言った。「上野」といえば東京芸術大学のことだ。そう言われれば、芸術家らしい雰囲気はある。しかし、その芸大の学生だった久世が、自ら「こんなところで労務者をやっている」と言うような境遇にあるのは、それまでにどのような経緯があったのだろう。

相手がどういう経歴の持ち主であろうと、陽一郎には深い関わりを持つつもりはなかった。久世のほうもそれは望まないようだ。それよりも日本の近況などをしきりに聞きたがった。ベトナム戦争が終結したことや、第三次中東戦争以来閉鎖していたスエズ運河が八年ぶりに再開したことなどはちゃんと知っているのに、日本がどうなっているかは、驚くほど知らないらしい。ここ一年あまり、日本は平穏で、周恩来《しゅうおんらい》首相やアガサ・クリスティが死去したニュースのほうが大きく報じられたくらいだ。ただし、陽一郎が日本を出発した頃、アメリカ上院でロッキード社が日本の田中首相などにワイロを贈ったらしいという事件が発覚、一気に政局につながりそうな事態になっていた。

しかし、「ふーん……」と、久世はそういうことにはあまり関心がなさそうだ。「平和なんだなあ」と、なんだか平和であることが物足りないような口ぶりだった。

陽一郎がこれからフィレンツェを経由してローマから帰国の途につくと話すと、久世は「フィレンツェへ行くなら、途中、カッシアーナ・アルタという村へ寄ってくれませんか」と言う。

「そこに以前、オルシーニというローマの貴族の古い館《やかた》があったのだが、まだ壊されずにあるかどうか見て欲しいのです」

「分かりました。どうせ予定のない旅ですから。それで、その館が現存していたらどうすればいいのですか？」

「ここに電話してください」

久世は紙片に、カッラーラ市内のアパートの電話番号をメモした。英語を喋《しゃべ》る管理人が出るそうだ。

別れ際に、「もし誰かに僕のことを訊かれても、何も喋らないでくれませんか。ちょっと、その村には不義理をしてきたものですからね」と片頬を歪《ゆが》めるような笑いを浮かべて言って、「それから」と、しばらく躊躇《ためら》ってから、脇に置いたダッフルコートのポケットに手を突っ込んで、やや大ぶりの手垢《てあか》のついた茶封筒を取り出し、ボールペンで住所・氏名を書いた。

「日本に帰ったら、これをこの宛先に届けて欲しいのですが」

横浜市緑区――堂本修子《どうもとなおこ》。

「恋人ですか？」

陽一郎は訊いた。

「まあ、そんなようなものです」

久世はニコリともせずに言い、陽一郎の手に封筒を渡した。封筒を膨らませている中身は、意外なほど、持ち重りがする。

「中を見てもいいですか？」

「ああ、構わんですよ」

封筒の口を広げて、中身を見ると、手紙らしい紙片と、指輪を入れるような小さなケースだ。

「指輪ですよ」と久世も言った。

「高価な品でしたら、預かれません」

「いや、大した物ではない。無くしても忘れてもいいのです。ついでがあったら届けてやってくれませんか」

「直接送って差し上げたらどうですか？」

「それができない事情があるから、お願いしてるのです。頼みます」

つまりこういうチャンスでもなければ、ずっと送らないままだったということか。その道理で封筒はかなり汚れている。ともあれ頭を下げられては断りきれなかった。そのお礼の意味があるのか、久世は店の支払いを奢《おご》ってくれた。

久世と別れ、山を下って海岸線をピサまで行き、そこから東へ、内陸のフィレンツェへ向かう。途中、地中海沿岸地方には珍しく豪雨が丸一日降り続いて足留めを食ったり、適当にアルバイトもしながら、四日後にカッシアーナ・アルタに着いた。

久世が言ったとおり、トスカーナ地方の片田舎だ。メインの自動車道からは外れて、道も細く分かりにくかった。陽一郎は英語とフランス語はどうにかマスターしていたが、イタリア語に慣れるまでにはいっていない。英語と片言のフランス語を交えながら、尋ね尋ね、どうにか苦労して辿《たど》り着いた。

カッシアーナ・アルタ村は、オリーブ畑やブドウ畑に覆われた丘陵地帯の丘の上の集落で、中心に古びた教会がある。その隣のような土地に、かつてオルシーニ家の別荘だった建物があった。十六世紀に建てられた三階建て、不動産屋風にいうと「築四百年」の、ほとんど遺跡と呼んだほうがよさそうな代物《しろもの》だ。敷地のところどころにヴィーナスらしき石像が風化して佇《たたず》んでいる。広い庭は荒れ果て、建物も相当傷んでいる。大きな鎧戸《よろいど》の隙間から覗《のぞ》くと、屋根は抜け、壁は崩れ、人間が住める状態ではない。

村に店と名のつくものは一つしかないらしい、小さな雑貨屋に行って訊いてみた。雑貨屋のおやじは英語が多少は通じる。彼の話によると、元地主のオルシーニ家はローマの貴族で、現在も名門中の名門として三十代以上続いているそうだ。あの館は、ずいぶん昔にオルシーニ家の手を離れ、その後、所有者が次々と変わった。いまは管理する者もいないままになっている。数年前の一時期、貧乏絵描きかヒッピーのような、東洋人を含む若者が数人、たむろしていたこともあるが、あまり長くいるので村人たちに怪しまれ、警察が来る騒ぎになって村を出て行った。

（その連中の一人が久世寛昌かな——）と陽一郎は思った。

「あんた、あの館を買うのかね？」

雑貨屋のおやじが訊《き》いた。去年辺りから不動産屋の広告が出ている。広大な土地ごとオルシーニ家の館全部で、おそろしく安いらしいが、「売れっこないな」とおやじは断言した。しかし日本人は金持ちで、どんな物件でも買いあさるそうだから、あんな陋屋《ろうおく》でも買うつもりで、下見にきたと思ったらしい。

丘の裾《すそ》近くにカッシアーナ・テルメという町がある。カッシアーナ・アルタのアルタは「高い」という意味。テルメは「温泉」の意味で、双方はいわば姉妹関係にあるようだ。その名が示すとおり、カッシアーナ・テルメは温泉の湧く町で、ホテルもいくつかある。陽一郎はここで一泊することにした。

宿に落ち着いて、久しぶりに温泉を浴び、夜になるのを待って久世に電話を入れた。アパートの管理人が出て、「ミスター久世を」と言うと、「しばらく待て」と言ったきり、ずいぶん長いこと待たせた挙げ句、警察の人間が電話を替わった。おそろしく下手くそな英語で「あんたはミスター・クゼといかなる関係か？」と訊く。何か不測の事態が発生したことを思わせる。陽一郎は警戒して、様子を窺《うかが》いながら、当たり障りのない応対をすることにした。何しろ、父親の至上命令は「トラブルを起こすな」である。

「先日、リストランテで会った者です。その時、食事を奢ってもらったので、そのお礼の電話をしただけです。留守ならばよろしく伝えていただきたい」

「いや、伝えることはできないのだ。それより、ミスター・クゼの日本の連絡先を知らないか？」

「それは知らないが、ミスター久世に何かあったのですか？」

「そうだ、彼は昨日、事故で死亡した」

「えっ……」

　陽一郎は絶句した。先方はさらに何かを質問したがっていたが、何も知らないの一点張りで押し通して、電話を切った。事故がどういうものだったかも聞きそびれた。大理石の採掘現場だから、ダイナマイトの事故か、それとも落石や転落などによるものだろうと推測した。

　スーツケースの中から、久世に託された封筒を取り出した。中身のケースを出して、蓋《ふた》を開けた。「大した物ではない」と久世は言っていたし、陽一郎に宝石の知識はないが、見るからに可愛らしい、小さなルビーの嵌《は》まった指輪だ。久世の死という事実の分だけ、いっそう重く感じられてきた。手紙のほうは開かなかった。そういう私信を覗き見するほど悪趣味ではない。

帰国してすぐ、陽一郎は横浜市緑区の堂本家を訪ねた。新興住宅地の一角にある、慎《つつ》ましやかな一戸建ての二階家だった。堂本修子は二十五、六歳の女性で怜悧《れいり》そうな美人だが、きつい表情がとっつきにくい。その彼女の警戒するような目で迎えられた。陽一郎は玄関先で――と思ったのだが、「イタリアで久世さんに頼まれました」と言い封筒を差し出すと、顔色を変え、「ぜひ」と手を取らんばかりにして、招じ入れられた。

ほかの家族は留守なのか、修子以外に人のいる気配はない。応接間兼リビングとして使っているらしい十畳ほどの洋間に案内され、紅茶とクッキーを出してくれた。

「わざわざ届けていただいて、ありがとうございました。それで、あの、兄は元気だったのでしょうか？」

「あ、あなたは久世さんの妹さんですか……。じつは、僕がお会いした時はお元気でしたが、その四日後に電話すると、事故でお亡くなりになったそうです」

「えっ……」

堂本修子は青ざめて、椅子の背凭《せもた》れに身を沈めた。いまにも失神するのではないかと思える動揺ぶりなのだが、よほど気丈なのか、涙は見せなかった。

その時になって、陽一郎はリビングのガラスケースの上にある二つの写真立てに目を留めた。両親らしい年配の男女の写真と、もう一つは若い男女三人の写真である。

かなり若い写真だが、真ん中の女性は堂本修子で、右隣の男が久世であることは分かる。左隣の男は久世とほぼ同年配に見える。

日本の家庭で、こんなふうに写真を飾る理由はごく限られている。そういえば、玄関に入った時から、かすかな線香の匂いにも気づいていた。

「間違っていたら謝りますが、ひょっとしてご両親は……」

「亡くなりました」

修子はわずかに視線を写真立ての方角に送って、言った。線香を立てるくらいだから、亡くなったのはそう遠くないのだろうか。

陽一郎は「そうでしたか……」と、立ち上がって写真の前に歩み寄った。両掌《りょうて》を合わせながら、両親の写真から、若い三人の写真のほうに視線を移した。

「こちらがお兄さんですね」

修子の右隣の男性を指した指を、左隣の男に向けた。

「こちらはどなたですか？」

神経質そうな色白の細面が印象的だ。

「夫です。三ヵ月前に亡くなりました」と、修子はぶっきらぼうに聞こえるような答え方をした。それで線香の匂いはご亭主のためのものだと分かった。

「浅見さんがお会いになった時、兄はどんな様子でしたか？」と修子は訊いた。夫のことよりも久世の最期のことのほうに関心があるようだ。

陽一郎がカッラーラの山の中のリストランテで会った久世の様子を伝えると、辛《つら》そうに眉《まゆ》をひそめた。やがて「どうもありがとうございました。お世話になりました」と丁寧に礼を述べて立ち上がった。

その時、サイドボードの上の電話が鳴った。

修子は弾《はじ》かれたように受話器を取った。

「あ、姉さん、あのね、寛昌兄さんが、亡くなったの……」

瞬間、「くっ」と嗚咽《おえつ》で言葉が途切れた。気丈に見えた彼女もこらえていたものが崩れたのだろう。

「……ごめん、いまお客さんがお帰りになるところなの。また後で電話する」

早口で言って急いで涙を拭《ぬぐ》った。陽一郎は視線を逸《そ》らせて玄関へ向かった。

何事もなかったように客を送り出し、玄関の前にいつまでも佇んで見送る彼女の姿が、その後しばらくは陽一郎の脳裏に刻み込まれていた。

第一章　貴賓室の怪人

1

浅見家の応接室兼リビングルームは十六畳分ある洋間だが、その先に連なったダイニングキッチンとのあいだには、中央に大きな両開きの引き戸があって、それを壁の中に収納すると、まるで続き部屋のような雰囲気が作られる。

浅見家の「大奥様」こと雪江未亡人は誰もいないリビングでソファーに寛《くつろ》ぎながら、出窓の向こうの庭を眺める時間が好きだ。庭といっても大して広くない。隣家との境をなしているブロック塀まで、せいぜい十メートルあまりだろうか。しかし植栽は豊かで、亡夫の秀一がまだ子供の頃に、父親の手で植えられたというシイの木が広く枝を広げ、その下の瓢簞《ひょうたん》型の小さな池に若鯉が泳ぐ。池の周りには雪江が丹精こめた、幾種類もの花木が季節ごとに花をつける。

雪江の長男・浅見陽一郎は警察庁刑事局長の要職にあって、毎朝七時になると迎えの車が来る。孫の智美《さとみ》と雅人《まさと》はそれを追いかけるようにそれぞれの学校へ出かける。

陽一郎の妻の和子は夫と子供たちを送り出したあと、しばらくは部屋の片付けなどで過ごす。

お手伝いの須美子《すみこ》はキッチンの後片付けと洗濯やら買い物の準備やらにかかる。

雪江もこのあと、午前中は自室に引き籠《こ》もって物書きに励む。自分なりの回顧録のようなものだが、誰かに見せるつもりはない。雪江は昭和の初め頃に生まれて、いわば昭和史とともに生きてきたようなものだから、とくに戦前戦後の変動を女性の目からどう見たのか、記録しておきたいと思っている。

リビングにいると、須美子が熱いお茶を運んでくれる。雪江の記憶が正しければ、須美子はことし確か二十七歳のはずである。郷里は新潟県の長岡《ながおか》で、両親がときどき見合い相手の写真を送って寄越すのが悩みの種だとこぼしている。彼女にはまったく結婚の意思はなく、ずっと浅見家にいたいのだそうだ。雪江が「本当にいいの？」と心配すると、「お邪魔でなければ」と涙ぐむ。それ以上勧めると自殺でもしかねない。

じつは雪江の心配はほかにもある。須美子と同様、いやそれ以上に結婚適齢期を過ぎつつある次男坊・光彦のことである。

光彦はことし三十三歳。フリーのルポライターなどという、生活も収入も不安定な仕事をしていて、いまだに独立もできない。当人があまり居づらいと感じていないくらいだから、雪江のほうもあえて独立を促す気持ちはないけれど、まあなるべく早く身を固めてもらいたいのが親心というものである。

それともう一つ、これは口に出して言うわけにいかないのだが、須美子は押しも押されもしない適齢期。ひょっとすると、出来の悪い次男坊にほのかな恋心でも抱いてしまうようなことにならなければいいが――と、密《ひそ》かに案じている。

もっとも、雪江としてはそれ以前に、ニューヨークに行ったきりの娘・佐和子のことも気にならないわけではない。一年間の留学の予定が四年を経過しても、何のかのと理由をつけて帰ってこない。いつまでも学生気分が抜けなくて、世間一般に通用するような暮らしに適応できないところは、彼女が「小さい兄さん」と呼ぶ光彦とそっくり。このまま放っておくと、本当に「小さい兄さん」の年齢を超えてしまいかねない。なるべくなら日本の男性と――と思うが、国際結婚でも構わない。それより、「小さい兄さん」と同じ道を歩むようなことになりはしまいかと、雪江には心配の種が尽きない。

雪江は次男坊の顔を見るたびに、仕事の将来性はどうなのか、結婚についてはどう考えているのかと気を揉《も》むのだが、あの子がこの家を出れば出たで、さぞや寂しくなるだろうと思う。現にこうして、一ヵ月留守にしているだけで、何となくすきま風が吹いているような感じがする。

「坊っちゃまはいま頃、どの辺りにいらっしゃるのでしょうね」

須美子がお茶をいれ替えながら言った。同じ科白《せりふ》を昨日も、その前の日も聞いたような気がする。

「そうねえ、スエズ運河を抜けて、地中海に入った辺りかしら。ギリシャへ寄って、エーゲ海のサントリーニ島とかイスタンブール、ヴェネツィア……いいわねえ、優雅だこと」

「でも、坊っちゃまはお仕事ですから」

光彦坊っちゃまが「飛鳥《あすか》」での世界一周に出発したのが二月二日。前の日に関東地方は大雪に見舞われ、交通機関に影響が出た。あちこちに雪解けの水たまりのある道を、須美子がソアラで横浜まで送って行った。出航を見送る人の群れに混じって、須美子は手を振りながら涙が出たそうだ。何度もその話をしては、そのたびにまた涙ぐむのである。

「じゃあ、お帰りはまだまだですねえ」

「まだまだですよ。まだ半分も行ってないのですもの」

「そうですねえ、遠いんですねえ。早くお帰りになればいいのに」

「そんなこと言っても……」

笑いかけて、雪江は須美子がまたベソをかきそうなのに気づいた。

「早く帰ってきたくても、あの子は飛行機嫌いですからね。ちゃんと世界一周しないと帰ってこられないのよ」

折よくチャイムが鳴って、須美子は慌てて目頭を拭いながら玄関へ向かった。チャイムの主は郵便配達だった。

「速達です、外国郵便みたいですけど、坊っちゃまからでしょうか？」

須美子は急ぎ足で戻ってきて、航空便の封筒を雪江に渡した。確かに「Mitsuhiko Asami」の名はあるが、それは宛先で、発信国はイタリア。発信者は「Yuko Wakasa」のあとに（若狭優子）とある。

「あら、光彦宛ね。いやだわ、もうじきイタリアに着く頃なのに、行き違いじゃありませんか」

どうしようかしら——と雪江は迷った。外国からの航空便、しかも速達となると、急ぎの用件を想像させる。ひょっとすると、いままさに光彦が現地に着こうとしていることと、関係があるのかもしれない。すぐに開封して、用件を知らせてやったほうがいいかしら——と思う。ただし、差出人が女性の名前であることが気になった。

「どういう人かしらねえ？」

訊《き》くともなしの独り言のつもりだったが、須美子は律儀に反応して、雪江の手元を覗《のぞ》き込んだ。

「あ、女の方からですね」

須美子の口ぶりからは、内心の動揺が読み取れる。

「開けたほうがいいかしら」

「いえ、それは奥様、いけませんです。坊っちゃま宛の大切なお手紙ですもの」

「そうね、何か秘密のことが書いてあったら困りますものね。じゃあ、帰ってくるまで放っておきましょう」

「でも、お急ぎのご用かもしれません」

「そうなのよ、それが気になるの。急ぎの大切な用事だったらどうしようかしら。あの子はまったく鉄砲玉みたいに、出たら出っぱなしですからねえ。こまめに連絡しなさいって言ってあるのに」

「坊っちゃまは何かとお忙しいですから」

「ほほほ、いいのよ、光彦の弁護なんかしなくても。それより、和子さんにどうすればいいか、聞いてみましょう。悪いけど、来てもらってちょうだい」

須美子を呼びにやると、和子は「何事」とばかりに飛んできた。姑《しゅうとめ》に「親書を開けていいものかしら？」と訊かれ、即座に「それはいけませんでしょう」と答えた。さすがに警察庁刑事局長の妻である。

「だけど、速達ですから、急ぎの用かもしれなくてよ」

「それでしたら、飛鳥にお電話してみたらいかがでしょう」

――

「あら、そんなことができるの？」

「ええ、大丈夫のはずです。いまは衛星通信で、船が世界のどこにいても、通じることになってますから」

「へえーっ、長生きはするものですわねえ。じゃあ和子さん、お願いしますよ」

和子が船会社と連絡を取って、飛鳥の現在地と電話番号を調べた。飛鳥はいままさにイスタンブールを出航、ヴェネツィアへ向かっているところだそうだ。日本とイタリアの時差は八時間である。船舶の時刻はどうなっているのか分からないけれど、先方は午前一時か二時過ぎということだろうか。夜中にクルーの手を煩わせるのは遠慮して、午後四時まで待って電話をした。

現地時間は午前八時、飛鳥は朝食の時刻だったが、光彦はまだキャビンにいた。和子が義弟を確認してから、「お母様、お出になりましたけど」と送話器を差し出した。

「いいの、和子さんお話ししてちょうだい。わたくし、国際電話は嫌いなのよ」

距離の関係で微妙なズレの生じる電話での会話が、雪江は苦手だ。

和子がイタリアからの速達郵便が届いたことを告げると、光彦は「すぐに開けてくださ い」と言った。女性の名前には心当たりがなく、べつに読まれて困るような手紙ではなさそうだ。

雪江がハサミで封を切り、中身を取り出した。半透明に近いような薄手のレターペーパーに、ブルーのインクで細かい文字がビッシリ、横書きに書かれている。手元に老眼鏡のない雪江は、すぐに諦《あきら》めて「和子さん、読んであげて」と嫁の手に手紙を委《ゆだ》ねた。

前略　突然お便りする失礼をお許しください。私はイタリアのトスカーナ地方にあるカッシアーナ・アルタという村に住んでおります若狭優子という者です。私の夫はバジル・ディーツラーといいまして、スイス人です。夫とはイタリア留学中に知り合い結婚しました。当時は両親とスイスに住んでおりましたが、それから間もなく、義父がこの地にある古い館《やかた》を譲り受けて、ヴィラ・オルシーニという、田舎風のプチホテルのようなものを営むことになり、四年前にスイスから移り住みました。

そこまで読んだ時、光彦から「ちょっと待ってください」とストップがかかった。

「その手紙、長そうですね」

「ええ、ずいぶん長いですよ」

「だったら、電話代がもったいないし、僕の頭では到底、憶《おぼ》えきれないから、申し訳ないけどファックス……いや、それだと内容がオープンになる危険性がありますね。

「それじゃ、義姉《ねえ》さんのパソコンからメールで送っていただけませんか」

　飛鳥では乗客が外部とメールをやり取りできるよう、パソコンを数台、供与しているという。乗客ごとにパスワードを設定するので、親書の内容が漏れる虞《おそ》れはない。

　和子は義弟に指示されたアドレスにメールを送った。

　その作業を終えて、和子がリビングに戻ると、雪江は老眼鏡をかけ、あらためて手紙の文面に目を通した。


　バジルも両親も菜食主義の人で、私もその影響でいまではすっかりヴェジタリアンになっています。じつはヴィラ・オルシーニはヴェジタリアン料理のレストランが一つの特色で、人気をいただいております。ホームページを開設しておりますので、アクセスしていただくと、ヴィラの内容がお分かりいただけると思います。日本からのお客様もときどきお泊まりになります。

　さて、突然の手紙を差し上げたのは、その日本のお客様のことについて、浅見様にぜひお力を貸していただきたいからなのです。と申しますのは、そのお客様のグループからご予約を頂いて間もなく、ヴィラ宛に脅迫状のようなものが届いたのです。東京中央郵便局で投函《とうかん》されたもので、差出人の名前はなく、中の便箋《びんせん》にはただ一行「貴賓室の怪人に気をつけろ」と、印字されていました。

この時期にはほかに日本のお客様がいらっしゃる予定がありませんので、「貴賓室の怪人」というのは、そのお客様の中のどなたかのことではないかと思います。お客様は七人のグループで、日本の豪華客船「飛鳥」による世界一周の途上、イタリアのヴェネツィアに寄港した時に上陸して、私たちのヴィラに立ち寄り、五日間ご滞在いただくことになっております。そのあとはローマの外港チヴィタヴェッキアで飛鳥と合流されるのだそうです。

ご予約頂いたのは一月なかば頃のことで、「脅迫状」が届いたのは二月一日、飛鳥が横浜を出港する前の日でした。最初はどういう意味か分からず、誰かのいたずらかとも思ったりして、しばらく放置していましたけど、だんだん日にちが経つにつれ、何だか不安になってきました。警察に届けても、もちろん相手にしてもらえませんし、いたずらかもしれないことで大騒ぎになるのは、商売柄望ましくありません。

夫のバジルは気にしなくていいと言ってくれるのですが、両親――ことにバジルの母親がとても心配しています。日本からのお客様ですから、同じ日本人である私が責任を感じてしまい、どうすればいいのか、悩んでいました。

二月十二日、そんな私のところにまた、前の時と同じように、日本から差出人不明の手紙が届きました。文面は「浅見光彦氏に頼め」です。印字の書体、大きさなど、「貴賓室……」の時とそっくりの手紙です。何の意味か分からず、またいたずらかとも思ったのですが、二度も得体の知れない不気味な手紙なので、やはり気になりました。

私は浅見さんのことはあまりよく知らなかった（すみません）ものですから、フィレンツェにいる日本人の友人にその話をしたところ、日本の名探偵だと教えてくれました。内々で事件を解決して、警察に一目も二目も置かれている存在だそうですね。それで、思いあぐねた挙げ句、こうしてお便りすることにいたしました。

日本から遠いイタリアですし、それにこんな突然のお願いですから、お忙しい浅見さんにはご無理かと思いますけど、どうすればいいのか、教えていただけませんでしょうか。もしもこちらにおいでいただけるようでしたら、大したお礼はできませんけど、もちろん旅費などは負担させていただきます。

本当に失礼な手紙を差し上げまして、ご迷惑をおかけすることをお詫《わ》びいたします。どうぞよろしくお願いいたします。ご連絡をお待ちしております。　草々

便箋の余白に、ヴィラ・オルシーニの住所と電話番号、それにメールアドレスが書いてある。

雪江は老眼鏡をテーブルの上に置いて、ため息をついた。

「あの子、どうするかしらねえ」

「光彦さんのことですもの、正義感に駆られて、きっとお受けしますよ」

「そうねえ、そうするわねえ。だけど、正義感ならいいけれど、あの子の場合は好奇心のほうが強くて、先走ったことをしたがるのですよ。やっぱり、知らせてやらなかったほうがよかったかしら」

「そんなことありませんわ。光彦さんなりにちゃんと判断なさって、きちんとした対応をなさるに決まってます」

「だといいのだけれど……」

キッチンのドアのところで、須美子も大きく頷《うなず》いている。

その夜遅くに帰宅した陽一郎に、和子はこの件を伝えた。陽一郎は手紙の文面に目を通して眉《まゆ》をひそめた。

「カッシアーナ・アルタ……」

何となく、思い当たるふしがあるような気配を感じたので、和子が訊《き》いた。

「あなた、いらしたことおありなの？」

「ああ、知っているね。ほら、いつか話したことがあるだろう。学生時代にヨーロッパ旅行の途中、立ち寄ったトスカーナの村だよ……そういえば、あれは確かヴィラ・オルシーニだったな。奇妙な出来事があったが……」

夫の呟《つぶや》きよりも、和子の関心は目の前の手紙に囚《とら》われている。

「この差出人不明の奇妙な手紙は、やっぱり脅迫状なのかしら？」

「さあ、それはどうかな。『気をつけろ』と警告しているのだから、脅迫状とは言えないのじゃないかな」

「でも、何かが起ころうとしていると予告していることは間違いないのでしょう？　光彦さん、どうなさるかしら？　お母様はずいぶんご心配でしたけど」

「きみはおふくろにどう言ったんだい？」

「私は、正義感のある光彦さんのことですから、きちんと対応なさるでしょうって申し上げました」

「うん、それでいいだろう」

「でも、お母様は、あの子は正義感よりも好奇心のほうが強いから心配だっておっしゃってました」

「ははは、確かにね」

「あなた、笑っている場合ではありませんわよ。私だって、本音を言えば心配に変わりはないんですから。何かして差し上げなくていいんですか？」

「大丈夫だろう。あいつはああ見えても、私よりしっかりしているからね。それより、風呂《ふろ》だ風呂だ」

陽一郎ははぐらかすように言って、妻に背を向けた。

2

その日、飛鳥はイスタンブールを後に、運河のように細長いダーダネルス海峡を抜け、エーゲ海に出たところだった。イスタンブールからヴェネツィアまでの中三日間は終日航海。いくつもの島を縫うようにして進む。波静かで美しい風光に恵まれた地中海クルーズは、全行程の白眉《はくび》である。

浅見光彦は朝食のテーブルで、兄嫁から送られてきたメールを読んだ。イタリア在住の日本人女性からの手紙というだけでも、思いもよらぬ話だが、それより何より、手紙の内容に驚かされた。「貴賓室の怪人に気をつけろ」とは、まさに飛鳥が横浜を出港する直前に、浅見に届けられた封書の中身とそっくり同じだ。

脅迫とも警告とも受け取れる思わせぶりな文面から、飛鳥のスイートのお客が関係する事件が起きるのではないかと予想して警戒していたのだが、その警戒も空しく、こともあろうに浅見と同室の男が殺害され、否応《いやおう》なしに事件の渦中に巻き込まれた(『貴賓室の怪人「飛鳥」編』角川文庫刊・参照)。

そっちの事件のほうは、日本から駆けつけた警視庁の岡部《おかべ》和雄《かずお》警視らの応援もあって、何とかインドのムンバイに着くまでに結着した。それ以降は何事もなく、平穏な航海が続く。しかし、その事件と「貴賓室の怪人」とに関連があったのかなかったのか、きわめて曖昧《あいまい》なままで終わっていた。

そこへもってきて、今回の奇妙な依頼である。そうしてみると「貴賓室の怪人」云々《うんぬん》の伝言はまだ生きているということらしい。あれは飛鳥の貴賓室ではなく、ヴィラ・オルシーニとかいうホテルのスイートルームのことを意味していたのか？

若狭優子という女性に奇妙な手紙を送ったのは、浅見が入手した例の封書を飛鳥に託したのと同一人物であることは間違いない。飛鳥の出航とほとんど同時期に送られた手回しのよさからいって、すべての事情に通じている人物が想像できる。とりわけ、飛鳥の七人の乗客がヴェネツィアで降りて、トスカーナのヴィラで五日間を過ごすことを知っているというのは、ただごとではない。

それにしても、その七人がせっかくの船旅の途中、トスカーナの田舎を旅する目的がよく分からない。トスカーナは素晴らしいところだという話はよく聞かされるけれど、五日間も田舎に滞在するほどの価値があるものなのだろうか。

飛鳥の世界一周クルージングでは、数回のオーバーランド・ツアーが企画されている。たとえば、スエズ運河の入口で降りて、そこからバスでルクソールやカイロを経由、三日後にスエズ運河を北へ出外れたところにあるポートサイド港で合流するツアーなどがそれだ。他にスペインのマラガで上陸、アンダルシア地方を経由してポルトガルのリスボンで合流する四泊五日の旅もある。

七人の旅は飛鳥が企画したオプショナル・ツアーではなく、彼らが独自に計画したもののようだ。飛鳥の運航プランに支障をきたさないかぎり、乗客の行動は自由だから、どこへ行こうと勝手ではある。

しかし、考えてみると、そうやって飛鳥を留守にしているあいだも、乗船料はしっかりかかっているわけだ。三食はおろか、朝昼晩の食事以外に、おやつやら夜食やらで七回も飲食ができるチャンスを、しかも五日分、棒に振ることになる。浅見のような貧乏人はもちろんだが、ロイヤル・スイートの客である内田康夫だって、そんなもったいないことは絶対にできそうにない。

浅見はソーシャル・オフィサーの堀田久代《ほりたひさよ》にそのツアーのことを聞いてみた。ソーシャル・オフィサーというのは「よろず世話係」のような職種で、飛鳥クルーの中では最も忙しい一人だ。

「はい、確かに七人のお客様が、プライベートのツアーにお出かけになるご予定になっていますけど」

「メンバーはどなたですか」

「えーと……」

堀田は一瞬、目を宙に彷徨《さまよ》わせた。話していいものかどうか迷って、べつに支障はないと判断したようだ。

「牟田《むた》様ご夫妻と石神《いしがみ》様とそれから……」

「申し訳ない。あとでいいですから、名簿のリストをいただけませんか」

「分かりました」

その名簿は昼近くになって、浅見のいる454号室に届いた。

917号室　牟田広和《ひろかず》・美恵《みえ》

106号室　石神敬史《たかし》

811号室　入澤稔夫《いりさわみねお》・麻里奈《まりな》

505号室　萬代弘樹《ばんだいひろき》

615号室　永畑貴之《ながはたたかゆき》

飛鳥に二つしかないロイヤル・スイートの客である牟田夫妻は、名前も顔も知っている。乗船したての頃は腰を痛めたとかで、車椅子を利用していた。しかしほかの五人については面識もあまりないし印象が薄い。

「どういう趣旨のツアーなんですかね？　トスカーナの田舎で五日間を過ごすと聞い

たのですが」

「そうなんですって、珍しいですよね。詳しいことは知りませんけど、ヴィラに泊まって、そこを基点にして美術鑑賞の旅をなさるってお聞きしました。そこからはピサやフィレンツェも比較的近いそうですから」

「あ、そういえば牟田さんは美術商を営んでいるんでしたね。そうすると、他の人たちもその世界に関係があるのかな」

「それとも、絵画や彫刻のお好きな方たちかもしれません」

「なるほど」

その人々を迎えるホテルに「貴賓室の怪人に気をつけろ」と警告を発するのだから、つまりこの七人の中の誰かが「怪人」ということなのか。

「いいなあ、そういうツアーに参加してみたかったな。いまから申し込むというのは、無理なんでしょうね」

「さあ、どうでしょうか。プライベートなツアーですから、日程以外の詳しいことは分かりません。何でしたら、牟田さんにでもお訊《き》きになってみたらいかがですか」

ラウンジで顔を合わせた牟田のご亭主のほうに訊いてみた。

「トスカーナに美術鑑賞ツアーをなさるのだそうですね」

「そうです。せっかく来たのだから、少し腰を落ち着けてイタリア芸術に浸ろうという次第です。フィレンツェ辺りで掘り出し物があったら、買い入れようかという、商売っ気も多少はあるのですがね」

「参加者は皆さん、その趣旨ですか」

「そういうことですな。最初は私ら夫婦だけのつもりでおったのだが、家内が乗船前の顔合わせでその話をしたもんだから、それじゃ私も参加したいという人が集まりましてね。結局、小さいバスを借り切ってイタリア半島を横断するようなことになりました」

「どうでしょう、いまから参加を申し込んでもだめなのでしょうか？」

「えっ、浅見さんがですか？　それはまあ、バスは余裕があるし、ホテルのほうもたぶんこの時季だから空いているとは思いますけどね。しかし、こう言っては失礼かもしれませんが、けっこう経費がかかりますよ」

「それは何とかなります。僕は海外旅行の経験があまりないもんで、こういうチャンスにご一緒できれば、ありがたいのです」

「なるほど、だったら問題ないんじゃないですか。皆にも話しておきますよ」

「商談」は成立した。浅見はすぐにヴィラ・オルシーニに電話を入れた。イタリア語どころか英語もおぼつかないから不安だった。案の定、受話器のはずれる音に続いて「プロント」と女性がイタリア語で応対した。仕方がないので「ディス・イズ・アサ

が飛び出した。ミ。ミツヒコ・アサミ」と言ったとたん、「あっ、浅見さんですね」と甲高い日本語

「私はお手紙を差し上げた若狭優子です。じゃあ、読んでくださったのですね。ありがとうございます。それで、来ていただけるのでしょうか？」

「ええ、僕でお役に立てるかどうかは分かりませんが、ちょっと気になることもあって、お邪魔することに決めました」

「ほんとですか？　嬉《うれ》しい……でも、これからで間に合うのでしょうか。もう三日後には皆さん、こちらにお着きになるので、心配です」

「それが大丈夫なのです。じつを言うと僕もたまたま飛鳥に乗り合わせておりましてね。ついさっき、リーダー格の牟田さんにお願いして、ツアーの仲間に入れてもらうことになりました。ただし、あなたからこういう依頼があったことは一切、伏せていますから、そのつもりでいてください。あっ、それと、そういう訳なので旅費の件はどうぞご心配なく」

浅見はあくまでも、単なる観光客の一人として遇するように言った。若狭優子はあまりの「偶然」に驚きながら、何度も感謝の言葉を繰り返していた。

夕食のテーブルで内田康夫・真紀夫妻と一緒になった。夫妻はヴェネツィアで一泊して、フィレンツェ～ローマ経由で、飛鳥の次の寄港地であるチヴィタヴェッキアま

でドライブ旅行をするのだそうだ。あのケチな内田にしては、ずいぶん思い切った散財だと思ったら、「何なら浅見ちゃんも行かない？　旅費ぐらいは持つよ」と言ってくれた。これには正直、感激させられた。内田に対する認識を少しあらためなければならない。

「残念ながら、野暮用で別ルートを旅することになってます」

断ると、なぜかニヤニヤ笑いながら「そうか、ほんと残念だね」と口だけはがっかりしたようなことを言っていた。もっとも、調子がよくて老獪《ろうかい》な内田のことだから、実際は何を考えているのかは分からない。

ヴェネツィア到着の前夜、牟田の紹介で、ツアー参加者と顔合わせをした。牟田夫妻と入澤夫妻以外の石神、萬代、永畑の男性三人は、いずれも一人客で乗船しているそうだ。牟田はかなりの高齢だが、入澤夫妻はまだ六十代なかば、ほかの男性三人もそれより若いか、似たような年恰好《としかっこう》に見える。飛鳥の世界一周に参加している乗客の多くは、すでに現役を退いてしばらく経ったような年代だから、六十歳前後というのは若手に属す。

牟田は美術商、入澤は食品会社会長、石神は機械メーカー顧問、萬代は自営業、永畑は貿易会社相談役といった具合に、いずれも名目上は現役とはいえ、すでに後継者などに後事を託して世界一周の船旅に出かけられるほどの閑職だ。職種もバラバラだし、今回の話がまとまる以前までは、とくに親しい間柄というわけではなかったらしい。

浅見のことは例の事件が喧伝《けんでん》されたこともあり、全員がおおよその素性を知っていて、「それは心強いことですな」などとお世辞を言ってくれた。もっとも、浅見の参加を歓迎する雰囲気とばかりは言えないようだ。探偵だのルポライターだのが一緒では、何かと気詰まりに思うのかもしれない。

飛鳥は順調に航海して、波静かなアドリア海の北の奥深く、ヴェネツィア湾に入ってゆく。リド島のわきをすり抜けると、サン・マルコ運河の入口にある島にそそり立つ、サン・ジョルジョ・マッジョーレ教会のペンシルのような尖塔《せんとう》が左に見える。ゆっくりと取り舵《かじ》を切れば、もう目の前には、正面にサン・マルコの大聖堂を据えたヴェネツィア市街が、海に浮かぶ幻影城のように迫っていた。浅見にとっては生まれて初めての、ヨーロッパとの大接近だ。

浅見は子供の頃から、建物の壁を海面に浸し奇妙な形をしたゴンドラが行き交うヴェネツィアを描いた絵に、憧《あこが》れを抱くのと同時に恐怖に似たものを感じていた。デブデブに腹をふくらませた貴族や、三角帽子を被《かぶ》り、ダンダラの衣服をまとった道化師、黒い裳裾《もすそ》を引きずった魔女……といった仮面舞踏会の登場人物がそのまま住んでいる街のような気がしていた。

そのヴェネツィアが、文字通り手の届くところにある。抑えようのない感動が胸の底から湧いてくる。乗客たちの多くもスカイデッキに出て、じっと黙したまま夢のような風景に見入っている。

ヴェネツィアの繁栄は十一世紀頃から始まっているのだそうだ。貴族の邸宅や教会が次々に建てられた。オリエントのビザンチン様式やイスラム様式とゴシック様式の融合——さらにはルネッサンス様式からバロック様式と、歴史的建築様式が妍《けん》を競うように、ヴェネツィアという都市に凝縮され、一種不可思議な世界を現出している。

飛鳥はその真っ只中《ただなか》に、飛鳥は場違いのような白い巨体をすべらせてゆく。

海が尽き、そこから先はもうカナル・グランデ（大運河）といっていい辺りで飛鳥は船の向きをグルッと百八十度、回転させる。船首に近い辺りにある横向きのスクリューを操作することによって、そういう芸当が可能なのだそうだ。その代わり猛烈な水流が発生するから、沈殿しているヘドロが攪拌《かくはん》されて、ただでさえ透明度の悪い海面をドロドロの黄土色に染めた。

スキアヴォーニ河岸という、その名のとおり港というよりはただの岸壁のようなところに飛鳥は接岸した。幅が三十メートルほどの岸壁はセーヌ河畔の歩道を思わせる。犬を連れた老人や女性が散歩していた。その向こうはヴェネツィアの街である。岸壁を少し歩けば、小さな運河を丸橋で越えたところがもうサン・マルコ広場だ。

浅見が牟田夫妻以下のメンバーと一緒にギャングウェイ（タラップ）を下りて行くと、岸壁で内田夫妻が地元テレビのインタビューを受けていた。洒落《しゃれ》た帽子を被りちょっとダンディな内田と、年齢のわりに美形な夫人は、高齢者ばかりの乗客の中では目立つ存在だったのだろう。

夫妻も浅見に輪をかけて外国語が苦手のはずだが、ちゃんと通訳兼ガイドの女性が付いている。面白いから覗《のぞ》いてみると、インタビュアーが「日本の豪華客船飛鳥の乗客は、億万長者が多いそうですが」と訊《き》いた。内田は「そのとおり、僕以外はほとんどが億万長者である」と、とぼけたことを言って、見ているほうが冷や汗をかいた。

ツアーの一行はヴェネツィアでの観光を簡単に済ませて、昼食後すぐにフィレンツェに向かうことになった。浅見にとっては見るものすべてが新鮮で驚きに満ちている。もっとゆっくり余裕をもってあちこちを回って歩きたいのだが、グループ旅行に参加する以上はそういうわけにはいかない。

「水の都」のヴェネツィア市街には車が入ってこられない。交通はすべて船によっている。本土からやって来た車を停める唯一の駐車場まで、ゴンドラが似合う狭い水路をモーターボートのような屋形船のような水上タクシーでのんびり走る。左右の建物は水の中から立ち上がっているように見える。地盤沈下が進み、いずれ街全体が水没するのではないかという話を聞いた。

バスは小型だが、八人のツアー客と通訳の日本人女性が乗っても、ゆったり過ぎるほどのスペースがある。通訳は野瀬真抄子《のせまさこ》という、牟田夫妻の知り合いの若い女性で、フィレンツェで美術品修復の勉強をしているという。

イタリアの高速道路は制限速度が百三十キロ。逆に言えば、最低速度がそれだということになる。イタリアは車は必需品であるのと同時に、贅沢品《ぜいたくひん》でもあって、物価指数からいうとかなり割高である。そのせいか、クラウンやシーマやセルシオクラスの車にはまずお目にかかれない。日本では小型に属す、せいぜい２０００ｃｃ以下の車が、猛烈なスピードで突っ走り、ウインカーも出さずに追い越しをかける。

バスはヴェローナ、ボローニャと、浅見でも名前ぐらいは聞いたことのある、古代ローマ時代や中世の遺跡で知られる都市を横目に見て、制限速度以上のスピードで飛ばす。そしてフィレンツェには夕刻に着いた。ここのホテルで一泊。翌日は観光がてら、美術館などを見物して、午後にはカッシアーナ・アルタへ向かう予定だ。

美術品を訪ねる旅なのだから、芸術の都・フィレンツェぐらいはゆっくりするのかと思ったので、牟田にそう言うと、「大丈夫ですよ、フィレンツェにはまた来ることになっています」と言った。そのためにフィレンツェに比較的近い村に宿を取ったのだそうだ。

近いといってもフィレンツェからカッシアーナ・アルタまでは約一時間半はかかる。

高速道路を出て、おもちゃのような愛らしい鄙《ひな》びた町をいくつか抜け、ゆったりとした優しい起伏が続く丘陵地帯を越えてゆく。この辺りはいかにもトスカーナらしい美しい田園風景が広がっている。オリーブやブドウや麦畑に覆われた丘陵のそこかしこに糸杉が佇《たたず》み、オレンジ色の屋根を載せた白い壁の農家が点在し、丘の頂上にはきまって教会の尖塔が聳《そび》えている。どこを切り取っても絵になりそうだ。

バスの運転手は地元のイタリア人で、道路には精通しているはずだが、それでもカッシアーナ・アルタというのは初めてなのだそうだ。何しろ人口が五百人しかいないちっぽけな村らしい。地図と標識を頼りに走っていながら、二度も道を間違えた。イタリアの標識はひどく不親切で、とくに行き先表示の看板が分岐点の直前にならないと出ていない。アッと気づいた時には通り過ぎている――ということが珍しくない。

それでもとにかく村へ続く坂にかかった。坂の途中、カッシアーナ・テルメという温泉の湧く町を通過する。その奥の高台にあるのがカッシアーナ・アルタ。その名のとおり丘の上一帯を占める村で、中央にはご多分に洩《も》れず古びた教会が建っている。その教会に寄り添うような集落の一角、南向きの斜面に、石塀に囲まれた後期ルネッサンス風の建物がある。それがヴィラ・オルシーニであった。

3

住み始めてもう四年にもなるというのに、若狭優子はこの「館《やかた》」にいっこうに馴染《なじ》めないでいた。スイスの厳しい気候に較べると、トスカーナは温暖で土地柄もいいし、村の住人たちも余所者《よそもの》を親切に迎えてくれたのだけれど、この建物自体が冷ややかな感じがしてならない。

ルネッサンス時代の貴族・オルシーニ家の館が売りに出されていると知った時、バジルの父親ハンス・ペーター・ディーツラーはすぐに買うことを決めたそうだ。後で知ったのだが、以前にも売りに出たことがあって、持ち主は何回も変わったが、あまりの老朽ぶりに結局、ものの役に立たなかったらしい。雑誌の特集記事の中にヴィラ・オルシーニの話を発見した時、ハンスは「奇跡だ」と興奮した。まさに希望どおりの物件、掘り出し物だというのである。むろん、妻のピアは猛反対した。

「そんなもの買って、どうするの？　別荘にでもするつもり？」

「いや、ホテルを経営する」

「誰が？」

「むろん、皆でさ」

「皆って……じゃあ、この家は？」

「売る。売ってスイスを引き払って、トスカーナでホテル経営をするのだ」

ピアは呆《あき》れて声も出なかった。

ハンス・ペーター・ディーツラーの奇矯《ききよう》ぶりはいまに始まったことではない。もともとは画家志望だったのが、勉強すると言って住み着いたパリで、いったい何をやらかしたのか、追われるようにスイスの郷里へ逃げ戻り、家業である時計の部品工場を継いだ。ピアがハンスと知り合ったのはその後で、一応、恋愛結婚ではある。両親などはハンスの性格を見抜いていたのか、しきりに反対したが、結婚は所詮《しよせん》、当事者同士の合意に逆らえないとしたものだ。

パリではよほどの不都合があって、尻拭《しりぬぐ》いした親には頭が上がらなかったらしい。両親が健在のうちはハンスはおとなしく、四代続いている工場を取り仕切っていた。元々、手先は器用だから、時計関係の技術ばかりでなく、建物の補修も家具の修理も、ちょっとしたことならすべてこなした。彼の勤勉ぶりは目ざましいものがあって、親や周囲の信用を積み上げた。

ピアとのあいだに生まれたバジルは、父親に似ず堅実な性格で、好青年に成長した。自分から進んで料理人としての道を選び、ローマへ修業に出た。

いっときはおとなしくしていたハンスだが、両親が相次いで他界した途端、本性を発揮して「工場を売って、スイスを出る」と言いだしたのである。

最初はピアも、どうせ一過性の熱病みたいなものだろうと高をくくっていたが、当人は本気で、珍しく意志は強固だった。いつの間にか不動産屋に手を回し、現地へ出向いて具体的に動きだした。

その結果が「ヴィラ・オルシーニ」であった。ピアが知った時は契約を取り交わし、すでに手付けまで打った後だった。ピアもいまさら後戻りはできないと諦《あきら》めた。しかし彼女も「館」の現物を見るまでは、よもやここまで老朽化した建物だとは思わなかった。

敷地はおよそ八千平方メートル。確かに十六世紀の後期ルネッサンス様式による庭の面影はあるし、石段の両脇に佇む等身大以上のヴィーナス像など、風化の進んだ石像がいくつかあって、往時の栄華のほどが偲《しの》ばれる。しかし、それらのどれ一つとして満足な形をしたものはなかった。早い話、廃墟《はいきょ》同然であった。

それはじつは、ハンスのほうも似たようなものであったらしい。とにもかくにもヴィラ・オルシーニを手に入れたものの、現実にヴィラ・オルシーニの状況のひどさを見ると、どこから手をつければいいのか呆然《ぼうぜん》として、傍目《はため》にも気持ちが萎《な》えた様子だった。

ちょうどその頃、バジルが帰ってきた。ローマで料理とリストランテ経営のテクニックを習得した頃、お菓子作りの勉強に来ていた日本人女性と出会い、結婚することにしたというのである。その女性が若狭優子だった。いつの日にか自分の店を持って、三つ星のリストランテを経営する——と熱っぽく語るバジルに優子は惹《ひ》かれ、思ってもみなかった国際結婚に踏み切った。

二人の結婚を、本人同士よりもハンスが喜んだ。もしこの二人の出会いがなかったならば、あるいはハンスの方針も変わっていたかもしれない。結婚の挨拶《あいさつ》に来た二人を見て、ハンスは息子夫婦が自分の計画を実現可能なものにしたことを悟る。ホテル経営になくてはならない「シェフ」と「パティシエ」を同時に手に入れたのだ。

ハンスはがぜん、妻と息子と嫁に異様な熱意を傾けて館の再生計画を語り、実行に移した。幸いなことに、両親が残した遺産や工場を譲渡した金で、改修の資金は潤沢だった。とりあえず、比較的新しい、かつて使用人が住んでいたという別棟の建物を一年かけて修繕して住まいを確保、間もなく当座の生活費を得るためにリストランテを始めた。こっちのほうはバジル・優子夫妻がこなした。日本人花嫁への好感度は高く、ことにバジルの発案によるヴェジタリアン料理中心のメニューというのが珍しがられ、お客の入りは悪くなかった。

それからさらに一年かけて、「館」を修復した。大工も左官も外部の人間に頼めば膨大な費用がかかるから、家族だけでコツコツと作業を進めた。屋根を葺《ふ》きなおし、床を張り替え、壁の漆喰《しっくい》を塗り替えた。ハンスは驚くべき執着心を見せ、率先して難事業に立ち向かった。

ピアはもちろん、バジルも優子もこの館がホテルとして再生するとは、まったく信じられなかったのだが、とにもかくにも三階の全室と二階の半分の部屋はお客を迎えても恥ずかしくない状態になった。滞在型のヴィラとして、最新のシステム・キッチンを備えつけた。何しろ古い時代の建物だから、バスや冷暖房など、水回りの設備に金がかかる。不動産取得の倍以上の出費だった。

ピアがほとんど愛想《あいそ》づかしをしたほど見込み薄だったハンスのホテル経営だが、これが予想外にウケた。世の中はエコロジーの時代を迎えたとかで、自然への回帰、都会より地方へと、人々の志向が変化する兆しを見せていた。特に英国人が南仏やイタリアの田舎でヴァカンスを過ごすことを好み、英国経済の好調とも相まって、大挙押し寄せて来た。スローフード、アグリ・ツーリズモを取り入れた田舎の宿——という点で、ヴィラ・オルシーニはまさに流行の先端をゆくものといえる。

ヨーロッパばかりでなく、優子は日本向けのホームページを作り、人脈を頼りにマスコミで紹介記事を書いてもらった。その成果はすぐに現れて、「トスカーナの田舎で暮らす一週間」などという企画の日本からのツアーが舞い込んできたりした。リストランテのほうも近隣から評判を聞いてやって来るお客で、ますます賑《にぎ》わった。バジルと優子はてんてこ舞いの忙しさで、ピアもマダムで納まっていられるどころかメイドのように働いた。

ひとりハンスだけは、ホテル業をそっちのけで、相変わらず修復工事に勤《いそ》しんでいる。ある程度までは家族の協力を得ていたが、ここから先はおれ一人でやると言って、その言葉どおり、終日、未完成の部屋や地下に閉じ籠《こ》もって何やら仕事をしている。

まったく、この館ときたら、バルセロナのサグラダ・ファミリアのように、いつになったら完成するのか、見当もつかない。日本流にいえば、賽《さい》の河原に石を積んでいるようなものだ。建物の外観は何とか見られるものにしたし、屋内も全部で十部屋までは客室として使えるところまで整備したが、二階の一部と、一階に至っては玄関ホール以外のところは立ち入り禁止のまま、工事の材料置き場になっている。さらにその下の地下にも部屋と通路らしきものがあるのだが、優子などは最初にちょっと覗《のぞ》いただけで、四年経ったいまでもまったく足を踏み入れていない。

優子が館に馴染めないのは、その地下室のせいかもしれない。そこからは真夏でもフワーッと冷気が吹き上がってくるような、何ともいえない不気味な気配が漂っている。四百年前か三百年前か知らないが、そこで何か陰謀や拷問でも行なわれたのではないか——などと、あらぬ想像が湧いてくる。

買い物に行った雑貨屋のおばあさんが、オルシーニ家というのは傲慢《ごうまん》な領主で、身内同士でも、血腥《ちなまぐさ》い争いが絶えなかったという言い伝えがあると話した。

あの地下道は外部からの襲撃があった際、脱出するための逃げ道で、教会の地下室につながっている——とか、壁に死体が埋めこまれているという噂もあるらしい。オルシーニ家の人々が去った後、曲がりなりにも建物が保存され続けたのは、そういう不気味な言い伝えがあって、誰も近づかなかったせいだというのである。

「まさか……」と優子は笑い、雑貨屋のおばあさんも「へへへ……」と、照れたように笑って、話はそれっきりになったが、優子の頭には常にそのことが引っかかっている。おばあさんの言ったことはじつは真実で、どこかの壁か床の中にはいまも死体が埋まっているのかもしれない。そう思うと、館《やかた》の本館に一人でいるだけでも身の毛がよだつような気分がしてくる。

バジル・優子夫妻はもちろんだが、ピアまでが別棟のリストランテのほうに起居している。ハンスだけが本館に住んで、昼も夜も修復作業に明け暮れていた。スイスを離れて以来——というより、それ以前からハンスとピアの関係は冷えきっていて、実質的には別居状態といってもいい。

ハンスは「ブブ」というペルシャ猫を、ピアは「タッコ」という雑種の大型犬をそれぞれ飼っている。飼い主の気持ちを反映するのか、ブブとタッコは仲が悪い。タッコのほうはまだしも気がよくて、ブブに擦り寄ってゆくこともあるのだが、ブブはきわめて冷淡だ。

ピアはタッコを溺愛《できあい》して、どこへ行くのにもタッコを助手席に乗せる。そのことが後に大きなトラブルにつながるのだが、ともあれ、いまのピアにとっては、タッコの存在が夫に代わる「癒《いや》し」のよすがになっている。

そういう状態のヴィラ・オルシーニに、日本からの「美術鑑賞ツアー」ご一行がやって来るという。

これまでは比較的、流行に敏感で、素直にトスカーナの田舎体験を楽しむことを目的とする、若いカップルやグループが多かったのと異なり、今回のお客は熟年もいいとこ、高齢者ばかりのグループで、しかも豪華客船による世界一周途上の人々だ。

テレビニュースで、ヴェネツィアに下り立った乗客へのインタビューが放送されていたが、いかにもリッチで上品な顔だちの夫妻が、「乗客は全員、億万長者である」と語っていたほどだから、迎える側としても、粗相のないようにしなければならない。

それだけに、直前になって舞い込んだ、例の「貴賓室の怪人に気をつけろ」という怪文書の不気味さが、ますます増幅されてくるのである。ヴィラ・オルシーニには取り立てて「貴賓室」と呼ぶような部屋は設定していないが、強いていえば二階と三階の東南の角部屋が専有面積も広く、ゆったりしている。この部屋にはリーダー格の牟田夫妻が入ることになっているようだが、だとすると、牟田氏が「怪人」なのだろうか。

牟田氏がどういう人物で、彼のどこに気をつけろという意味なのか、彼らの到着が近づくにつれて、優子は胸が締めつけられるような緊張を強いられた。

4

ヴィラ・オルシーニはさすがに貴族の別荘であっただけに重厚な外観であった。おそらく、日本風にいえば何万坪もあったであろう領地が、度重なる政変のつど、分割され、あるいはひょっとすると没収されたり、外敵や農民の手に切り売りや切り取りされた結果、現在の二千五百坪程度の地所が残ったといったところか。日本の大富豪や大地主が、相続税対策で土地を切り売りせざるを得なくなるのと同じようなものだ。

それでもトスカーナの丘に建つ「館」の広壮さはかつての面影を残している。とくに、左右に等身大の石像を配した石段を登り、広場から建物正面の、丈の高いルネッサンス風の重い鎧戸《よろいど》を見上げると威圧されるほどだ。鎧戸を押し開け、ホールに入る。ホールの床も階段も相当に古く傷んでいるが、ここに大理石か絨毯《じゅうたん》でも敷きつめれば、貴族の屋敷の風格を再現できそうだ。

トスカーナの風景は、日本の観光地のように、とくに高い山や湖があったりするわけではないけれど、素朴で明るい。マイクロバスから降り立った客たちは、概《おおむ》ねこの館のロケーションに満足した。カシの木立に囲まれた敷地の中に、京都の龍安寺《りようあん》を真似たような小さな石庭がある。日本人の花嫁のために、ヴィラのオーナー氏が自ら造ったものだそうだ。

ヴィラ・オルシーニの人々は揃って出迎えてくれた。黒い大型の雑種犬も尻尾《しっぽ》を振って愛嬌《あいきよう》を振りまいた。荷物をそれぞれの部屋に運んだが、大荷物は飛鳥のキャビンに置いてきているから、いずれもスーツケース一個ずつという身軽さだ。牟田夫妻は二階の101号室、入澤夫妻は同じ二階の103号室、萬代弘樹は三階201号室、石神敬史は202号室、永畑貴之は203号室、野瀬真抄子は102号室。

イタリアでは日本でいう一階は〇階と数える。日本風にいう二階が一階、三階が二階という呼び方だ。イタリアに限らず、ヨーロッパの各国がそうらしい。しかしここでは、ややこしいので日本式に三階は三階と呼ぶことにする。ただしルームナンバーだけは換えようがないので、ドアに書かれてあるナンバーをそのまま使うよりしようがない。

浅見には萬代や石神と同じ三階の204号室が用意されてあった。そう広くはないが、二階の同じ広さの部屋よりは、ランクとしては上のはずである。やはり、日本かららわざわざ来てくれた「探偵」を厚遇する気持ちの表れなのだろうか——と思ったのだが、そういうわけではなさそうだ。とくに、本来ならロイヤル・スイートであるはずの牟田夫妻が二階なのは、エレベーターのない上の階まで上がるのが大変だからという理由らしい。

ひと落ち着きしたところで、全員が別棟のリストランテに案内された。そこであらためて顔合わせをする。ヴィラの主人はハンス・ペーター・ディーツラー、妻はピア、息子がバジル、その嫁が優子。バジルはいかにも菜食主義者らしい色白の痩《や》せ型で物静かな青年だが、優子は陽気で物おじしないタイプだ。日本人としては長身だし脚も長い。お客のスーツケースをどんどん運んだ様子からすると、力も強いらしい。オーナーのハンスは大柄だが動きが緩慢で、どこか具合でも悪いのではないかと思えるほど顔色が悪い。どう見ても客商売向きではない。マダムのピアも貴婦人のようにおっとりして、あまり気働きするようには見えない。どうやらこのヴィラを切り盛りしているのはバジル・優子夫婦で、とりわけ優子の奮闘に頼るところが大きいようだ。

スイス生まれのオーナー夫婦もバジルも日本語はまったく話せない。オーナー一家の共通語はもっぱらイタリア語。優子は流暢《りゅうちょう》なイタリア語を話すし、英語、ドイツ語も何とかこなす。ガイド役を務める野瀬真抄子も英語とイタリア語は堪能《たんのう》だ。浅見は英語がやっとという程度だから、こんなふうに外国で頑張っている日本女性を見ると眩《まぶ》しいほど尊敬してしまう。

リストランテにはもう一人のイタリア人女性がいた。優子が「画家のダニエラ・デ・ヴィータさんです」と紹介した。外国人の女性は年齢が摑《つか》みにくいが、たぶん三十歳前後だろうか。それほど大柄でなく、イタリア人特有の彫りの深い目鼻だちをした美人だ。

「きょうのお客さまは、みなさんが美術を愛好する人たちばかりなので、彼女の絵で壁を飾ってもらったんです」

優子は右手をグルッと巡らせて、周囲の壁を示した。壁には六号から十号程度の小品がズラッと並んでいる。リストランテだけでなく、ロビーの壁にも廊下にも飾られた数は三十点近くある。どれも年老いた女性をモチーフにした作品ばかりで、彩色したものもあるが、ほとんどは茶色や黒のコンテチョークによるデッサンだ。飛び抜けて上手《うま》いのかどうか、浅見には判定がつかないが、優しい画風に温かみが漂う。

「いやあ、これは素晴らしい歓迎ですな。絵もいいが、モデルがいい」

牟田が面白い感想を述べた。そう言われてあらためて眺めると、「モデル」の老女たちがそれぞれ個性的で、まさに人生の年輪を感じさせる。ポーズはごくふつうで、中には編み物をしている人もいる。いくらデッサンとはいっても、かなり長い時間がかかるはずだから、ポーズをつけてそうしているわけでなく、日がな編み物をしているところをスケッチしたのだろう。

「モデルさんはすぐそこの老人ホームのおばあさんたちです」

優子が牟田の批評をダニエラに伝え、ダニエラの話すことを通訳し解説を加えた。ダニエラは教会の裏にある老人ホームに住み込んで、ボランティアのようにお年寄りの相手をしている。その合間にスケッチを描かせてもらうのだそうだ。牟田は絵そのものよりもそういう生き方に感心して、お近付きのしるしにと、絵を一枚譲ってもらうことにした。日本円にして二万円程度の安価なものだが、それでもダニエラは感激して、目を輝かせ、何度も「グラッツェ」を連発していた。

優子の話によると、ヴィラ・オルシーニは、リストランテとしてばかりでなく、こんなふうにギャラリーとして使われることが珍しくないのだそうだ。カッシアーナ・アルタ村の文化センター的な役割も担っている。展覧会だけでなく小さな音楽会も開くし、オーナーのハンスは詩が好きで、同好の士を集めては、自作詩の朗読会なども催す。

「上手なのか下手なのか、私には分かりませんけどね」と、優子は笑う。日本にはそういう風習はないと思う。一度だけ覗《のぞ》いたことがあるが、いい歳をしたおじさんが、ジェスチャーたっぷりに朗々と詩を読むのがおかしくて、以来近づかないことにしたと話す。バジルも母親のピアも、詩の会にはまったくノータッチ。設営から接待まで、ハンスが一人で切り盛りしているのだそうだ。

お茶を飲みながら、ひとしきり雑談を交わし、今後の行動スケジュールを確認し終えると、夕食までの時間は部屋で寛《くつろ》ぐことになった。ほかの全員が引き揚げたあと、浅見だけがリストランテに残って、優子から問題の怪文書を見せてもらった。

怪文書は二通あった。どちらも航空郵便用の、例の赤と青の縞《しま》模様の縁取りのある薄っぺらな封筒に、ボールペンでわざと下手に書いたとしか思えない宛名書きがある。差出人のところにも一応「JAPAN」とあり、あとは漢字で「東京中央郵便局内」とだけ書いてある。封筒の中には安手の便箋《びんせん》にワープロで印字した「手紙」が入っている。

一通は「貴賓室の怪人に気をつけろ」という、「飛鳥」で受け取ったものとそっくり同じ文面だ。

もう一通は「浅見光彦氏に頼め」と書かれているだけで、浅見光彦なる人物の素性はどこにも説明がない。

「たったこれだけで、よく僕のことを突き止められましたねえ」

浅見は驚いた。

「あら、でもフィレンツェにいる友達はよく知ってましたよ。日本で最も有名な探偵さんの一人だって言ってました」

面と向かって「有名」と言われて、浅見は顔が赤くなるのが分かった。

「それにしても、なぜ浅見さんを名指ししているのか不思議に思ったんですけど、何か浅見さんに心当たりがありますか？」

「それが、じつはないこともないのです」

浅見は「飛鳥」で受け取った怪文書の話をした。それとそっくり同じものがヴィラ・オルシーニに届いたのもさることながら、船がまさにイタリアに接近しつつあるタイミングで手紙が届いたことから言って、テキは浅見の行動を逐一、把握していると考えていいだろう。

「そうだったんですか……」

優子は事情を知って、ようやく納得した。「そうですよねえ、そういうことでもなければ、お忙しい浅見さんが、こんなイタリアの田舎にまで来てくださるはずがありませんもの。でも、そこまで仕組まれているとすると、やっぱり何か大きな犯罪がこのヴィラに襲いかかってくるのでしょうか」

「さあ、それはどうですかねえ？」

浅見は首を傾げた。

「もし犯罪者による事件の予告だとすると、なぜそんな余計なことをするのか、理由が分かりません。逆に犯罪を未然に防ごうとする狙いがあるのなら、もっとはっきりと事情を知らせてくれるはずでしょう」

「じゃあ、ただの人騒がせを目的とするいたずらですか？」

「そうかもしれませんが、それにしては手が込みすぎています。そもそも飛鳥の乗船料だけだって、何百万円もかかっているし、伊達《だて》や酔狂で僕に世界一周をプレゼントしてくれたとは考えられません」

とどのつまりは結論が出ない。二人は深刻そうに考え込んだ。バジルが厨房《ちゅうぼう》から顔を覗かせて、「ユウコ……」と声をかけた。その後の言葉は浅見には理解できないが、「そろそろ仕込みの時間だ」とでも言ったのか、優子も「シー（了解）」と応じて立った。

「それじゃ、また後でご相談します」

表情を営業用に明るく作って、手を振って厨房に入った。

それから浅見はリストランテを出て、ヴィラ全体の様子を把握するために敷地内を散歩してみた。まだ修復中の箇所だらけで、裏手のほうには廃材なども置いてある。敷地を取り囲む石塀もところどころ表面が剝《は》げ落ち、上辺も凸凹に欠けている。石段を下りた前庭にはオリーブの樹林に囲まれたプールがあるのだが、ここまではまだ修復の予算が回らないのか、ため池のような状態で、それがかえって風情を添えている。

歩いていると、いつの間に現れたのかタッコという名の黒犬が人懐こく擦り寄って、尾を振りながらついてきた。

ふたたび石段を上がり、建物の周囲を検分して歩いた。正面の鎧戸《よろいど》とは別に右手横に鉄製の扉がある。扉の前には建材などが乱雑に積み上げられて、近づくことさえできないから、実際には使われていない「開かずの戸」のような状態なのだろう。扉は赤錆《あかさび》が浮きだしているほどの古さだ。どこへ続くのか、ひょっとすると地下室の入口かもしれない。開けるとドラキュラでも現れそうで、浅見はどうも、この手の対象は苦手である。

夕刻が近づいて暮色も垂れ込めてきた、十六世紀の館《やかた》は、慣れない日本人にはやはり不気味な気配を感じさせる。急いで建物に戻ることにした。どの窓からも、カーテンを通してオレンジ色の明かりが漏れている。

タッコは建物の前の五段ある階段の下まできて立ち止まった。ふと気がつくと、鎧戸の裾《すそ》に大きなペルシャ猫がうずくまっていた。ここから先はわたしの領分——と言いたげに、ジロリとタッコを一瞥《いちべつ》した。タッコは辟易《へきえき》したように顔を背け、ノソノソとリストランテのほうへ下って行った。

猫は亭主のハンスの愛猫で、名前はブブ。優子の話によると、当人(?)は館の執事のつもりなのか、タッコを従僕か何かと勘違いしているそうだ。実際、そのとおりらしく、浅見が鎧戸を開けると、当然のように先にホールに入り、さっさと階段を上がってゆく。浅見の部屋を承知しているのか、急ぐでもない足取りで、廊下の奥の2

04号室のドアに毛並みをこすりつけ、浅見が鍵《かぎ》を開けると部屋にまで入り込んだ。どうするのか見ていると、部屋の中を壁伝いにグルッと一周して、何事もないことを確かめたかのごとく、悠然と出ていった。不思議な猫だ。

浅見の部屋はマンション式に言うと1LDK。二十畳ほどの居間兼寝室と十畳分程度のダイニングキッチンがついている。システム・キッチンはステンレス製でまだ新しい。材料とその気さえあれば、ここで自由に料理もできる。ベッドはセミダブルのツイン。バスもトイレも一人で使うにはもったいないほど広い。こんなところに新婚旅行で来て、一週間くらい滞在したら、さぞかし楽しいだろうな――と空想を広げていると、ドアがノックされた。

ドアの外には思いがけなく野瀬真抄子が佇《たたず》んでいた。もう夕食の呼び出しかと思ったがそうではなかった。

「ちょっとお邪魔しても、よろしいでしょうか?」

小首を傾げるようにして言った。野瀬真抄子は東京の美術大学を出て、フィレンツェに来てから六年ちょっとというから、たぶん三十歳前後だろう。驚くほどの美貌《びぼう》というほどではないが、スタイルがよく、キョトンとした大きな目が可愛い女性だ。

「僕のほうは構いませんが」

男独りのホテルの部屋に、若い女性が……という意味を込めたのだが、真抄子は気にならないふうで、スッと部屋に入った。

　ダイニングキッチンの真ん中には四人掛けのテーブルがある。椅子も素朴な木製だから、いかにも実用主義的でロマンチックな雰囲気はないのが、この際は救いであった。ごついテーブルを挟んで向かい合いに座ると、真抄子はいきなり「浅見さんの目的は何ですか？」と訊《き》いた。

「は？　目的というと？」

「名探偵の浅見さんがわざわざいらっしゃるのですから、何か特別な目的があるにちがいないと思うのですけど」

「驚いたなあ……」

　浅見は心底呆《あき》れて、頭を抱えた。はるかの地イタリアまで、こんなふうに「勇名」が轟《とどろ》いているのは異常すぎる。

「名探偵だなんて、どこの誰からお聞きになったのか知らないけれど、僕は単なるフリーライターですよ。今回の旅の目的は世界一周クルーズの取材に尽きます。牟田さんがトスカーナのオプショナル・ツアーを企画しているのを知って、急遽《きゅうきょ》、参加しましたが」

「駄目です、隠しても」

　真抄子は掌《て》をヒラヒラさせて、浅見の抵抗を払いのけた。

「日本から離れたイタリアでも、浅見さんのことは知る人ぞ知るですよ。といっても、私は今度のことがあって、初めて知りましたけど」

「今度のことというと？」

「またそうやっておとぼけになる。心配しなくても、私は口の固い女です。それに、いつも働いている職場は周りが全部イタリア人ばかりですからね、喋《しゃべ》りたくても喋る相手がいないんです」

「確か、美術品の修復を勉強中だとか」

「ええ、勉強中といっても、フィレンツェの国立修復研究所で実務をしながら、昔の徒弟制度みたいに、見よう見まねで、自然に習熟してゆくのですけど。そんなことより浅見さん、今度は誰が殺されるのですか？」

「しいっ……」

浅見は思わず唇に人指し指を立てて制止した。壁は厚そうだが、古い建物だ。隣に聞こえていないともかぎらない。

「大丈夫ですってば。さっきも、浅見さんが急にツアーに参加したのは、何か理由《ワケ》があるからだろうって、萬代さんが噂してましたよ。現に飛鳥の殺人事件でも、浅見さんは大活躍だったそうじゃありませんか」

「参ったなあ……」

浅見はジェスチャーでなく頭を抱えた。もしそんなことがグループ客の中に広がっているとすると、何か起こるはずの事件も発生しなくなる虞《おそ》れがある。それはそれでいいのだが、犯人側が用心して、さらに巧妙な手段を用いるようなことにでもなると問題だ。

「でも、その話、ほかの人たちには喋っていませんよ」

真抄子は浅見の危惧《きぐ》を察知したように言った。そういうところは彼女の怜悧《れいり》さを証明している。

「これから先も、ぜひそうしてください。でないと、僕は異端者としてグループから追い出されかねません」

「ははは、そんなこと、あるはずがないじゃありませんか」

真抄子は笑って、「そろそろお食事の時間ですから」と、本来の目的を告げて、ようやく席を立った。

彼女も萬代も、浅見の素性についての知識はあっても、実際の「職務」に関しては分かっていない。その点だけはまだしも救いではあった。

第二章　大理石の山

1

ヴィラ・オルシーニのリストランテは、あまり広くない。入口を入ったすぐの、二十坪ほどのフロアの中央に木製の大きなテーブルが置かれ、馴染《なじ》みの客や、気のおけない宿泊客はここで食事をするそうだ。

右手にカウンターがあって、その背後が厨房《ちゅうぼう》になっている。反対側の左手の壁のドアを入ると、そこはグループが食事会を開けるような、テーブルに刺繍《ししゅう》入りのクロスが掛かった、少しデラックスな感じの部屋である。これ以外にも小部屋があるらしいが、今夜は日本からのお客を迎え、ほかの一般客は入れないことにしたのだそうだ。

今宵《こよい》は牟田氏の好みで、木製テーブルを囲む、リラックスしたディナーにしようということであった。バジルと優子の奮闘に、日頃はのんびり屋に見えるマダム・ディーツラーも、それなりに忙しげに立ち働いて、テーブルの上は花も飾られ、たちまちのうちに料理が並べられた。

このヴィラ本来のメインメニューはヴェジタリアン料理なのだが、生ハムやスモークサーモンなども供された。日本で一般に市販されているボンレスハムは、せいぜい直径が七、八センチから十センチ程度のものだが、イタリアではもも肉を丸ごと生ハムにしていて、薄くスライスして大皿一杯を覆い隠すほど並べる。これがなかなか美味なのであった。むろん野菜を使った料理は彩りも種類も豊富に出ていた。日本で最近、人気の野菜の多くが、イタリア料理の影響を受けていると聞いたことがあるが、確かにその実感はある。

地元産のワインで乾杯して、全員がいっせいにフォークとナイフを使い始めた。

食事のマナーという点では、日本人はどうも西洋の風習には馴染めないものがある。その最たるものはスピードだ。外国では、とくにディナーでは、会話を交わすこともまたご馳走《ちそう》の一部を形成しているような意味あいがある。それに対して、日本人の食事に費やす時間はきわめて短い。

浅見家でも、かっては食事中には無駄口はきかないという不文律があった。厳格だったその父親が亡くなり、兄の陽一郎が和子と結婚して、二人に子ができてから、新しい風が吹き始めた。姪《めい》の智美も甥《おい》の雅人もよく喋るが、雪江お祖母《ばあ》ちゃまは文句は言わない。

今回のツアー参加者の多くは、戦後の飢餓時代を生き抜いたような古いタイプの日本人だから、料理に向かう姿勢も親の仇《かたき》に対するような真剣味がある。のんびりしていると、脇から攫《さら》われた経験の持ち主ばかりである。とはいえ、長い「豪華客船」の旅や、下船地での体験を通じて、西洋風のテーブルマナーも、会話を楽しむ術《すべ》も、それなりに身についてきている。

フォークを持つ手を休めながら、グラスを傾けながら、旅での出来事から、自分の人生の体験談、孫の自慢、はては政治の話題まで、雑然としたお喋りで賑《にぎ》やかだ。アルコールの量が多くなると、歯止めが利かなくなって、それぞれが自分勝手に言いたい放題。収拾がつかない。

浅見は彼らとは年代がかなり違うから、話題から疎外される状態だったのだが、通訳兼ガイド役の野瀬真抄子はじいさんばあさんの会話に、みごとに対応している。むしろ、お客たちの関心は、もっぱら彼女に集中する方向へと移っていた。若い身空で異国の地で暮らすには、何か深い理由や事情があるにちがいない。ひょっとすると女たらしで知られるイタリアの男に騙《だま》されたか、あるいは失恋の傷を癒《いや》すために日本を離れ、この地に来たのか——といった覗《のぞ》き見的な憶測も働くのだろう。

とくにしつこいのは萬代弘樹だ。酔いのせいもあるのか、「どないです、ええ男がいてますのやろ?」と、粘りつくような大阪弁でその「事情」なるものを探りたがった。最初の紹介の時に、美術品修復の勉強をしているという説明を聞いているのだが、真抄子の美術に対するひたむきさなどは、最初から眼中にないらしい。

「そんなことより、私はイタリアの美術品業界のことを聞きたいですなあ」

牟田広和が、なかば萬代の不謹慎を見かねたように言った。

「イタリアでは美術品の海外流出に対して、必要以上に神経を尖《とが》らせているのだそうですが、現在もそうですか？」

「ええ、だんだん厳しくなるみたいですよ。日本から来ている留学生にこのあいだ聞いた話によると、自分が描いた作品まで税関でチェックされたそうです。本人の作品であることを証明するのに、その場でスケッチブックに、職員の肖像画を描かされる羽目になったって言ってました」

「ふーん、そこまでやりますか……」

牟田は深刻そうな表情になった。彼のツアーの目的の一つに、美術品の買い付けがあるらしいから、規制の厳しさは由々しき一大事なのだろう。

「ところで牟田さん」と、それまで一座の中では比較的、寡黙だった石神敬史が、生ハムのひと切れを口に入れながら言った。

「今回のツアーの目的は美術品の買い付けと伺ったのだが、それだったら、こんな辺《へん》鄙《ぴ》な田舎に来ても、あまり意味はないでしょう。フィレンツェの街中のホテルにしたほうがよかったんじゃありませんか？」

ほとんど非難に近い、皮肉めいた口ぶりだった。すぐ近くのカウンターの中には、ディーツラー夫人もいる。言葉の意味は解さないとはいえ、雰囲気は察知するかもしれない。浅見はその質問が自分に向けられたように、ドキリとした。しかし牟田はべつに気にする様子を見せずに、愛想《あいそ》のいい笑顔を作った。

「いやいや、そう言ったもんでもないです。確かにここには何もないが、一時間半もあればフィレンツェへ行けるし、ピサへもそう遠くない。それより何よりここのロケーションが素晴らしいじゃありませんか。だいたい、日本人はこせこせしすぎるのです。たまにはこういう、土の匂いのする穏やかなところで、のんびりするのも悪くない。そもそも石神さんだって、そう思って参加されたのではなかったのですかな？」

「いやいや、私はあくまでも美術品鑑賞の旅だと思っていましたよ。べつに、いまさら土の匂いを嗅《か》いだってしようがない。いずれそう遠くないうちに灰になって、土の中に埋められるんだから。みなさんだって、だいたいそんなところでしょう。もっとも、若いお二人はべつでしょうがね」

ニコリともしないで、「若い二人」の顔にジロリと視線を走らせた。その目つきが不愉快だったが、それよりも浅見は石神が言った「灰になって、土の中に埋められる」という言葉に不吉なものを感じた。そう感じたのは浅見だけではなかったようだ。

「あんた、旅先で、しかも食事中にそんな不謹慎なことを口走ったらあかんがな」

萬代が粘っこい口調で文句をつけた。

「死に神が聞いたら、気ィ悪うしますで。石神さんが死に神さんに祟《たた》られるなんて、洒落《しやれ》にもなりまへんがな。ふぁふぁ……」

愉快そうに笑ったが、ほかの連中は苦笑いを浮かべただけで、どっちもどっちだ——という顔をしている。ディーツラー夫人は無表情に、コースのラストメニューであるパンナコッタの野いちごソースかけをテーブルに運んだ。

何となく白けた雰囲気のうちにディナーは終わった。食後のエスプレッソを飲み終えると、浅見と真抄子以外の年配者たちは三々五々、部屋に引き揚げた。さすがに、連日の強行軍は堪《こた》えたようだ。そのくせ、明日は朝からピサへ行くというのだから、元気なものである。ディーツラー夫人も下がって、急に寂しくなった。

「牟田さんとは以前からのお知り合いなのですか？」

浅見は真抄子に訊《き》いた。

「ええ、父がお付き合いしていた関係で、私もいろいろお世話になっています。とくにイタリアに留学する時には、アドバイスをいただいたりしました」

「僕はまるっきりド素人なのですが、美術品の修復に関しては、やはりイタリアが進んでいるのでしょうか」

「それはそうですよ。何しろローマ時代以来の伝統とノウハウがありますからね。あのミケランジェロだって、芸術家としてばかりでなく、古代ローマの美術品の修復でも活躍しているくらいです。私が勤務しているのは、フィレンツェにある国立の美術品修復研究所みたいなところですけど、建物も施設も日本では考えられないほどの規模で、たぶん国家予算の中に占める美術品保存関連の額も相当なものなんでしょうね。初めて訪れた時には、文化度の違いを見せつけられる思いでした。明後日、見学に行く予定になっているはずです」

「牟田さんがトスカーナの田舎に滞在することにしたのは、さっき言ったような理由なのでしょうか」

「ああ、土の匂いの話のこと？　さあ、それは分かりません。でも、こういうヴィラに滞在するのは、とてもいい趣味だと思いませんか」

「それにしても、石神さんが言ったように、本来の目的が美術品の掘り出し物を見つけることだとすると、ちょっとどうかと思うのですが、この付近にも、美術品の掘り出し物があるものですか？」

「どうかしら？　近くにダ・ヴィンチが生まれたヴィンチ村というのがありますけど、山の上に古い生家があるだけで、美術品があるっていう話は聞いたことがありません。まあ、村や町の教会にある古いキリスト像や宗教画の中に、ひょっとして価値の高いものがあったとしても、それは宗教的な意味での価値観です。日本に持ち帰るどころか、買い付けることさえできないでしょうね」

言いながら、真抄子は怪訝《けげん》そうな顔を見せた。

「浅見さんが同行していらっしゃるのは、そういうことなんですか？」

「は？　そういうことと言いますと？」

「ですからつまり、美術品買い付けのお目付役みたいな」

「まさか……ははは、僕はそういう方面ではド素人だって言ったでしょう」

「それじゃ、やっぱり殺……」

真抄子があぶないことを言いかけた時、バジルと優子夫妻がキッチンの片付けを終えたのか、平服に着替えて現れた。それを汐《しお》に真抄子は「お先に、ご馳走《ちそう》さまでした」と席を立った。

「何も起こりそうにありませんね」

優子はほっとした顔で、浅見と向かい合う椅子に座った。バジルは彼女のためにエスプレッソをいれている。「まだこれからでしょう」と浅見は笑った。何が起こるにしても、わざわざ「貴賓室の怪人に気をつけろ」などという、それこそ怪文書を送りつけ、おまけに浅見光彦なる「名探偵」を、高額の旅費つきで送り出すくらいだから、伊達《だて》や酔狂の話でないことは確かだ。

やはり何らかの事件——それも殺人がらみの事件が発生する可能性を想定しなければ

ばならないのだろう。

「だけど、どうしてこのヴィラなのか、不思議でならないのですけど」

「それは僕だって同じですよ。なぜ僕なんかに白羽の矢が立ったのか、さっぱり分かりません」

「あら、それは浅見さんが有名な名探偵だからじゃないのですか？」

「ははは、僕はそんなんじゃないって言ったでしょう。しかしまあ、かりにそういう誤解があったとしても、僕はイタリアは初めてだし、語学力はさっぱりだし、美術の知識だってろくすっぽありはしないし、どう考えたってこの役目に適性があるとは思えません。本当に事件が起きると予測されるのなら、イタリア警察にでもセキュリティを依頼したほうがいいはずですけどね」

「ふーん、そうなんですか……」

浅見自身から、頼るに足りない人材であることを告げられ、優子は浮かない顔になったが、気を取り直して「でも、何か理由があるのでしょうね。浅見さんでなければならない何かが」と言った。

「たぶん……そして、こちらのヴィラを特定する理由もです。僕のことより、むしろそっちのほうが問題かもしれない。僕の能力なんかに較べると、少なくとも現実性がありますよ。さっきひと回りしてみましたが、ずいぶん由緒ありげな館《やかた》です。ここでなら何があっても不思議はないような気がしました。バジルさんのお父さんがこの館を選んだ理由なんかも、いちどお聞きしたいものです」

自分の名前を耳にして、バジルが「?」という目を浅見と優子に交互に向けた。優子はイタリア語でバジルに状況を説明してから、浅見に向き直った。

「詳しいことはよく知りませんけど、バジルから聞いた話では、彼の父親のハンスがこの館に惚《ほ》れ込んだのだそうです。最初にここを見た時はずいぶん荒れ果てていて、ここまで修復するのは大変でした」

優子はときどきバジルと言葉を交わしながら、ヴィラ・オルシーニの開業から今日に至るまでを解説した。

「あれから三年経ったいまでも、修復工事は半分くらいしか進んでいないのじゃないかしら。現在はもう、私たちはホテルとリストランテが忙しくて、ハンスが一人で作業をしていますけど、一階はホールだけがほぼきれいになっただけで、ほかのほとんどの部分と二階の一部は修復中ですし、地下なんか、ぜんぜん手がつけられていないみたいです」

「そういえば、建物の脇のほうに、地下室へ下りて行くような石段がありましたね」

「ええ、でもあの入口は、前に建築資材なんかが積んであって、使えない状態だったでしょう。館のホールの奥にも地下へ行く階段があるにはあるんですけど、通路はやっぱりガラクタが一杯で、事実上は開かずの部屋なんです」

「開かずの部屋ですか……何だか不気味な感じですねえ」

浅見は笑いながら言ったのだが、優子はかえって深刻そうな真顔になった。

「じつは、村の雑貨屋のおばあさんに聞いた話によると、このヴィラ・オルシーニには血腥《ちなまぐさ》い言い伝えがあるんですって」

傲慢《ごうまん》な領主や、身内同士のあいだに、血で血を洗うような争いが絶えなかったことや、外部からの襲撃を逃れるために地下道があったり、壁に死体が塗り込められている——といったことを、ときどき肩をすくめるようにして語った。

「こんなこと、浅見さんだから話すんですから、ほかのお客さんには絶対に内緒にしておいてください」

「参ったなあ……僕は臆病《おくびょう》だからそういう話に弱いんですよねえ。確かに、建物の周囲を回っただけで、何となく不気味な雰囲気は感じましたけど。そういうの、ご主人はどう思っているんですか？」

「バジルも臆病ですから、信じて怖がってますよ。ね……」

優子が隣のご亭主に伝えると、バジルは両手を広げ、唇を歪《ゆが》め、肩をすくめた。夫婦とも館の地下はいちど覗《のぞ》いただけで、地下通路の存在も知っているけれど、奥のほうがどうなっているかなど、薄気味悪くて確かめる気になれないそうだ。

2

ヴィラ・オルシーニはルネッサンス風の外観からは想像もつかないほど、室内の設備は近代的でなかなか快適だ。システム・キッチンも大きくてきれいだし、バスルームも広く、お湯はたっぷり使える。浅見はのんびりバスに浸かって、湯上がりにカモミールティーを飲んで、いつもより早めにベッドに入った。

どの部屋の住人たちもやけに静かだ。壁や床の遮音効果がいいのか、それとも昼間の疲れで白川夜船なのか、そんなことを考えているうちに睡魔が襲ってきた。

女の悲鳴を聞いたような気がして、目が覚めた。枕元の時計の針は午前一時を少し回っている。二時間あまり眠ったらしい。日本式にいえば「草木も眠る丑三《うしみ》つ刻《どき》」に近い。そう思ったとたん、浅見は首筋が寒くなって毛布を引き上げた。

女の悲鳴と思ったのは錯覚なのか、耳を澄ましてみたが何も聞こえない。どこか遠くのほうから「コトコト」と単調な音が響いてくるのは、揚水ポンプか何かが作動しているのだろうか。音はリズムを刻むように続いて、少し休んではまた聞こえてくる。ごく小さな音なのだが、気にしだすと何倍も増幅されて耳に障《さわ》る。

そのうちに、音は正確に一定のリズムを刻んでいるわけではないことが分かってきた。間隔も少しずれるし、強弱も必ずしも一定ではないらしい。機械的なものではなく、人為的に発生している音のようだ。

（たとえば壁を刻んでいるような――）と想像して、さっき若狭優子に聞いた、壁に死体を塗り込めた話を思い出した。地下室の壁を掘って死体を塗り込める作業が頭に思い浮かんだ。朝になったら、ツアー仲間の誰かが消えているかもしれない。

ばかげた妄想だと分かっているからいいようなものの、もし多少なりとも現実味を帯びていたりすれば、浅見はとてものこと、独りではいられない気分になるだろう。いや、笑い話のつもりで思いついたことを後悔したくなったほどだ。子供の頃に読んだエドガー・アラン・ポーの『アッシャー家の崩壊』を思い出した。生きながら棺《ひつぎ》に入れられ、地下室に葬られた女の呪いで、アッシャー家が崩壊する話だ。ポーの作品には壁に塗り込められた黒猫の祟《たた》りの話もあった。それらの作品の舞台になったのは、こんなような館《さ》だったかも――などと思う。

ますます目が冴えて、音の正体がいよいよ気になってきた時、ふっと音が止んだ。あとはスコーンと抜けたような静寂が支配する世界になった。これはこれでまた不気味だ。

東京の暮らしは、夜中のどんなに静かな時間でも、どこかで何かの音がしている。

雑音には違いないが、人間の営みを感じさせる温かさもある。こんなふうに完全な無音状態の中にいると、世の中に自分独り、置き去りにされたような不安を感じる。

ベッドの中で輾転《てんてん》としながら、それでもいつの間にか、また眠りに落ちた。


ノックの音で目覚めた。「浅見さん、朝食の時間です、起きてください」と呼んでいるのは野瀬真抄子だ。時刻はすでに八時を過ぎていた。慌てて「はーい」と呼び返して、リストランテに降りて行くと、仲間たちはとっくに食事を終えて、出かける身支度も整え、「しようがないな」という冷たい目を、寝坊の若い男に向けてきた。

「八時半の出発予定ですから、急いでくださいね」

連中の気分を代弁するように、真抄子はわざとらしくきびしい口調で言った。ゆで卵とブリオッシュとカプチーノを胃の腑《ふ》に押し込んで、大急ぎで歯を磨き身繕いして、なんとか八時半ぎりぎりにはみんなのところに戻った。

バスに乗り込む時になって、昨夜の妄想が気になった。さり気なくメンバーの頭数を数えてみると、ちゃんと揃っている。当たり前の話だが、誰も壁に塗り込められたりはしなかったのだ。

「ゆうべ、夜中に妙な物音がしませんでしたか？」

試しに真抄子に訊《き》いてみたが、「いいえ」とあっさり首を振られた。浅見と同じ頃、部屋に戻って、同じ頃ベッドに入ったはずである。その彼女が気づいてないのだから、大したことはなかったのだろう。ひょっとすると空耳だったのかもしれない。ほかのメンバーに確かめる気にはなれなかった。

ピサ（正式には「ピーサ」というらしい）までは、近いとは言えないが、それほど苦になる距離ではない。例によって高速道路をぶっ飛ばす車の動きはおっかないが、田園風景や通りすぎる町々、家々の佇《たたず》まいは目を楽しませる。日本の町並みや家屋のデザインがテンデンバラバラであるのと較べると、それぞれの家々が風景に溶け込んでいる——というより、風景をつくり出そうとしている精神が伝わってくる。

「それはもう、文化度や美意識の相違というしかないでしょうねえ」

真抄子はまるで自分の国の自慢をするような口ぶりで言った。

ただし観光都市として有名な市街地の中に入ると、必ずしも快適とは言いがたい。とにかく街そのものが史跡であるような古い建物や石畳の道路が多いのだから仕方がないけれど、むやみやたら工事中の場所ばかり。それにゴミの投げ捨ても目立ち、清潔感という点ではあまり褒められたものではない。

しかし、さすがにピサの斜塔のあるドゥオーモ広場は美しかった。斜塔そのものは写真で見慣れているからショックを受けるほどではないが、それでも現実にこの目で見ると、なぜあれで倒れないのか不思議だ。建物の重心線が基礎の範囲内にあるという理屈は分かるけれど、それにしても石柱ひとつひとつがよく保たれているものである。風化も進むはずだし、早晩——いや、いますぐ崩壊したっておかしくなさそうに見える。

ピサの斜塔はてっぺんに展望台がある。長いこと工事中で閉鎖されていたのが、つい最近、解禁されたというので、牟田老人が登ると言いだした。「この世の見納めです」などと、あまり笑えないジョークを言う。グループの仲間たちもそれに賛同した。ただし、高所恐怖症の浅見はむろん参加しない。真抄子も「やめておきます」と後込《しりご》みした。美術専攻のお嬢さんとしては、脚力にはあまり自信がないらしい。

元気な老人たちを見送ってから、若い二人は広場を散策することにした。

ドゥオーモ広場には斜塔のほかにも三つの歴史的建造物がある。広場の名前になっている「ドゥオーモ（大聖堂）」はロマネスク様式の壮大な建物で、十一世紀に建てられた。斜塔はそれより百年ほど遅れて着工されたものだが、同じ頃に「洗礼堂」も造られた。

それともう一つカンポサント（墓地）がある。「私はそこがいちばん好き」と真抄子が推薦した。

墓地といっても、長さが百メートル、幅が十メートルほどの回廊を巡らせた巨大建造物で、真抄子の解説によると、中庭はキリストが処刑された、あのゴルゴタの丘から運ばれた土でできているそうだ。それを囲む回廊はほかの建物と同様、大理石造りの壮麗なものだ。

回廊の両側には石棺が並んでいるが、それとは別に畳二枚分近い大きな墓碑が、六百あまり床に敷きつめられている。墓碑の下には石棺室があるのだろう。つまり、回廊部分だけでも床面積が少なくとも六百坪はあるという、ばかばかしいほどの規模である。

「誰の墓なんですかね？」

「詳しい解説書は見てませんけど、たぶん、墓の主《あるじ》は為政者か権力者、歴代の司祭たちといったところじゃないかしら。大きな聖堂の床にはたいてい、こういう墓碑が敷いてありますから、ごく一般的なものなのだと思いますよ」

「そうすると、われわれは墓石を踏みながら歩いているわけですね。むろん土葬だから、この下で仰向《あおむ》けに横たわるミイラか骸骨《がいこつ》が、上を通る連中を見上げているということですか……」

言いながら、浅見は足元から冷たい空気が吹き上げてくるような気分になった。こんなところが「いちばん好き」という、真抄子の気が知れない。

死んでから埋葬されたことは分かっていながら、地の底からの視線を感じてしまう。いや、中には生きたまま埋められた「聖人」もいたのじゃないかな——などと、不気味な想像さえ浮かぶ。

日本には「即身仏」と称して、自ら生きたまま地中の密室に入り、絶食してミイラとなる僧侶《そうりょ》の話があるが、彼は飢餓と迫り来る死への恐怖から逃れたいとは思わなかったのだろうか。本能的な生への執着に駆られ、錯乱状態で助けを求めたくはならなかったものだろうか。

重く冷たい石の蓋《ふた》を叩《たた》き、最後の空しい足掻《あが》きをつづける姿を想像して、真っ昼間だというのに慄然《りつぜん》とした。それは昨夜聞いた奇妙な音からの連想だ。アッシャー家に幽閉された生きる屍《しかばね》の、怨念《おんねん》を込めたノックが館《やかた》を崩壊させるという、恐ろしいストーリーからの連想でもある。

「そろそろ急ぎましょうか」

臆病風《おくびょうかぜ》に吹かれ、浅見は真抄子を促し、足早に「墓地」を抜け出した。抜けるような青空と純白の建物と、その下に広がる芝生に憩うカップルたちを見て、現世に生きる喜びをあらためて実感した。

斜塔の出口に着いて間もなく、仲間たちがゾロゾロ降りてきた。塔に登る前は威勢のよかった連中だが、建物から現れたどの顔も疲れきったような表情を浮かべている。

牟田老人は「野瀬さん、あんたが正解でしたよ。やめときゃよかった」とこぼした。

「あらそうかしら、私は素晴らしい景色に満足しましたよ。ねえ、みなさん」

夫人が同意を求めたが、誰も頷《うなず》こうとはしなかった。

重い脚を引きずるように、それでも定番コースであるドゥオーモを見学する。こういった律儀さというか、「せっかく来たからには見ないと損する」の精神は日本人観光客の特色かもしれない。もっとも、真面目に見ると三時間はかかるところを、ほんの三十分ほどで通過した。真抄子は「もっと細かくご覧になるといいのですけど」と残念そうだが、誰ひとり聞く耳を持たない。

広場の脇に並ぶ土産物店を冷やかし、バスに戻り、地中海沿いの高速道を北上、カッラーラへ向かう。

浅見は知らなかったが、カッラーラというのは大理石の産地で、日本の北アルプスほどもあろうかという山塊が、全山大理石だそうだ。

「古代ローマから現代に至るまで、サン・ピエトロ寺院などの建造物や、ミケランジェロの『ピエタ』像など、すべての石像芸術を支えてきたのは、その無尽蔵ともいえる大理石の山があればこそといってもいいのです」

真抄子が解説した。

「なるほど、ヨーロッパの石の文明はそういう石材資源に支えられて生まれたというわけですな」

入澤稔夫が言った。静岡県で食品関係の会社を経営しているという入澤は、見るからに真面目そうな人柄だ。やや小柄で、度の強い眼鏡をかけた風貌《ふうぼう》からは、企業家というより学者という印象を受ける。

「その点、石材よりも豊かな森林資源に恵まれた日本では、当然のように法隆寺や東大寺などに代表される巨大木造建築物や多くの木像が造られた。石の文化と木の文化、その相違が芸術ばかりでなく、精神風土を形作る上で影響を及ぼしたといえますね。日本人が桜の花のようにパッと咲いてパッと散る潔さを尊んだ思想と、簡単に建てて、火事に遭えば簡単に消滅する日本家屋とは、どこか通じるものがありそうです」

「近頃は、あまり潔い人間はおらんのと違いますか」

萬代弘樹が混ぜ返すように言う。大阪でお好み焼きのチェーン店を十いくつだか持っているという萬代は、どんな話でもお笑いネタにしたくなる性格のようだ。

　バスはインターチェンジを出て、カッラーラの市街を抜け、背後の山道にかかる。谷川沿いの隘路《あいろ》だが、行き交う車は少ない。対岸の山肌にへばりつくように集落がある。柑橘《かんきつ》類と思われる、少し花をつけた樹木の中に点々と建つ民家も店も、どれもお伽話《とぎばなし》に描かれるように可愛らしい。

　橋を渡り、さっき見た集落を斜めに横切って、さらに登ること三十分ほどで稜線《りようせん》を一つ越えると、前方の谷の向こうに雪を被《かぶ》ったような白い山並みが見えてきた。「あれが大理石の山です」と真抄子が言った。確かに話に聞いていたとおり、穂高岳クラスの山がいくつも連なっていて、それがすべて大理石だというのだから、壮大なものだ。

断崖《だんがい》の縁を走り、いくつもある採石場の一つに到着した。たまたま休日だったので機械も人も動いていない。平日だと石材運搬車などで道路の交通量が多く、ここまで辿《たど》り着くにはもっと時間がかかるのだそうだ。もっとも、多くの採石場がすでに採掘を終え、あるいは採算点に達しないなどの理由で休止状態にあるという。

採石場の近くに何軒か、大理石細工の土産物を売る店があって、観光客の姿がちらほら見える。さすがに日本人の顔はこのグループだけだ。そのことを言うと、真抄子は「こんなところまで来る人はいませんよ」と明快に答えた。

「私たち美術に関心のある人間でも、カッラーラの町には行きますけど、ここまで脚を延ばすことはないです。大理石には興味がありますけど、麓《ふもと》の石材展示場へ行けばいくらでも見られます。ふつうの人はこんな採石場を見たって、意味がありませんものね。よほどのヒマ人でなければ……」

言いかけて、慌てて口を押さえた。少なくとも浅見以外に、ヒマ人が七人も揃っているということをうっかりしたらしい。

3

採石場を出ると、道は大理石の山をぶち抜いた暗く長いトンネルに入る。一車線だけのトンネルだから、対向車が来たらどうするのか不安だったが、どうやら一方通行になっているようだ。

トンネルを出てしばらく下ったところにダム湖があった。湖底に取り残された集落があるらしく、比較的岸辺に近い辺りの水面から教会の塔や館の一部が顔を覗《のぞ》かせている。たぶんダムの満水時には完全に水没するのだろう。かなりの歳月を経ているようだが、石造りの建物はしっかり原形を保っていて、眠ったような湖面に影を落とす。

その幻想的な風景を俯瞰《ふかん》する場所に小洒落《こじゃれ》たリストランテがあった。

一行はそのリストランテで昼食をしたためることになった。浅見はただついて回るばかりで何も知らなかったのだが、最初からそういう予定になっていたために、朝の出発を早めたようだ。

メンバーのほとんどは空腹感に誘われるまま、リストランテに吸い込まれていったが、牟田夫妻は湖の風景に魅せられたのか、道路の端まで行ってじっと佇《たたず》んでいる。一人残って見つめる浅見の目には、二人の後ろ姿がひどく寂しげに映った。

リストランテにはカップルの先客がひと組だけで、テーブルは沢山空いている。首に緑色のネッカチーフを巻いた赤ら顔の老人が出迎えた。いかにも田舎風ののんびりした雰囲気の店だ。老人に指示されて、孫息子らしいまだ十三、四歳にしか見えないボーイが注文を取りにきた。お客はメニューを見てもさっぱり理解できない連中だ。ともかくワインを頼み、真抄子の判断で、シカと何かの鳥と、何とかいう浅見の聞いたことのない野菜のグリルとスープを注文する。運転手を入れて十人だが、五人分でも食べきれないだろうという。

さっきの赤ら顔の老人がやってきて、ワインの封を切りながら、あんたたちは日本人かと訊《き》いた。真抄子の通訳によると、日本人が来るのは本当に珍しいのだそうだ。採石場で働く中国人労働者はときどき見かけるが、日本人は明らかに違う。どことなく気品がある——と、お世辞なのか本音なのか分からないが、そう言った。

真抄子が「この人たちは、日本の豪華客船でワールド・クルーズ中である」と説明したらしい。老人は「ほう、それは素晴らしい。私の店に来ていただいて光栄である」と感激した。彼の感覚では、船で世界一周ができるようなのは、よほどリッチな階級の人間だという認識なのだろう。

話しているうちに、どういうわけか、老人がチラッチラッとこっちを見るのが、浅見は気になった。客たちのグラスにワインを注いで回りながら、そんなふうに浅見の顔を見ていて、何か記憶を呼び覚まされたのか、老人はとつぜん、真抄子に「クゼ」という固有名詞を何度も繰り返して質問をした。少し早口だったせいか、最初は何のことか分からなかったらしい真抄子が、面々を振り返って「あなたたちは、クゼという人を知っているかって訊いてますけど」と通訳した。

「久世っていう人は知っているが、クゼ、何ていう人？」

石神が訊いた。

「下の名前は分からないそうです」

「久世というのは珍しい名前だから、もしかすると私の知っている人かもしれない。何をしている人かな」

その質問を伝えると、老人は「むかし、ここの採石場で働いていた男で、その当時三十歳くらいだった」という意味のことを言った。

「じゃあひょっとするとそうかな。腕のいい弁護士で、若い頃ヨーロッパに留学していたことがあるそうだが」

しかし、真抄子が老人に確かめて、そうではないことが分かった。

「その人、ここで亡くなったんだそうです。それも三十年近いむかしに」

「なんだ、それじゃ話にならない。私の知ってる久世氏はピンピンしている」

石神は笑ったが、浅見は老人の意味ありげな視線が気になって、訊いた。

「その人がどうかしたんでしょうか？」

「どうかしたっていうと？」

真抄子が質問の意図を確かめるように、小首を傾げた。

「いや、ご主人が三十年近い大むかしのことを覚えているというのは、その人とご主人とのあいだで何か特別なことでもあったのじゃないかと思って」

どうかしらね——と、気が進まない様子だったが、真抄子は一応、訊いている。何やらややこしい話になったのか、しばらく手真似を交えながらの会話がつづくうちに、彼女が浮かない顔になってゆくのが分かった。

対照的に老人のほうは、いい聞き手が現れたとばかりに、意気込んで喋《しゃべ》りまくる。イタリアの男は女性に対してはマメだそうだが、そういう下心はなくても、根っからお喋りなお国柄なのかもしれない。喋りのあいだも、時折チラッと浅見に視線を走らせる。合間には、真抄子に浅見のことを何か言っているような仕草も見せた。

長っ話をしているところへ、さっきのボーイと一緒に、彼の母親らしい中年女性が料理を運んできて、しかめっ面と、きつい声で「おじいさん、くそ忙しいのに、いい加減にして！」とでも言ったようだ。老人は剽軽《ひょうきん》な顔で肩をすくめ、お喋りをストップし、キッチンのほうに退散した。

焼き立てのパンが出て、ミネストローネが出て、間を置かずに三つの大皿にかなりのボリュームの料理が盛られて出てきた。フランス料理と違って格式張らないのがイタリア料理のいいところだ。各自、皿に小分けして、好きな物を好きな分量だけ食べればいい。ワイングラスを傾け、会話は専ら料理の評価のほうに集中した。

「それで、あのマスターは何て言ったのですかな？」

視線を皿に向けナイフとフォークを使いながら、牟田老人が真抄子に訊いた。いかにもさり気ない訊き方だったのと、質問者が浅見でなかったので、真抄子は「えっ？」と、不意を突かれたように、慌てて口の中のものを飲み込んでから言った。

「その人、クゼっていう人、事故で亡くなったらしいんですけど、しばらくして、トリノの警察から刑事が来て、いろいろ事情聴取して行ったのだそうです。マスターはその時の刑事の様子から、ただの事故死ではなく、何か背景のある事件ではないかって、そういう印象を受けたみたいです」

「背景とは、どういう？」

「そこまでは分からないって言ってました。ただ、その頃のヨーロッパでは、イタリアの赤い旅団《ブリガート・ロッセ》だとか、日本赤軍だとか、過激派の動きが盛んだったから、その関係ではないかと思ったそうですけど」

「そういえば」と、いつもは寡黙《かもく》な永畑貴之が会話に参加した。

「テルアビブ空港の銃乱射事件が一九七二年でした。七四年にはオランダのハーグでフランス大使館占拠事件というのがあった。ちょうどその頃、私はドイツに駐在していましたが、日本人の青年というだけで、一日に三回も不審尋問を受けることがありましたよ。そういう緊張状態は、赤軍派の動きが収まるまで、二、三年つづいたんじゃなかったですかねえ」

「そうですそうです。マスターもオランダの事件の二年後だって言ってました。そのことがあるので、警察は亡くなったクゼっていう人を、日本赤軍のメンバーではないかって疑っていたらしいっていう話です」

「なるほど……おまけにただの事故死でないとすると、内ゲバか何かで殺された可能性があるということですかな」

「そうかもしれません。現にマスターは、クゼ氏がこの店で、日本人の青年と密談して、何かこっそり手渡しているところを目撃していたそうです」

「ほう、その青年も赤軍派ですか」

「いえ、それはどうか分かりませんけど、その人は関係ないだろうってマスターは言ってます。一見した感じでは真面目そうな、そうそう、浅見さんそっくりの学生風の男の人だったそうです」

「ははは、いくらなんでも、僕は学生にしてはトウが立ちすぎてますよ」

浅見は苦笑した。さっきの老人の意味ありげな視線はそれだったのか。

「でも浅見さんは私の目から見ても若々しいですよ。東洋人は若く見られますからマスターの目にそう映ったとしても不思議はないんじゃないかしら」

「ヨーロッパの人は、同じ東洋人なら日本人も中国人も区別がつかないでしょう」

「私もそう言ったんですけど、そんなことはありませんて。さっきも、日本人はどことなく気品があるって言ったでしょう。あれは浅見さんを見て、そう思ったんですって。だからといって、ほかのみなさんが下品というわけではありませんとも言ってました」

真抄子はマスターのために、ちゃんとフォローしている。「マスターの説によると、もし赤軍派なら、赤いアルファロメオなんていう、目立つ車に乗ってるはずがないんですって」

「ふーん、アルファロメオねえ。当時としては、けっこうリッチな若者だったっていうことですか」

永畑は感心したように言ったが、浅見はそれとは別の意味で（えっ？――）と驚いた。兄の陽一郎が東大の学生だった頃、ヨーロッパをアルファロメオで走り回ったという話を聞いたことがある。確か兄は二十歳だったと言っていたから、二十七年前。浅見はまだ小学校に入ったか入らないかの頃だ。ずっと後になってからそういうかっこいい話を聞いて、ますます賢兄との落差を感じてしまったものだ。

（まさか、その日本人学生が兄だったなんて――）と思うが、年代も合致しそうだし、赤いアルファロメオが一致するとなると、聞き流すわけにいかない。

「その人はその後、どうなったのでしょう、学生風の日本人のほうは」

「知らないそうです。警察はその後、何も言ってこないし、ニュースにもならなかったから、事件には関係なく、たぶん日本に帰国したんじゃないかって言ってました」

「そうですか……」

何となく（よかった――）と浅見は思ったのだが、牟田老人が「クゼという人は、日本人の若者に何を渡したのですかな？」と疑問を投げかけた。

「ああ、そのこと、私も訊《き》いてみました。何か分からないけれど、わりと小さなものだったそうですよ」

「小さいといっても、たとえば円筒状のものか、それとも平べったいものか……」

「いえ、ちょっと大ぶりだけど、ふつうの封筒みたいなものだったそうです」

「手紙ですか？」

「いえ、ただの手紙ではなく、何か入っているように見えたって言ってました」

真抄子は両掌《りょうて》を、少し膨らみをもたせて重ねてみせた。

「そう、そんな小さなものですか」

牟田老人はつまらなそうな顔になった。関心は急速に遠のきそうな気配だが、しかし浅見のほうはそうはいかない。学生風の若者がひょっとすると兄かも——という引っかかりがある。

「さっき、トリノ警察から刑事が来たって言いましたね。トリノといえば、確かずっと北のほう、スイス国境に近い辺りですよね。なぜそんな遠くの警察署から刑事が来たのでしょう？　地元のカッラーラに警察署がないわけではないと思いますが」

「ああ、そうですね、なぜなのかしら？　カッラーラになくても、ピサだって近いし、ジェノヴァとかミラノとかのほうが、トリノより大きな警察署はありそうですわ」

「クゼさんはトリノで事件を起こしたということですかね。イタリア警察の仕組みはよく分かりませんが」

クゼの話題はまだまだ続きそうだったが、牟田夫人がご亭主の袖《そで》を引っ張って「あなた」と催促する仕草を見せた。牟田は「ん？」と気付いて、「そうか、そろそろ時間か」と時計を見て言った。

「その人が何をやらかしたにせよ、三十年もむかしのことですな」

それで結局、話は中断したが、何となく中途半端な気分で、浅見の胸には凝《しこ》りが残った。

山を下ってカッラーラ市街に出た。大理石のアプアーネ山脈の麓《ふもと》に広がる、緑豊かな美しい街だ。大理石で潤ってきた町なのだろう。郊外には加工場や展示販売場のようなところもあるが、街の中心部は文教都市のような落ち着いた雰囲気が漂う。ほとんどの建物はむろん大理石をふんだんに使用している。観光スポットもいくつかあるらしいが、予《あらかじ》め決めてあったのか、バスは迷わず美術学校（アカデミア・ディ・ベッレ・アルティ）の前に停まった。

バスの「乗客」たちのほとんどは、途中から居眠りをしていた。朝からかなりハードなドライブではあった。美術商の牟田老人は元気だが、ほかの連中は牟田夫人を含めて、あまり嬉《うれ》しくなさそうに緩慢に動いて、ゾロゾロとバスを降りた。

大理石の町の美術学校とあって、展示品にはさぞかし彫刻が多いかと思いきや、それほどのことでもなかった。それよりも現代作家による特別展が催されていて、そこに多くの日本人画家の作品が並んでいるのが目を引いた。牟田老人の目的はそこにあったような印象を受けた。野瀬真抄子の友人も出品しているらしい。ほかの連中はそっちのけ、老若二人の美術関係者だけで、熱心に出品物を値踏みして回っている。

浅見も多少は絵心があるから、一つ一つの作品を興味深く眺めた。日本人の名前、それも女性の名前が多いのには驚かされた。近頃の若い者は——という言われ方は万《ばん》古不易《こふえき》だが、海外へ出て頑張っている若者が少なくないことを思うと頼もしいかぎりだし、その一方では、飛行機嫌いで国内に縮こまっている自分が情けない。

もっとも、海外雄飛組の中には、テルアビブ空港銃乱射事件の岡本某《なにがし》のような過激思想の持ち主や、何かの事件を起こした逃亡犯もいるから、必ずしも感心ばかりしていられるものでもない。むしろ国家を支えているのは国内で地道に働いている人びとがあればこそ——と、負け惜しみでなくそう思った。

牟田老人は目ぼしい作品を発見したのか、展示室の片隅で芸術家らしい日本人男性と話し込んでいる。見た目では五十歳前後だろうか、長髪でアラブ人のような髭《ひげ》をたくわえ、黒い長袖のシャツというラフな恰好《かっこう》である。通訳の必要がないせいか真抄子の姿は見えない。

浅見は絵を見ながら、しぜんに牟田のいる方向へ近づいた。「……本当にあるのかな」という牟田の声が聞こえた。それに対して相手の男は何か答えようとしたが、その時、浅見の姿に気づいたらしく、指を上げて牟田を制し、口を噤《つぐ》んだ。

牟田は振り向いて「やあ、浅見さん」と笑いかけた。

「紹介しましょう。といっても、私もいま知り合ったばかりだが、こちらは石渡章人《いしわたあきひと》さんといって、絵描きさんだが、副業でフリーのニュースカメラマン……いや、どっちが副業というべきですかな？」

「どっちでもいいのです、メシが食えるのはカメラのほうですがね」

石渡は笑った。黒髭の中の真っ白な歯が印象的だ。浅見は名刺を渡した。

「フリーのルポライターをやってます」

「ほう、というと、ご同業に近いですね……浅見さんとおっしゃる……」

少し視力が落ちているのか、石渡は名刺を近づけたり遠ざけたりしている。石渡のほうは名刺はないようだ。

「カッラーラにお住まいですか？」

浅見は訊いた。

「今はね、もっとも、しょっちゅう居場所が変わる。まあ流浪の民のようなものですな」

「こちらに、石渡さんも作品を出品していらっしゃるのですか？」

「ああ、あれがそうですよ」

指さしてその方向に足を踏み出した。その時になって、浅見は石渡の右足が不自由なことに気がついた。杖《つえ》をつくほどではないが、引きずるようにして歩く。

不思議な絵であった。五十号ほどの油彩画で、激しい色使いは左右の作品を圧倒する。荒涼とした砂漠を思わせる、茶と緑の荒いタッチで塗り込めた背景の上に、人間とも猛獣とも、あるいは機械的な構造物とも取れる得体の知れない造形物が立ち上がっている。空へ向かった先端は赤に近く、それ以外はグラデーションで黒っぽく変化しつつ地中に沈み込むようなイメージだ。具象と抽象が混在したような画風というべきなのだろうか。

「どうです？」

石渡は試すような目で浅見に訊いた。

「そうですね……」

浅見はしばらく考えて、「僕には作品の善し悪しなんて、とても分かりませんが、率直な感想を言うと、怒りと無力感……どちらかというと退嬰《たいえい》的なものを感じさせますね。ぜんぜん違いますが、ムンクの『叫び』を見た時のような気分で、なんだか、とても悲しくなりました」

「ほう、そう思いますか……」

石渡はまるで他人の絵を見るように、あらためて自分の作品に向き合っている。ずいぶん長いことそうしていて、ポツリと「そうですな、あなたの言うとおりだ」と言って、不自由な足のほうから、右へ歩みだした。

「日本は変わったでしょうな」

ふいに訊かれて、浅見は戸惑った。いつから変わった——と考えているのだろう。

「もう、かれこれ三十年近く、帰ってないのですよ」

こっちの気持ちを察知したように、石渡は言った。

「じゃあ、ずっとこちらですか」

「そう、最初はイタリアに来て、それからスイスにもしばらくいたかな。結局イタリアに舞い戻ってカッラーラに住み着きましたが、ここで死ぬのかどうか……」

「トリノにはいらっしゃらなかったのですか」

「ん？　トリノですか……」

チラッと牟田のほうに視線を送ってから、「どうして？」と訊《き》き返した。

「フィアットやランチアで有名ですよね」

「ああ、あなた、車が好きですか。車はいいかもしれないが、ああいう機械工業の中心都市みたいなところは私はあまり好きじゃないな。だからといって、私のような外国人が何を言っても詮《せん》ないことですがね」

石渡は顔を歪《ゆが》めて、そっぽを向いた。あの奇妙な絵を連想させる表情だった。

「石渡さんはクゼさんという日本人をご存じありませんか？」

浅見は訊いた。

「クゼ？　さあ……」

「三十年近く前に、この近くで事故で亡くなったそうですが」

「えっ、ああ、そう……」

石渡は何か思い出したように、視線を慌ただしく宙に走らせた。

「そういえばそんな話を聞いたことがありますよ。採石場の日本人労働者が一人、事故に遭ったという。しかし、クゼさんというのかどうか、名前も知りませんがね」

浅見がまだその話題を引きずりそうなのを見て、牟田が「よろしいかな」と割って入った。

「商談を進めさせてもらいたいのだが」

「あ、失礼」

それで会話が途絶え、浅見はその場を離れた。牟田は結局、石渡の絵を買うことにしたようだ。二人のあいだでどういう商談が成立したのかは分からないが、しばらく何事か話していた。送り先や代金の支払い方法などを決めていたのかもしれない。

4

カッラーラを出て、バスは海岸線の一般道をのんびり走り、夕刻近くにヴィアレッジョに着いた。ピサの北方にある高級ビーチリゾートで、派手なカーニバルで有名だそうだ。海岸沿いに「ルンゴマーレ通り」というアーケード街があり、大きなショウウィンドウにブランド品を並べた店が多く、きらびやかな照明に飾られて賑《にぎ》やかだ。

しかしバスはその前を素通りして、近くのリストランテで少し軽めの夕食を済ませ、帰途についた。

一日走り回って、さすがに疲れたのか、バスの中ではほとんどの乗客が鼾《いびき》をかいて眠っていた。ヴィラ・オルシーニに着くと、席を立ちながら「やれやれ」と声を漏らす客が何人もいた。バジルと優子夫妻が出迎えて、カプチーノでもてなしてくれた。まだたった一泊しかしていないのだが、なんだか自宅に帰り着いたような気分であった。

明日はフィレンツェへ行くというので、早めにベッドに入った。イタリア人はアメリカ人ほどではないが、かなり夜更かしをするらしい。しかしそれは都会での話であって、トスカーナの田舎の生活は、日本の地方都市とあまり変わりないようだ。

ふと目覚めると、またあの「コトコト」という音が聞こえていた。その前に、夢の中で女の悲鳴を聞いたのかもしれない。ゾクゾクッときて、浅見は毛布を目の上まで引き上げた。しかしまあ、昨夜もそれ以上は何も起きなかったのだから、あまり気にすることはない。ただ、「コトコト」という音が不規則なのが気にかかるだけだ。

そう自分に言い聞かせて、目を閉じた。しかしひと眠りしたせいか、きょう出会ったいろいろな出来事が脳裏に浮かんでは消え、消えては浮かぶ。とくに、採石場近くのリストランテで老マスターから聞いた話が気にかかっている。赤いアルファロメオでやって来た日本人青年というのが、どうも兄の陽一郎であるらしい。まさか兄がクゼの死に関係しているとは思えないけれど、店の中でその男が何かを手渡したらしいという話は無視することができない。

時計を見るとまだ十一時を過ぎたばかりである。ふだんならワープロを叩《たた》いている時間だ。日本との時差は八時間だそうだから、向こうはもう朝の七時、そろそろ刑事局長どののご出勤の時刻だ。それに気づいて、浅見は電話に向かった。

兄陽一郎はまだ自宅にいた。浅見がいきなり「以前、兄さんからヨーロッパをドライブ旅行したっていう話、聞かされたことがあるでしょう」と切り出すと、日頃冷徹な兄もさすがに戸惑った。

「ああ、そんな話をしたっけな。まだ学生時代——確か大学三年になる前の春休みの時の話だが……」

「そうか、じゃあやっぱりそうなんだ。というと、二十七、八年前のことですよね」

「ああ、そうだね」

「その時、イタリアのカッラーラにある、大理石の採石場へ行かなかった？」

「ああ行ったよ」

「赤いアルファロメオに乗って」

「うん、そうだったな」

「そこのリストランテに立ち寄って、クゼという日本人に会ったでしょう」

「えっ……驚いたな、確かにそうだ、久世という名前だったな。しかし、きみにそんな話をした覚えはないが、どうして知っているんだ？」

「きょう、カッラーラへ行って、たまたまそこのリストランテで食事をしたのだけど、マスターのじいさんが、そういう話をしていたんです。赤いアルファロメオに乗った日本人の青年て聞いたので、ひょっとしたら兄さんじゃないかと思った。やっぱりそうだったんだ。じつはですね……」

浅見はカッラーラでの一部始終を話した。けっこう長い話になりそうだったが、出かける前の慌ただしい時だというのに、陽一郎は熱心に聞いてくれた。電話の向こうで「あなた、お車がお待ちですよ。そろそろ……」という兄嫁の声が聞こえて、ようやく切り上げることにしたようだ。

「その話のつづきだがね、一時間後に例の電話のほうにしてくれ。十分間だけ空けておくから」

空けておくとは、警察庁刑事局長室の直通電話のことと、陽一郎自身の体のことを意味している。超多忙な兄が朝の十分間を、私的な用事のために空けておくというのは、かなり特別なことにちがいない。

一時間、睡魔に襲われない保証はなかったが、浅見は何とか頑張って指示されたとおり電話をかけ直した。陽一郎はすぐに電話に出て、話の残りをすべて聞き終えた。

驚いたのは、兄が久世という人物の事故死を知っていたことだ。

「イタリアから来たきみ宛の手紙を見たが、カッシアーナ・アルタのヴィラ・オルシーニというところには、例のドライブ旅行の際、私も行っている。久世という人物から頼まれて立ち寄ったところだ。ひどく荒れ果てた廃屋のように見えたが、そうか、あそこがホテルになっているのか……」

「その時、久世氏から何か品物を託されたんじゃないですか？」

「そうだよ、そんな話も出たのか。それについては後日談がある。カッシアーナ・アルタへ行った結果を久世氏に伝えようと電話した時には、彼は事故死していた。日本に託された品を届けた相手先は、どうやら彼の妹だったらしい」

「それでどうなったんですか？　中身は何だったのかな？」

「確か指輪だったと思うが。その女性がどうしたか、その後のことは何も知らない。むしろ三十年近く経ったいまもまだ忘れてしまわなかったほうが不思議なくらいのものだが……しかし、そうしてみると今回、依頼人がきみを名指ししてきたのも、単なる偶然というわけではなさそうだね。何かその当時の因縁が尾を引いている可能性を考えてみる必要がありそうだ」

「少なくとも、依頼人は僕らが兄弟であることや、ひょっとすると兄さんが刑事局長だと知っている人物であるかもしれませんね。それから、今回のツアー参加者の中に、久世氏はかつての日本赤軍のメンバーではなかったかという説を唱える人もいます。

その頃のことはさっぱり分からないけど、もしそれが事実だとすると国際テロ組織との繋《つな》がりも想像できるし、ちょっと不気味だな。もっとも、平和そのもののようなこのトスカーナの田舎とテロとが結びつくとは考えにくいですけどね」

「いや、一概にそうとも言えない。Sという日本赤軍の女性メンバーが最近、日本に現れて逮捕されただろう。そのことからも分かるように、連中がどこに潜伏しているのか、把握しきれていないのだ。しかもまだ活動のエネルギーがやんではいない。ただ、久世氏本人は死んでいるのと、長い歳月が流れているからね。あの時のことと関係はないと思うのだが……」

「カッラーラの美術館で、石渡章人という人物と会いました。絵描きでニュースカメラマンもやっているというのですが、こっちに三十年も住んでいて、何か日本に帰れない事情がありそうなんです。年齢的にも久世氏と似たようなものだし、これは直感的なものだけど、少し怪しい印象を受けました。警察庁のデータには何かありませんか」

「石渡か、比較的珍しい名前だな。どこかで聞いたことがあるような気もするが……」

「イタリアからスイス、再びイタリアへと渡り歩いて、現在はカッラーラに住んでいるそうです」

「スイスか……スイスで聞いた名前かもしれない」

警察庁のエリートの一部は、若い時期に大使館勤務を経験する。一年か、長くても二年程度だが、外交感覚を身につけることも、将来の幹部であるための必須《ひっす》要件ということなのだろう。

「ヨーロッパに在住する日本人活動家として、当局がマークしていた人物のリストにあった名だったかな。とにかく一応、調べてみるよ。しかし言っておくが、テロ組織が関わっているような事件には触らないことだ。きみの手には到底負えないよ。この先、何か変わったことがあったら、すぐに連絡してくれ」

電話を切ったが、兄との会話の余韻はいつまでも後を引いた。陽一郎がスイスの大使館に赴任した頃を思い出した。和子と結婚して間もなくのことだ。新婚旅行をしていなかったから、これがその代わりねと、義姉が照れくさそうに笑っていたのを思い出す。姪《めい》の智美はその翌年生まれているからハネムーンベビーにちがいない。

当時、浅見はまだ学生で成人式前だったかもしれない。そうしてみると、現在の浅見より若かったことは確かだ。そんなエリートの兄はもちろんだが、久世にしろ石渡にしろ、世界に雄飛することを夢見ていた若い時代があるのだ。それに較べてこのおれは——などと思ってしまう。

第三章　聖骸布《せいがいふ》の謎

1

ルネッサンスという新しい文化の息吹が誕生したのはフィレンツェである。トスカーナの素晴らしい自然環境に抱かれたこの地は、古代ローマ時代から交通の要衝として、また商業の中心地として繁栄してきた。十三世紀から十五世紀にかけて、有名なメディチ家などの富豪たちが、血で血を洗うような権力闘争を繰り広げたが、彼らはそれだけでなく芸術の振興にも努めた。その中でダ・ヴィンチやミケランジェロに代表される芸術文化が花開く。フィレンツェの街に佇《たたず》むと、ここを「芸術の都」「花の都」と呼ぶ意味がよく分かる。

フィレンツェではグループは二手に分かれて行動することになった。八人のうち五人までがバスに乗って名所旧跡巡りへ向かい、牟田夫妻と浅見と案内役の真抄子だけが国立修復研究所を訪れた。

牟田老人は「浅見さん、あなたはフィレンツェは初めてではなかったですか？」と、不思議そうに言った。他の人たちと市内見物をしなくていいのかという意味だが、浅見のそもそもの目的は観光ではないのだ。

「市内見物はこの先、いつでもできますが、こういう場所を見るチャンスは滅多にありませんから」

浅見はそう言った。事実、美術品修復の現場に一般人が足を踏み入れるのは、かなり難しいらしい。今回も三、四人までという条件つきで、許可が出たのだそうだ。

フィレンツェ国立修復研究所は、かつてのバッソ要塞《ようさい》の城壁の中にある。兵営跡を思わせる、長さが百五十メートルほどもありそうな建物全部が、美術品の修復工房といっていい。絵画、彫刻が中心だが、イタリアには各地の城館や寺院などに壁画があるから、これをそっくり剝《は》がして運び込み、修復作業に取りかかるようなこともあるから、必然的に工房のスケールも巨大なものになる。

牟田のコネでガイドを頼んでいるが、野瀬真抄子はここが本拠だ。正式なイタリア政府の職員ではないけれど、それに準じる資格を得て、修復に関わっている。旅の案内役を務めている時も、なかなか冴《さ》えた女性だと感じ入ったが、修復所に入るやいなや、真抄子は水を得た魚のようにいきいきといっそう輝いて見えた。とはいえ、ここに働く職員のほとんどは著名な学者であり、研究者としても名を成している。若い彼女などは足元にも及ばない存在ばかりだ。

修復所内部は、作業の対象に応じて、いくつものコアに分かれている。対象とする美術品が小さいものなら、一つのスペースが十坪くらいの規模で済むが、壁画やタピストリーの修復のような大きなものを扱う場合は、テニスコートほどの広さを必要とする。そこを仕切るのは一人か、せいぜい三人程度の職員で、拡大鏡のような素朴な道具から、X線透視などの近代的装置までを駆使している。

修復の最も重要な作業は、原状がどのようなものであったのかを確認し記録することなのだそうだ。それがあって初めて綿密な修復が行なわれる。

たまたま幸運にも、工房の中央部では、有名なラファエロの「鶸《ひわ》の聖母」の修復が進行中だった。美術品王国のイタリアでも国宝中の国宝のような存在だ。こんな超重要美術品が、手を触れることのできる近さで横たわっているのだからすごい。

野瀬真抄子はこれを題材にして、修復作業の解説をしてくれた。「鶸の聖母」の修復前の写真を見ると、全体に赤茶けている。それが表面の汚れを洗い落としてゆくと、次第に本来の色が見えてきて、やがてそれぞれの色が鮮やかに蘇《よみがえ》る様子が分かるよう、その変化を記録した写真がある。修復はほぼ完了しつつあって、聖母や天使の肌の色が白磁のような白さを取り戻し、空の青さやとりわけ遠景の立木の緑が美しい。

ちょうど昼食どきにかかって、作業を中断して食事に出かけた職員が多いのか、工房の中は閑散としていた。その中で熱心に作業をつづけているグループがあった。木彫を扱うセクションらしく、覗《のぞ》き込むと寝台のような作業台の上にキリスト像が横たわっているのが見えた。等身大よりやや小ぶりだろうか。胸から血が滴り落ちている、十字架にかけられたキリスト像である。

ところどころ塗料が剥がれて、かなり傷みが進んでいるようだ。どこか有名な教会に掲げられていたものが運ばれてきたのだろう。浅見のような不信心な人間にとっては、ただの古い彫刻としか見えないが、いずれこれも国宝級の美術品にちがいない。

そう思ってその場を立ち去ろうとした時、ふいに真抄子が「はっ」と胸の辺りを押さえ「これはドナテッロのキリスト」と口走った。目を大きく見開き、頰を紅潮させ、まるで恋人と出会ったように感動を露《あらわ》にしている。何のキリストと言ったのか、浅見には聞き取れなかったが、作業をしているイタリア人の職員三人がいっせいに振り返り、その中の一人が笑顔を見せながら、「そうだよ、ドナテッロだ」と言ったようだ。

真抄子はそれに応じるにも言葉が出ない様子だ。単純に美術品としてではなく、明らかにそれ以外の付加価値に対する動機が彼女の興奮を突き動かしているらしい。それが宗教的なものなのか、それとも像の背景にあるであろう歴史の重さに対する畏敬《いけい》の念なのか、とにかく、頰が紅潮し、目は潤んでいる。こっちが思わず彼女の表情に見とれてしまうほどの感激ぶりだった。

さすがにお客たちの手前を意識したのか、しばらくすると「グラッツェ」と言ってその場を離れたが、真抄子は興奮冷めやらぬ——といった状態がつづいている。「四日前まではなかったのに……」「ああ、なんていうこと……」といった、意味不明の呟《つぶや》きを漏らしながら、次のコアを素通りしたことに気づかないほどである。

玄関を入ったところを中心に、建物は鶴翼《かくよく》のように左右シンメトリーに連なる。左翼から右翼の部分に移動したところの広大なスペースの床一面に、特設のステージを作り、その上にタテ十メートル・ヨコ十五メートルほどもあるタピストリーが横たわっていた。つづれ織りの緞帳《どんちょう》のような分厚い布でできている。かなりの傷みが進んでいるのか、ところどころ修復のための白布で覆われているが、描かれているのはゴルゴタの丘のキリスト受難の場面のようだ。十字架にかけられたキリストの顔と体の一部が見える。胸の辺りからは赤黒い血が滴っている。

ここのほうが、最前のキリスト像よりも規模が大きく、見ものとしては圧倒的な迫力がありそうに思えるのだが、真抄子にとってはそうでもないらしい。まだあの興奮を引きずっているのか、ごく素っ気ない解説をしただけで、足早に次へと移って行った。

二時間近くかけて修復研究所の見学を終えると、若い浅見でさえ疲労感を覚えた。

玄関を出るやいなや、牟田夫妻は青空に向かって大きく伸びをして腰を叩《たた》いた。それでも「いやあ、いいものを見させてもらいました」と感謝することを忘れない。確かに、修復中の「鶸の聖母」を見た日本人なんて、そうざらにはいないだろう。

「それにしても、あのキリスト像を見た時の野瀬さんの感動ぶりには、びっくりしましたねえ」

浅見は建物内では言いだしかねていたことを、ようやく口にした。

「だって、あれをこんな所で見るなんて、想像もしてなかったんですもの」

真抄子は興奮の余韻を感じさせる口調で、口を尖《とが》らせた。「あれ」という言い方から、彼女の感動は必ずしも宗教的な意味ばかりではないことを推測させた。

「サンタ・クローチェ教会で初めてあのキリストと出会った時、私は心臓が停まりそうなショックを受けたんです」

城壁の出口へ向かいながら言った。「それまでに、キリストの受難像は数えきれないほど見たし、サン・ピエトロの『ピエタ』にも感動させられましたけど、ドナテッロのキリストは、そのどれとも違うんです」

ローマのサン・ピエトロ寺院にある「ピエタ」像は、若き日のミケランジェロの傑作である。浅見はまだ写真でしか見ていないが、「ピエタ」を見た人は誰もが、生涯忘れることのできないほどの深い感銘を受けるという。しかし真抄子のドナテッロのキリストに対する想いは、それとはまったく異質のものだというのだ。

「それまで出会ったキリストはすべて神だったんですね。それが当たり前だと思っていましたけど、ドナテッロのキリストに会って、あっ、人間のキリストがいるって思って……ほら、初対面で心が通じ合うっていうこと、あるでしょう。それだったんです。あの方の痛みや悲しみや優しさが私の胸にしみ入ってきて、泣きたいみたいな気持ちでした」

美術品に対する、ほとんど思い込みと言ってもいいような愛着は、本人以外には理解しにくいものかもしれない。「一種の麻薬のようなもんでしょうかな」と牟田は悟ったようなことを言った。

「確かに美しいが、美しいものに対する憧《あこが》れだけではない。それに宗教的な意味合いがプラスされるから、イタリアの美術は人を魅了してやまないのです。日本では金閣に放火したり、弥勒菩薩《みろくぼさつ》の指を折ったりした事件があったが、イタリアでもピエタ像を破壊するという事件が発生した。これは決して芸術に対する憎悪からではなく、いわば『愛するあまり』の暴挙なのでしょうな。美術品の盗難が跡を絶たない理由もそこにあります。故買目的というのでは話にもならんが、世界的な美術品は公に売買などできるものではない。それでも盗むのは、人間の本能である独占欲というか、常識では説明しがたい耽溺《たんでき》の世界がそこにあるからですよ」

「それだと、なんだか私のドナテッロのキリストに対する思い入れは、まるでビョーキみたいに聞こえますけど」

真抄子はそう言ったが、あまり不満そうな口ぶりではなかった。彼女自身、それを認めているのだろう。

タクシーでミケランジェロ広場まで登り、フィレンツェの市街を俯瞰《ふかん》した。広場にはダヴィデ像がそそり立ち、眼下にアルノ川が横たわる名所だ。ウフィッツィ美術館からヴェッキオ橋を渡りピッティ宮殿に至る長い回廊も一望できる。

高いビルのない旧市街の中では、花の聖母マリア大聖堂（サンタ・マリア・デル・フィオーレ）の鐘楼と天蓋《てんがい》がひときわ目立つ。

「いま頃はみんな、ドゥオーモ広場辺りですかな」

牟田老人は時計を見て、「われわれもそろそろドゥオーモ広場へ行って、近くで食事でもしましょうかな」と言った。そういえば間もなく一時を過ぎる。二時になると、昼休みに入る店も多いらしい。

浅見はさっぱり地理が分からないが、真抄子は予定していたらしく、ドゥオーモ広場から少し脇に入ったリストランテに案内した。昼食だからと、軽めのパスタ料理にしたが、それでもけっこう胃にこたえる量だった。

食事中、牟田はしきりに時計を気にして、頃合いを見計らったように、「私はちょっと野暮用に行くので、カミさんを頼みます」と席を外した。グループ全員は最後に広場の洗礼堂の名所「天国の扉」の前で、五時に集合することになっている。それまではいわば自由時間のようなものだから、牟田の行動を非難するわけにいかないのだが、昨日のカッラーラでのことも含め、何となくすべてが予《あらかじ》め、彼のスケジュールに組まれているような気がしないでもなかった。

残された三人はゆっくり食事をとり、デザートも堪能《たんのう》して店を出た。

ドゥオーモ広場は観光客で賑《にぎ》わっていた。馬車が行き来し、大道芸人がおもしろおかしく客を笑わせる。「鐘楼に登りますか?」と真抄子は言ったが、牟田夫人はもちろん、浅見も言下に首を横に振った。その代わり洗礼堂に入った。洗礼堂はドゥオーモに較べるとずいぶん規模が小さいが、内外の装飾には優れた物が多い。ミケランジェロに「天国の扉」と称賛された青銅製の門扉をはじめ、天井に描かれた「最後の審判」のモザイク画などは一見の値打ちがある。例によって真抄子は魅せられたような顔で、熱心に解説していた。

そうこうするうちに五時近くになった。「天国の扉」の前にはすでにグループの三人が佇《たたず》んでいた。やはり歩き回ったのか、疲れた様子である。待つ間もなく、ほかの連中も近くで土産物を仕入れて三々五々集まってきた。しかし、最後の一人、肝心の牟田老人が遅れた。夫人が申し訳なさそうに「うちのは、いつもはこんなことはないんですけど」と謝った。確かに、万事につけ計画性に富み几帳面《きちょうめん》な性格であるらしいのは、これまで行動を共にしていれば分かる。

十分、二十分を過ぎても現れないので、少しずつ心配になった。「どこかで迷子になっているのでは」とか、「まさか、事故じゃないでしょうな」という声も出始めた。三十分を超えると、これはもうただごとではない——という雰囲気になった。夫人はオロオロして「どうしたらいいかしら」と真抄子に縋《すが》っている。「そう言われても」と真抄子は当惑顔だ。本職のガイドというわけではないので、緊急事態への対応などできるはずもない。そもそも夫人さえもご亭主がどこへ何をしに行ったのか知らないのだ。

高齢者が多く、すでに疲れているから、この状態は長続きしない。ご老人たちをひとまず近くのカフェに落ち着かせて、浅見と真抄子だけが「天国の扉」の前に佇んだ。一時間を大きく経過して、ついに決断を下さざるをえなかった。真抄子だけが残って、ほかのメンバーはバスまで歩き、ヴィラへ向かう。「私も残ります」と夫人が言ったが、真抄子は「大丈夫ですよ」と断った。夫人が残ったところで戦力になるどころか、足手まといになるばかりだ。

とはいえ、バスが駐車している場所までの道に通じている者がいない。仕方なく、真抄子はバスまで案内して行き、その間、浅見が「天国の扉」の前に佇むことになった。つまり、浅見も真抄子に付き合って、フィレンツェに残るというわけだ。

二十分ほどで真抄子は戻ってきた。バスは無事に出発したそうだ。それにしても、約束の時間を一時間半も過ぎて、いよいよ緊急事態は確定的になった。

「どうしましょう」

真抄子は初めて心細そうな声を出した。そう言われて、浅見も騎士道精神を呼び起こされるような気分がした。

「いまにして思うと、牟田さんの様子はおかしかったですね。時間ばかり気にしていたようだし、誰かと待ち合わせて、われわれには話せないような、何か重要な用件があったのじゃないでしょうか」

「ええ、私もそう思います。相手が誰なのか心配ですね。イタリアは比較的治安のいい国ですけど、それでも日本みたいなわけにはいきません。それにお年寄りだし、お金もありそうだし。何かの事件に巻き込まれたのでなければいいのですけど……」

二人は次第に言葉少なくなってゆく。警察に届けるべきか否かという、最悪のシナリオを想定しながら、立ち尽くした。

春とはいえ、ヨーロッパの気候は日が落ちると急速に気温が下がってくる。いつまで待てばいいのか、見極めもつかないまま、太陽が洗礼堂の陰に斜めに消えてゆくのを眺めているしかなかった。

2

七時を回って、二人はついに諦《あきら》めることにした。だからといって、そのまま放置して引き揚げるわけにもいかない。最寄りの警察署に立ち寄って、ことの次第を話した。警察は好意的とはいえないが、それでもまあ、中東やアフリカ圏の人たちと較べると、日本人観光客に対しては親切なのだそうだ。「第二次大戦を一緒に戦った同志だからね」と、年配の警官は笑った。

もっとも、観光客の迷子は日常茶飯事である。それにいちいち対応していたら人手がいくらあっても足りない。一応、調書のようなものに事情を書いて提出し、あとは何かあったら連絡するということで、引き下がるほかはなかった。

いつの間にか、街は夜の賑わいに入っている。

「食事、どうしましょうか」

フィレンツェどころか、外国のことはさっぱり自信のない浅見だ。以前、香港で「コーク」と注文したらコーヒーが出てきて、クレームもつけられなかったことがある。

「よかったらうちに来ませんか」

真抄子がさり気ない言い方で誘った。「はあ……」と応じてから、浅見は「えっ？」と気がついた。考えてみると野瀬真抄子はフィレンツェに住んでいるのだから、ごく当たり前なのだろう。しかし東京にいても女性の家に誘われることなど、ついぞあったためしがないのに、遠く離れたフィレンツェで女性に誘われるとは——と、さっぱり実感が湧いてこない。

「アパートですけど、日本で言えば、まあマンションかなあ。パスタぐらいなら、茹《ゆ》でるだけだから簡単にできますよ」

自宅に招くというのには、真抄子自身も多少は照れがあるのか、早口で解説して、「行きましょう行きましょう」と腕を摑《つか》むようにして歩きだした。国内ならそんな気にはならないが、異国の街ではほかにどうすればいいのか分からない。浅見は真抄子に引きずられるようにして歩いた。

警察署からドゥオーモ広場を抜けて十分ほど行くとアルノ川に突き当たる。その少し手前、例のドナテッロのキリストがあるサンタ・クローチェ教会の近くに古い五階建てのアパートがあった。フィレンツェというと全市街がすべて骨董品《こっとうひん》みたいなイメージがあるが、それなりに住宅街もあるらしい。旧市街にはもちろん一戸建てなどはなく、すべて四〜五階の建物ばかりである。京都のように高層ビルがないのは、厳しい建築規制条例があるのだろう。京都も旧市街と新市街とを区分けする条例を早くに定めればよかった。もっとも、古いものをすべて残す必要があるかどうかは異論もあるけれど。

真抄子の部屋は五階建ての三階にあった。窓から見えるのは付近の建物だけだが、その隙間を通して、昼間だと、すぐ目の前にミケランジェロ広場の丘が見えるそうだ。日本の単身用アパートよりははるかに広い。最近の高級化した日本のマンションに較べると少し見劣りがするが、それでも女性一人の住まいには上等すぎる。萬代弘樹なら早速、同棲《どうせい》生活でも憶測しそうだが、見た感じではそれらしい様子はなかった。十畳ほどの居間の壁にはミケランジェロやラファエロの複製画が飾られ、書棚には美術書がぎっしり詰まっている。学究の徒という印象だ。

テレビをつけると、中東の某国で自爆テロがあったことを報じるニュースをやっていた。言葉はちんぷんかんぷんだが、画面を見れば大体の見当はつく。

ソファーに寛《くつろ》ぐと、疲れがドッと出た。「ワインでも飲みますか」と勧められたが、浅見はそれほど飲めるクチではない。それに状況が状況だから、真抄子自身もそんな気分ではないのだ。とりあえずコーヒーを出しておいて、部屋続きのダイニングキッチンに入って料理を始めた。料理に関しては真抄子の手つきはいいとは言えないが、手早いことだけは確かだ。パスタを茹で、フライパンにオリーブオイルをひいて、缶詰に入った材料をパスタにからめたものが出てきた。インスタントだがスープも添えてある。

パスタ料理とインスタントスープの食事だが、空腹だったからけっこう旨《うま》い。これで緊急事態がなければ、何となくいい雰囲気になりそうだった。

九時を過ぎて、そろそろ帰りを心配しなければならなくなった。様子を見るといっても限界がある。いつまで待機すればいいのか、判断を急ぐ必要がある。

「カッシアーナ・アルタ方面へは、鉄道とかバスの便はあるのですか？」

「近くまで行くバスがありますよ。だけど、カッシアーナ・アルタとなると、そこから先はタクシーを摑まえるしかないかしら。なんだったら、ここに泊まりませんか」

「えっ」と、浅見はドキリとした。ずいぶん大胆な提案だ。男として喜ぶべきなのか、彼女の軽率を叱るべきなのか、態度を決めかねているのを救うように、電話がかかってきた。

「牟田さん？……」

真抄子が上擦った声を発して、浅見を振り返った。電話口を指さしている。牟田老人から連絡が入ったようだ。ヘルヴェティア＆ブリストル・ホテルのロビーで――と、待ち合わせ場所を指定して電話を切った。牟田はすでにヴィラ・オルシーニのほうに連絡して、真抄子と浅見がフィレンツェに残っていることを聞いたのだそうだ。

「ひどく疲れた声でしたけど、とにかく急ぎましょう」

洗い物だけ済ませて、取るものもとりあえず部屋を出た。ドアをロックしてから、真抄子は浅見を見て曖昧《あいまい》な表情で笑いかけ、「ちょっと残念かな」と言った。何が残念なのか聞き返すのはやめた。

ヘルヴェティア&ブリストル・ホテルは、ドゥオーモ広場からほど近いところにある五つ星の高級ホテルである。調度品類の豪華さは目をみはるばかりだ。ロビーの椅子に雑巾《ぞうきん》のように疲れきった牟田がいた。二人の顔を見ると、弱々しく笑った。

「すみませんな、心配かけて」

声が掠《かす》れていた。真抄子は「どうなさったんですか？」と、はっきり非難を込めた口調で言った。それほど態度には見せていなかったが、引率の責任者として、じつはかなり緊張していたことを窺《うかが》わせる。

「ああ、そのことはいずれ……」

牟田は言葉を濁して「よっこらしょ」と立ち上がった。ホテルに長距離を行ってくれるタクシーを頼んであった。カッシアーナ・アルタまでタクシーで行くつもりらしい。真抄子が助手席に乗り、浅見は牟田と後部シートに座った。車が走りだしてもしばらく、牟田は口を開こうとしない。真抄子が堪《たま》らなくなったように「何があったんですか？」と声をかけた。運転手は日本語が通じないから、何を喋《しゃべ》っても気にすることはない。

「詐欺のようなものに引っかかりましてな」と牟田はボソボソと言った。

「いや、詐欺かどうかも分からんが、どうも引っかかったらしいのです」

それだけでまた口を噤《つぐ》んだ。

「美術品の詐欺ですか」と浅見から催促するように言われて、仕方なさそうに「そういうことです」と答えた。

「贋作《がんさく》とか？」

「いや、それは分かりません。先方は本物だと言っているのだがね」

「盗品ですね？」

真抄子が前を向いたまま訊《き》いた。牟田が黙っていると、追いかけるように「贋作でなければ盗品ですよ」と決めつけた。

「誰の絵でした？」

「フェルメールだと言うのだが」

「えっ、フェルメール……」

真抄子は驚いたが、浅見には「フェルメール」についての知識がないから、驚きようもなかった。「どういう画家なんですか？」と正直に無知を自白した。

「ヤン・フェルメールは十七世紀のオランダの画家で、多くの画家たちがそうだったように、生前はあまり恵まれず、死後、人気が出た画家の一人です」

真抄子が解説した。その貧窮ぶりを示すエピソードとして、フェルメールの死後、未亡人がパン屋へ支払う借金のカタに、後に「ギターを弾く女」と「手紙を書く女と召使い」と呼ばれることになる傑作を渡したという話がある。十一人もの子沢山だったことや、二、三年分のパン代だったことを考えると、かなりの額になるのだろうけれど、それにしても、現在の売買価格が百五十億円以上といわれるフェルメールの絵からは想像もできない。その絵は、結局買い戻すことができずに、パン屋のもとから売られ売られて、転々と移って行った。

とにかく寡作だったのと、若くして逝ったために現存する作品数が少なく、研究者によって三十二点とも三十六点ともいわれ、ヨーロッパ各地の美術館やコレクターに分散して所蔵されている。「ギターを弾く女」や「手紙を書く女と召使い」「恋文」「合奏」など、生活感のある女性をきわめて丁寧に描くのが特徴で、作品数の少ないことから市場に出ることがほとんどなく、それだけに値がつけられないほどの価値があるだろうといわれる。

「本当にフェルメールがあるって、お聞きになったんですか？」

「ああ、そういう話だった」

「それで、ご覧になった？」

「見ましたよ」

「どこで、ですか？」

「それは……言うわけにはいかないが、確かにありました。例の盗難事件の際に返却されなかった作品の一つだそうです」

「盗難事件とは、何なのですか？」

浅見が会話に割り込んだ。

「一九七四年アイルランド共和国、ダブリン郊外で起きた美術品の大量強奪事件のことです。最初にフェルメールの絵が盗まれたのは私が生まれた年の生まれた日と同じ、二月二十三日の出来事でしたから、特別な興味を持って調べた経緯があります」

真抄子はそう言ってから、「あっ、いけない」と口を押さえた。実年齢がばれたことに気づいたらしく、慌てて言葉を繋《つな》いだ。

「当時はアイルランド紛争が過激さを増していた頃で、テロが横行していました。爆弾テロや投獄された政治犯の釈放を求めて、人質を取ったりしていたのが、希少価値の高い美術品を『人質』にする方法へと変わって行ったのです。そうしてその日の夜、ロンドン市の美術館からフェルメールの『ギターを弾く女』が盗まれました。美術館の同じ部屋にはレンブラントの自画像などもあったのですけど、犯人は脇目もふらずにフェルメールだけを狙ったんですね。なぜそうしたのかというと、フェルメールの作品はきわめて少なく、掛けがえのない存在だったからです。その二日後に犯人からの連絡が新聞社に入って、自分はグレナダの出身である。即刻グレナダに食糧五十万ポンド相当を輸送せよ。さもなくばフェルメールを破壊すると言ってきました。西インド諸島（カリブ海）のグレナダは、イギリス領の植民地でした。その二月に独立したものの、政府に不満を抱く反主流派の活動が活発で、事件は彼らの犯行であることが分かりました。アイルランドのテロではなかったことで、ひとまず安心したけれど、政治目的のために美術品を人質に取った事件としては、これが最初だったと思います」

「しかし、美術品を盗んでも割に合わないというのが定説ではないのですか？」

浅見は素朴な質問をした。

「ええ、本来はそうなんですけど、一九七〇年代は美術品の盗難事件が相次いで起きているんです。ヨーロッパ、とくにフランスやイギリスでは、カルティエ・ラタンの学生運動や政治運動が激しくなるにつれて、七一年から盗難事件が急増していました。ここイタリアも例外ではありませんでした。七二年二月にはヴェネツィア市立美術館などから絵画六十点が盗まれ、その時は運河を運搬中に警察が発見してことなきをえましたが、その後もフィレンツェのウフィッツィ美術館から十五世紀の天才画家マザッチオの『聖母子』、オーストリア国境に近い教会からティツィアーノの『聖母マリアと諸聖人』という作品が盗まれています。簡単には換金できなくても、何かの目的を達しようとする脅しとしては有効でしょう。希少価値の高い作品となると、それがもし破壊されれば、国家的というか、大げさに言えば人類の損失になりかねませんからね。たとえば浅見さんが恋人を拉致《らち》され、人質に取られた場合と同じことです」

「いや、僕にはそんな恋人はいませんよ」

「あら、ほんとですか？　嘘でしょう？」

「本当です。自慢するようなことではありませんけれど……そんなことより、そのフェルメールの絵はどうなったんですか？」

「あ、それがですね、大変な方向に進展しちゃったんです。グレナダの勢力がアイルランドのテロ組織『ＩＲＡ』と手を結んで、今度はアイルランド人から脅迫が届いたのです。食糧輸送のことばかりでなく、投獄されているテロリストの釈放が条件に加わっていました。そのテロというのは、前の年の三月にロンドンで自動車に仕掛けた爆弾が二発爆発して、数百人の死傷者が出た事件です。事件直前、警察はヒースロー空港でダブリンへ向かう飛行機に搭乗直前だった犯人グループの男女十人を逮捕していいます。ＩＲＡの脅迫は、その犯人を釈放しろというわけですね。もし釈放しなければ、聖パトリックの日に絵を燃やすと言ってきました。でも、イギリス政府は断固それを拒否したのです」

「じゃあ、フェルメールの絵は燃やされちゃったのですか」

「それがどうなったかの前に、さっき言ったダブリン郊外でも美術品の大量強奪事件が発生したのですよ。今度はアイルランドのテロ組織によるものであることが、最初からはっきりしていました」

「しかし、ダブリンというのはアイルランドの町じゃなかったですか」

「ええ、でも、狙われたのはバイト卿《きょう》という大金持ちの貴族でしたから、過激派にとっては敵みたいなものでしょう。バイト家はアフリカのダイヤモンドで財を成して、ラスボロー・ハウスというお城みたいな館《やかた》で、無数の美術品に囲まれた豪勢な暮らしをしていました。夜中に侵入した犯人グループは主人から使用人に至るまで縛り上げて、絵画十九点をゆうゆう持ち去りました。その中の目玉的な存在だったのがフェルメールの傑作『手紙を書く女と召使い』なのです」

「そして新たな脅迫が始まったのですか」

「ええ、でも、この犯人グループはその後捕まり、十九点の絵も多少の傷みはあったものの、無事に戻りました。その直後、『ギターを弾く女』の絵についての通報があって、その通報どおり、絵は墓地の片隅に捨ててあるのが発見されました」

「それじゃ、めでたしめでたしだったわけですね」

「それはそうなんですけど、ただ、その直後から奇妙な噂が流れました。盗まれたフェルメールはほかにもあるのではないか。取り戻したのは贋作ではないのか――といった噂です。根拠のある話なのかどうか、もちろん私なんかには分かりませんが、絵画についてのそういう噂は珍しくないのです」

「だとすると、牟田さんがご覧になったフェルメールの絵も、そのたぐいということが考えられますか」

浅見と真抄子の視線が牟田に向けられた。牟田はシートに深々と沈み込んで、ほとんど眠っているように見える。しかし眠ったわけではなかった。やがておもむろに目を開いて「私の目には偽物に見えましたがね。しかし私にとって、フェルメールが本物かどうか、そんなことはどうでもよかったのです」と言った。

3

「まあおそらく、あのフェルメールは偽物だったと思いますよ。非常によくできてはいたが、あまりにもきれいすぎた。修復を施したと説明していたが、はたして本当かどうか、私にはそこまで見極める眼力はありませんのでな。野瀬さんでもいれば、話はべつだったかもしれないが」

「私をお連れしてくださればよかったじゃないですか」

「ああ、フェルメールだけだったなら、そうさせてもらったでしょうがね。しかし、そうはいかなかった。本命はほかにあって、余人を交えずというのが条件だった。その本命があるからこそ、私はたとえフェルメールが偽物であったとしても、それを承知の上で買ってもいいつもりだった」

「そのフェルメールですが、いくらぐらいするものなんですか?」

浅見が訊《き》いた。

「先方は一千万ユーロと言ってましたな」

「一千万ユーロというと……日本円で十三、四億になりますね」

「そんなもんでしょうかな。中途半端な値段です。本物がその価格で手に入るとは思えない。それに何となく弱腰で、叩《たた》けば半額ぐらいにはなりそうでした。だから偽物だと思ったのですがね」

「お買いにはならなかったんですね?」

真抄子が気掛かりそうに言った。

「いまのところはね。しかし、本命のものが出てくれれば話は別です。それについては先方は言を左右にして結論を出さない。そのうち一人が部屋の外へ出て行ってしまった。その男を延々と待たされた挙げ句、残った連中がフェルメールの手付けを打たなければだめだと言い出した。私は断りましたよ。とにかく本命をこの目で見てからの話だと、その線から一歩も引かずに、ようやく帰してもらった。それまで、いっさい外部と連絡できなかったので、みなさんに迷惑をかけてしまいました」

牟田は疲労困憊《こんぱい》した顔で、ゆっくりと頭を下げた。

「その、牟田さんがご覧になりたかった本命というのは何なのですか？」

浅見が訊いた。牟田は「そうですな……」と曖昧《あいまい》な呟《つぶや》きを漏らして、答えるべきか否かを迷っている。

「フェルメール以上の美術品というと、たとえばラファエロだとかレンブラントとかミケランジェロとかゴヤとか……」

浅見は知っているかぎりの画家の名前を挙げてゆく気だ。牟田は煩《うるさ》そうに苦笑して右手を挙げて制した。

「そういう、ありきたりの絵画や彫刻のたぐいではないのです。それならむしろフェルメールのほうが貴重だ」

レンブラントやゴヤを「ありきたり」と言うのだから、よほどすごいものなのだろう。

「ダ・ヴィンチのものとか……」

ダ・ヴィンチなら芸術家であり科学者でもあるから、ヘリコプターの原型みたいなものを作ってあるのかもしれない。いい加減なことを口走ってみただけなのだが、牟田老人は「ほほう……」と、少し感心したような表情を見せて「セイガイフです」と言った。

浅見は「は？」ととぼけた声を出したが、真抄子は「えっ……」と対照的に鋭く叫んで息を呑《の》んだ。

「セイガイフですか」

牟田の言葉の意味が取れず、浅見はおうむ返しに聞き返した。

「そうです」

「あの、それはどういう人ですか？」

「えーっ……」と、真抄子は呆《あき》れたように浅見の顔を見つめた。牟田も意外そうな目を浅見に向けている。

「浅見さん、ほんとにセイガイフを知らないんですか？」

「ええ、知りません。フェルメールやレンブラントを凌《しの》ぐのだから、よほどの大家なのでしょうね」

「違いますよ、セイガイフは画家の名前なんかじゃありませんよ。キリストの……」

言いかけて、真抄子は一瞬、運転手を気にした。しかし、日本語を解さない運転手であることを確認して、それでも顔を突き出すように、小声で「……遺体を包んだ布です」と言った。

「ああ、聖骸布《せいがいふ》……」

ようやく文字面《もじづら》が脳裏に浮かんだ。

「そういうものがあるのですか？」

「そう、英語ではシュラウド（shroud）、イタリア語ではシンドーネ（sindone）でしたっけ」と牟田が言うと、真抄子は慌てて人指し指を唇に当て、運転手の気配を気にしながら言った。

「あるとされているんです。ゴルゴタの丘で処刑された後、十字架から下ろされた遺体を包んだ布です。真贋《しんがん》論争はありますけど」

「もし本物だとすると、その布はいつ頃作られたものですか」

「それはもちろん、遅くとも紀元後三十年頃でしょうね。少なくともキリストが亡くなった時に、遺体を包むことができたのですから」

「ああ、なるほど、それはそうですね。だとすると二千年近く前ですか……すごいものですね。それがあるというのですか」

牟田に訊くと、「さよう」と頷《うなず》いた。

「聖骸布の話を私が初めて知ったのは、いまから六十五、六年前——昭和初期の頃ではなかったですかな。私がまだ中学生の時だったと思いますよ。イタリアに聖骸布なるものが存在するという話が写真入りで『科学画報』とか、そういったたぐいの雑誌に掲載されたのを見た記憶があります。兄がそういう方面のことが好きな男でしたから、兄が持っていたものだったかもしれない」

「写真に撮られるというのなら、現物があったことは事実ですね」

「そうですな。被写体が偽物かどうかという議論は別のものとしてですがね。写真はもちろん白黒だったが、見た瞬間、身の毛のよだつような衝撃を受けたものです。とにかく、布の中央に朦朧《もうろう》とした人物像が浮かび上がっていて、それがキリストの遺体だというのですから。解説によると、実物は長さが四・四メートル、幅が一・一メートルの亜麻布だということでした。子供時代の記憶というのは不思議ですなあ。そんなサイズのことまで、妙に鮮明に憶《おぼ》えているものです」

「その写真は私も見たことがあります」

真抄子が言った。

「というか、修復に関わるような人間は、誰でも知っていることですけど。でも、聖骸布はトリノのサン・ジョヴァンニ大聖堂の中に厳重に保管されていて、見ることができないはずですよ」

「さよう、それは私も知っている。だからこの話には最初から懐疑的だったのだが、聖骸布が完全に門外不出というわけではないこともまた、事実なのです。たとえば、私が少年時代に見た写真は、一九三一年に皇太子の成婚を記念して公開された時に撮影されたものだし、二十世紀中にはほかにも、カトリック聖年の三三年と、聖骸布のトリノ到着四百周年を記念した一九七八年が知られています。この七八年の公開の時には、分厚いクリスタルガラスに納まった聖骸布の前を通り過ぎるだけだというのに、四十数日間に世界中から三百万人の信奉者がトリノにやって来たそうです」

「そうなんですよ。いま牟田さんがおっしゃったように、聖骸布の警護はものすごく厳重で、幾層もの鍵《かぎ》のかかった容器と、幾層もの壁に包まれた部屋で管理されているといいます。ですから、外部から侵入して盗み出すことなんか、絶対に無理なんです」

真抄子はイタリアの名誉を代弁するような勢いで言った。

「侵入することは無理だが、外部の人間が接触する機会があったことも事実でしょう。いま言った以外にも、一九七三年にはテレビの撮影も行なわれていますしね」

「というと、牟田さんは、そういうチャンスのどこかで、聖骸布が盗まれたとおっしゃるのですか」

浅見が訊いた。

「私がというより、彼らがそう言っておりました。じつはそれ以前にも、聖骸布は盗難や火災など何回もの災難に遭っているのです。現に、さっき言ったトリノ到着四百周年というのも、それまでの間は別の場所にあったことを意味していますしね」

「あ、なるほど」

「そもそも、聖骸布が歴史上に現れたのは、十四世紀後半のフランスなのです。それ以前のことはまったく分からない。キリストの死後千三百年ほどのあいだ、いったい聖骸布がどこにあったのか分からず、突然、降って湧いたように出現したのだから、そのことだけでも相当に眉唾《まゆつば》だとは思うのだが、信ずる者にとっては、その程度のことは許容範囲の内なのでしょうな。まあ、宗教とはそのようなものです。しかし、発見されてから以降については、聖骸布の歴史はかなりはっきりしています。十五世紀半ばにフランスの貴族からイタリアのサヴォイア王家に譲られ、最後にトリノの大聖堂に収められたことは確かなようです。その間、一五三二年にはサヴォイア王家の館《やかた》が燃えて、聖骸布もあやうく焼失するところだった。鉄格子の扉に鍵のかかった部屋で、銀の箱に納まっていたのだが、そのために運び出すのが遅れ、熱で内部が燃えだした頃に救出された。われわれが見ることのできる写真にはその痕《あと》が残っています。野瀬さんが見たのもそうでしたでしょうな」

「ええ、そうです。いくつかに折り畳んだ、その角のところが燃えていますから、布全体に十数ヵ所ほどの大きな焦げ痕と、ほかに、銀器が溶けたのが滴ったと言われる小さな痕がありました」

「その布にキリストの像が描かれているのですか？」

浅見が訊《き》くと、真抄子は「違いますよ」と後ろ向きに顔を大きく振った。

「描いたものではなくて、キリストの全身像が、まるで投影されたように浮かび上がっているのです」

「投影？……というと、レントゲン写真みたいなものですか」

「レントゲン写真は骨だけですけど、そうじゃなくて、全身の姿がそのままそっくり浮かんでいるんです。キリストの亡骸《なきがら》が仰向けに横たわっている、その姿です」

「えーっ、そんなばかなことはありえないでしょう」

「でも、事実なんですから」

「それじゃまるで、オカルトの世界じゃありませんか」

「そう言われても仕方ないですけどね」

「ははは……」

若い二人の会話にはついて行けないというように、牟田は力なく笑って言った。

「確かに、浅見さんが言われたとおり、ありえない話だとする議論は大昔から繰り返されているのですよ。十四世紀頃に何者かの手によって描かれたのではないかという意見がほぼ大勢を占めています。その根拠になっているのは、過去何回にもわたって行なわれた科学的な年代測定です。最初の頃は顕微鏡などによる布や付着物の成分分析に始まり、X線や赤外線照射なども使用したのだが、最終的には炭素年代測定法を用いた。その結果、いわゆる聖骸布は、十四世紀に発見され、日の目を見ることになった直前、古くても十三世紀から十四世紀にかけて作られたものであることが判明したのです。つまりこの布では、千三百年前に亡くなったキリストの遺骸《いがい》を包むことは不可能というわけですな」

「なるほど、それで一件落着ですか」

「ふつうならそうなるところだが、信仰とはそんな簡単なものではない。教会側は測定法自体に問題があるとか、布が火災に遭った時に、成分組織などに変化が生じたのだとか、いろいろな理由をつけて、聖骸布の正当性、神秘性に変わりはないことを主張し、むしろ調査した学界側の陰謀ではないか——といった意見まで出る始末です。ただ、布に描かれた像はあくまでも平面的なもので、教会側が言ってきたような、包まれた時にキリストの姿が布に付着、刻印されたということはありえないことは分かっていました。とはいえ、学界側の調査にも問題がなかったわけではないのです。その最大のものは、もし聖骸布が偽物だとすれば、それでは布にキリスト像を描いたのは誰かということです。精密に調べれば調べるほど、この『像』がどうやって描かれたのか説明がつかないのです。絵の具、顔料のたぐいも解明されないし、血液のシミも明らかに付着している。さっき浅見さんは笑ったが、なんらかの未知の手法によって刻印されたとしか考えられないような、摩訶《まか》不思議な像なのですな。絵画の世界の話ではなく、これはもはや科学の領域に属する。現代の先端科学をもってしても解明しえないような技術が、十四世紀頃に存在したはずがないというわけです。そうでないとすると、それこそオカルティックな世界の話になってしまう」

「はあ……じゃあ、また振り出しに戻ってしまったのですか」

「結論を言うとそういうことになるが、ほかにもいろいろな説がありましてね」

「たとえば？」

浅見も、それに真抄子も、薄闇の中を透かして、牟田の口許《くちもと》を見つめた。

「たとえば、レプリカ説ですな。聖骸布には複製品があって、年代測定用に提出されたのはレプリカのほうだというのです。測定が行なわれた一九八八年の時点では、すでにすり替えられていたという説です」

「えーっ、ほんとですか？　そんなことがありえるんですか？」

真抄子が呆《あき》れたような声を出した。

「私にはよく分からないが、きょう会った相手もそう言ってましたな。一九七三年にテレビ撮影があった時に、すり替えが行なわれたのだそうです。その当時はテロ分子が教会内部にも入り込んでいて、神聖物を盗んで人質代わりに利用するような犯行は、あって不思議はなかったというわけですよ」

「じゃあ、本物は盗まれたんですか」

「ははは、それも一つの説にすぎません。すり替えたのは教会側だったかもしれんし」

「しかし、年代測定を実施したのなら、その時点で明らかにレプリカであることは分かってしまうのではありませんか？」

浅見が訊いた。

「いや、測定用に提出されたのは、七センチ四方の切れっ端みたいなものだったそうですよ。それだけは本物から切り取ったのかもしれない」

「なるほど……それで、そのほかにも説があるのですか」

「像を描いた人物が誰かという問題ですけどね、一人だけ、ひょっとするとそうではないかと思われる人物がいるそうです」

「誰ですか？」

「十五、六世紀当時に、芸術家の才能があって、しかも科学者としても天才だった人物といえば、一人しかいませんな」

「あっ……」と、真抄子が声を漏らした。浅見もすぐに気がついた。

「そうか、ダ・ヴィンチですね、レオナルド・ダ・ヴィンチ……」

「さよう、だからさっき浅見さんがダ・ヴィンチと言った時には、いささか驚きました」

牟田は満足そうに頷《うなず》いた。

4

タクシーはようやく高速道路を出て、暗い一般道を走りだした。ヴィラ・オルシーニまではあと三十分くらいだそうだ。

「ダ・ヴィンチが聖骸布のキリスト像を描いたという噂は、私も耳にしたことがあります」

真抄子が言った。

「さっき言ったように、描いたのではなく、放射線か何かで投影するとか、そういった特殊な方法で布に像を焼き付けたらしいという説もあるみたいです。現代科学でいくら分析しても、実際はどうだったのかが分からないのだそうです。その当時は錬金術が盛んに行なわれていて、科学の分野は異常なほどの進歩を遂げた時代でした。天才中の天才であるレオナルド・ダ・ヴィンチなら、誰も到達できないようなテクノロジーを駆使しえたのではないか。彼なら何があっても不思議はないって言うんです」

「そういうことのようですな」

牟田も頷いた。

「聖骸布を信じるか信じないかは、ほとんど宗教的な意味合いが強い。聖骸布の存在を信じている人間は、炭素年代測定法などでいくら科学的な分析が出されても、何のかんのと詭弁《きべん》を弄《ろう》したり、超常現象を持ち出したり、とどのつまりは自己暗示にかけて無視しようとする。ただ、ほかにも無数といっていいほどあるいわゆる『聖遺物』が、ほとんど消えてしまう中にあって、聖骸布だけが根強い信仰を集めつづけているのは、そのキリスト像が単純に描かれたものでないという神秘性によっているのですな。もし、制作者がダ・ヴィンチだとすると、後世の何百万、何千万、いやひょっとすると何億という人々が、ダ・ヴィンチの巧妙な詐術に騙《だま》されていることになる。なぜそんなトリックが通用するのか、実物をこの目で確かめたい欲求は抑えきれないものがありますよ」

「というと、牟田さんはその目的のために、怪しげなフェルメールを買ってもいいとお考えなのですか」

浅見は驚いて訊《き》いた。

「場合によってはですな。もっとも、どちらが真の目的で、どちらが付録なのかは、私自身、判然とはしないのですがね。さすがに聖骸布までは私ごときには手が届かないが、フェルメールそのものにも十分すぎる魅力がありますからなあ」

牟田は低く笑ったが、長い話に疲れの色は隠せない。

「その話を牟田さんに持ち込んだのは、カッラーラの美術展で会った石渡さんという絵描きさんですか？」

浅見はズバリ、切り込んでみたが、牟田は表情も変えない。

「さあ、どうでしょうかな。誰がとか、どこでとかいう質問には、一切お答えできないことになっておりますよ」

「なぜこんなことを言うかと言いますと、石渡さんに、トリノにいたかどうか僕が訊いたのに対して、彼は言葉を濁して答えなかったのです。その印象からいうと、どうやらトリノにいた時期もあって、そのことはあまり公表したくないように思えたものですからね。それともう一つ気になるのは、リストランテのおやじさんが言っていた、久世という人が事故死した事件をトリノの警察から調べに来たという点です。さっき牟田さんがおっしゃった、聖骸布をテレビで公開したのが一九七三年で、その時に偽物とのすり替えが行なわれた可能性があるということでしたね。その数年後に久世さんが亡くなっています。僕の勝手な思い込みではありますが、その二つの出来事に何らかの関連があったのではないでしょうか。それならばトリノ警察が動いた理由が分かります。しかも石渡さんと久世さんはほぼ同じ世代です。つまり日本赤軍などによる一連のテロ活動が、もっとも盛んだった時期に青春を送ったという共通項を持っています。どうなのでしょう、この憶測はまったく的外れでしょうか」

一気に言い切った。

牟田はもちろん、真抄子もよほど驚いたにちがいない。二人ともしばらくのあいだ、声も出ない様子だった。

「ははは、驚きましたなあ。浅見さんには予《あらかじ》め何らかの知識というか、予見するものがあるのではないかと疑いたくなる。どうです、この憶測は的外れですかな?」

逆襲にしても、かなり皮肉の交じった言い方をするので、浅見が反論しようとするのを手で制して、「いや、こんなことを言うのも、まるっきり根拠のないことではないのですよ」と続けた。

「じつは、例の石渡氏だが、彼は浅見さんを知っておりましてな……あ、あなたをという意味ではなく、浅見という名前の人物を知っているというのです。それも直接ではなく、ある人物を介して名前を聞いたそうです。そのある人物とは、あなたがお察しのとおり、久世氏ですよ。亡くなる直前、久世氏が浅見という人物のことを話していたそうです。二十六、七年昔、赤いアルファロメオでヨーロッパを旅していた学生――つまり、カッラーラのリストランテのおやじが話していた人物そっくりなのですがね。どうです、浅見さんに心当たりはありませんかな?」

「ええ、確かに同一人物かどうか分かりませんが」と浅見は正直に言った。

「それは僕の兄、陽一郎のようです。二十七年前、学生だった兄は、車でヨーロッパ旅行をしていますから。その時兄は、久世という人物にカッラーラで出会ったのですが、数日後に連絡を取ってみたら、すでに事故死していたそうです」

「なるほどそういうことでしたか。といっても、石渡氏はあなたたちがご兄弟であることを知っているわけではないのです。浅見という名字はそれほど珍しくありませんからな。ただし、現在の日本の警察庁刑事局長が浅見陽一郎氏であることは知っておりました。カッラーラで『浅見』という名前を聞いて、ギクリとしたそうですよ」

「ということは、つまり石渡氏は脛《すね》に傷持つ身の上なのですか」

「まあそういうことです。したがって三十年間、帰国できずにいる。国際手配をされているわけではないらしいし、本人は何も言わないが、日本に帰りにくい事情があるということなのでしょうな」

牟田老人は暗い中で、ジロリと光る目を浅見に向けた。

「ところで浅見さん、さっきの質問に戻りますが、どうなんです？　あなたがここに来たのは、お兄上の指示があったからではありませんかな？　つまり、警察庁刑事局長さんの密命を帯びて来た」

「とんでもない」

浅見は大声を上げそうになるのを、辛うじて押さえた。

「兄にはまったく関係ありませんよ。第一、僕がそんなことをしていると知れたら、兄はともかく、母親にこっぴどく叱られます」

「ははは、そうですか。それなら何も言うことはないが、それにしてはあなたは何でもよく知っている。知りすぎているというべきかもしれませんな」

「知らないことだらけです。たとえば聖骸布《せいがいふ》のことはもちろん、フェルメールについても何も知らなかったじゃありませんか。イタリアのこともそうだし、一九七〇年代に何があったのかだって、まるっきり知りませんでした。野瀬さんの博識に比べたら、恥ずかしいかぎりです」

「ふーん、しかし聖骸布のことや絵画の強奪事件のあったことなど、たったいま知ったばかりのわずかな知識と短い時間のあいだに、久世氏と石渡氏の接点を思いついたり、トリノとの関係やその当時の世界情勢から、聖骸布にまつわる事件を憶測してみせるのだから大したもんですな。ねえ野瀬さん」

同意を求められた真抄子も、「ええ」と頷《うなず》いた。

「そんなことはともかくとしてですね」と浅見は言った。

「きょう牟田さんがお会いになった相手が誰であるにしても、牟田さんは本当にその人物が聖骸布を持っているとお思いになるのですか？」

「いや、確信には至りませんでしたな。最初はすでにあるという触れ込みだったが、時間が経つにつれて怪しくなった。三時過ぎから八時過ぎまで、監禁同様に足留めしておきながら、結局、都合によりきょうは駄目ということでした。フェルメールを売りつけるためのエサだった可能性も否定はできないが、印象としては、聖骸布を手に入れる予定だったのが、何かの手違いでうまくいかなかったような気配でした」

「ということは、少なくとも聖骸布の在《あ》り処《か》は分かっているのですか」

「でしょうな。聖骸布のすり替えが行なわれたとしても、物が物だけに公表はできない。三十年もの長きにわたって事件は表面化していないが、教会側は密《ひそ》かに探索を続けているのかもしれません。しかし教会側はさっき言ったとおり、一九七八年にも聖骸布の一般公開をしている。その話をしたところ、相手は鼻の先で笑っておった。あんな物は偽物だ――と言わんばかりでしたよ」

「本物の在り処を知ってはいるけれど、右から左に運ぶことができないということですか……それで、この後、聖骸布と会う予定はどうなっているのですか？」

「いや、相手側は連絡すると言っていたが、おそらく難しいでしょうな。こういうのはワンチャンスの出会いみたいなもんで、お膳立《ぜんだ》てが狂えばもう、なかったものと諦《あきら》めるよりしようがない」

「そもそも、そのお膳立ては誰によって作られたものなのですか。やはり例の石渡氏ですか」

「ははは、だからそれは言えないと申し上げたでしょう。あなた方もこの話はこれっきりのこととして、忘れていただきたい。よろしいですかな。そうでないと、何が起こるか分からない。私はこの先、生きても高が知れているが、前途有為のお二人の生命が危ない。これは脅しではありませんぞ。ははは……」

牟田老人は笑ったが、目は笑っていなかった。

重苦しい話題に解決がつかないまま、車はカッシアーナ・アルタへの坂道にかかっていた。坂の途中に墓地がある。この辺りだけの風習なのか、墓地には点々と青白い明かりが灯《とも》される。風に吹かれると、まるで人魂《ひとだま》のように揺れて不気味だ。墓地の前の小さな祠《ほこら》にはマリア像が納められ、ぼんやりとライトアップされている。それもまた信仰心のない人間にとっては、あまり気持ちのいい風景ではなかった。

坂を登りきり、教会の前を過ぎて少し行った先で左に、坂をほんの少し下がったところがヴィラ・オルシーニの入口だ。周囲は真っ暗だが、館《やかた》とリストランテの明かりを見るとほっとする。

すでに連絡しておいたので、バジル・優子夫妻がタクシーの気配に気づいたのか、リストランテのドアを開けて出迎えてくれた。ヴィラの客のうち、牟田夫人と永畑貴之がリストランテまで下りてきた。牟田夫人は他の人々への気兼ねで、さぞかし気疲れがしたにちがいない。ご亭主の顔を見るなり、「あなた、いったいどうなさっちゃったの」と詰《なじ》るように言った。

「いやあ、私としたことが申し訳ない、迷子になっちゃってなあ」

牟田はあくまでもそれで通すつもりのようだ。浅見も真抄子も訊《き》かれればそれに合わせることにしてあるが、牟田の年甲斐《としがい》もない失態に対して、誰もそれ以上の追及はしないつもりのようだった。

夜も遅かったが、ひとまずリストランテで一服させてもらう。バジルは厨房《ちゅうぼう》の片付けに戻ったが、優子は熱い紅茶を入れブランデーを垂らしてくれた。「こちらも大変でしたの」と言うので、牟田がまた「申し訳なかったですなあ」と謝った。

「いえ、そうじゃないんです、バジルの母親のことなんです」

優子は慌てて手を振った。

「バジルのママが交通事故を起こして、怪我しちゃったんです」

「えっ……」と、フィレンツェから帰着した三人は驚いた。「そうなんですよ」と永畑が対照的に冷静な口調で付け加えた。

「午後七時頃というから、われわれのバスが帰りの道をひた走っている頃です。自動車電話でこちらに連絡を取りながら走っていたのだが、なかなか出てくれない時があって、どうしたのだろうと思って、後で聞いたら、ディーツラー夫人が病院に運び込まれたと言うじゃないですか。いや、びっくりしましたねえ」

「ママを運んでくれたのは町の人たちで、ママの車は教会の前の坂道で街路樹にぶつかったのだそうです。すぐに病院に運んで精密検査をしてもらったら、幸い右腕を骨折しただけで、それ以上のことはなく、意識もしっかりしていました。でも、念のため二、三日病院で様子を見ることにしたんです」

「いったい何があったのでしょう？」

浅見は訊いた。

「事故の原因はあの子ですって」

優子は床に寝そべって、上目遣いにこっちを見ているタッコを指さした。

「あの子はいつもママの車の助手席に乗っているんですけど、教会の前を通り過ぎたところで、急に吠《ほ》えだして窓から飛び出しそうになったんですって。それでママが止めようとして、ハンドルを取られて、あっと言う間もなく樹にぶつかっちゃったみたいです」

タッコは話の内容が分かるのか、モソモソと立ち上がると、申し訳なさそうに首を垂れ、部屋の隅に行ってうずくまった。

「ママは、あのおとなしいタッコが、どうしてそんなに興奮したのか、まったく分からないと言ってました」

「しかしねえ、やっぱり犬や赤ん坊を車に乗せる時は、よほど用心してかからないと危険ですよ」

永畑はどこまでも客観的だ。元ドイツ駐在の外交官で、貿易会社に天下りしたらしいこの男は、他人のミスはもちろん、行動そのものに対して常に冷ややかな観察眼を持ち続けることができるタイプだ。

「タッコは何かを見て興奮したんじゃないでしょうか」と浅見は言った。

「たとえば猫とか、狐とか」

「狐はいませんけど、猫に吠えかかるほどの勇気はタッコにはありませんよ。ブブに睨《にら》まれただけで、シュンとなっちゃうんですから」

「その吠え方ですが、怒って吠えたのか、喜んで吠えたのか、どっちですかねえ？」

「それは……たぶん怒って吠えたんだと思いますよ。ママに確かめたわけじゃありませんけど、喜んで吠えるなんてこと、タッコにあったかしら？」

「犬は怒った時ばかりでなく、喜んでも吠えますよ。昔、うちでタローという犬を飼っていた頃、僕が学校から帰ってくると、大通りから曲がった辺りで、タローの吠える声が聞こえましたからね。近所で顰蹙《ひんしゅく》を買って困ったことを覚えています。どういうわけか吠えるのは僕の時だけで、ほかの人間に対してはいつもおとなしい犬でした。もちろん怒って吠えるのではなく、嬉《うれ》しくてたまらなくなるのでしょうね」

「じゃあ、タッコはその時、誰かを見て喜んだってことですか？」

「喜んだかどうか……怪しい人物を見たのかもしれないし、単に知っている人物を思いがけないところで見て、思わず呼びかけたのかもしれませんしね」

「なんだか浅見さん、犬の心理が分かるみたいな言い方ですね」

優子は笑った。ほかの四人も好意的な笑みを浮かべていた。独り浅見だけが、自分の言ったことにこだわる気持ちがあったが、それ以上、固執して主張するほどのことがある話でもなかった。

バスを使い、ベッドに入った時には日付が変わっていた。その夜は女の悲鳴も怪しいコトコト音も聞くこともなく、横になったと思う間もなく、深い眠りに落ちた。

第四章　トスカーナに死す

1

朝早くからパトカーのサイレンが聞こえて目が覚めた。イタリアのパトカーは映画で馴染《なじ》んでいるつもりだったが、「プーパー　プーパー」という間の抜けたサイレンは、どことなく牧歌的でなかなかいい。それと較べると、日本のパトカーは音階の変化も強弱もない一直線のサイレンで面白味はないが、すわ事件発生か――という切迫感がある。

それにしてもやけに賑《にぎ》やかだ。一台や二台ではないらしい。こんなのどかな田舎でも大きな事件や事故が起こるものなのか。そういえばこのヴィラに来てから、初めて聞くサイレンであった。

時計を見るとまだ七時になっていない。朝食までは一時間近くある。いつもの浅見なら「深夜」みたいなものだ。しかし、仲間の年配者たちは日頃から朝が早いせいか、サイレンをきっかけにリストランテへ下りて行くらしい。廊下や階段を歩く物音がひとしきり聞こえていたが、それが静まったと思った時、階段を駆け上がってきた足音が浅見の部屋の前で止まって、ドアがノックされた。

「浅見さん、ちょっと出てきてください」

真抄子の声である。浅見は慌てて身繕いしてドアを開けた。真抄子の緊張しきった顔があった。

「ちょっと下りてきてくれませんか、警察が来ているんです」

そう言っただけで、クルッと向きを変えると、来た時と同じ慌ただしさで階段を下りて行った。

リストランテにはすでに全員が揃っていた。朝食のために集まったのだろうけれど、状況は食事どころではないらしい。入口付近に制服の警察官が三人佇《たたず》み、刑事とおぼしき私服が二人、ハンスとバジル・優子夫妻を相手に何か喋《しゃべ》っている。むろん話の内容までは分からないが、いわゆる事情聴取なのだろう。バジルは寡黙な性格だし、ハンスはそれに輪をかけて無口だから、警察官への応答はもっぱら優子夫人のほうが務めているようだ。優子の甲高い声があまり広くないラウンジに響いていた。

「何があったんですか？」

浅見は声をひそめ、隣にいる入澤稔夫に訊いた。もっとも訊かれたほうの入澤も、もちろんイタリア語などちんぷんかんぷんだから「さあ」と首を横に振った。

「よく分かりませんがね、すぐ近くで人が殺されたみたいですよ」

真抄子が入澤の向こう側から、首を伸ばすようにして言った。

「亡くなったのは、どうやら日本人らしいんですって。それで、ここに日本人客が泊まっているって聞いて、被害者はその中の一人か、それとも何か関係があるんじゃないかって調べに来たんです。とりあえずここの人たちは全員無事だっていうことが分かって、安心したみたいですけど」

一応、同国人だからという理由で、誰かが身元確認に協力することになったらしい。

「浅見さん、行っていただけますか？」

優子から申し訳なさそうに頼まれては、いくら死体に弱い浅見としても、引き受けざるをえない。真抄子が「私も行きます」と言ってくれたのが心強かった。

殺人事件発生とあって、さすがに村の人たちも無関心ではいられないのだろう。教会前の広場には暇そうな老人ばかりでなく、若い女性なども混じって野次馬の群れができている。怖いもの見たさの視線が、制服警官と刑事に連れられた浅見と真抄子に集まった。

遺体はひとまず教会に安置されていた。それほど大きくはないが、石造りの建物で、中に入ると空気はひんやりする。木製の長椅子がずらりと並び、正面の祭壇にはキリスト像とマリア像が飾られている。美術品的、あるいは骨董品《こっとうひん》的価値があるものかどうかは分からないが、とにかく古いことだけは確かだ。

遺体は祭壇の前に横たわっていた。遺体を覆っている布が除かれた時、浅見も真抄子も「あっ……」と息を呑《の》んだ。

その様子を敏感に察知した刑事の一人が真抄子に声をかけた。「あんた方、知ってるんだね」とでも言ったのだろう。

遺体の主はカッラーラで会った、絵描きでカメラマンの石渡だった。そのことを真抄子が告げると、刑事は少し離れたところまで行って携帯電話でどこかと交信している。「イシワタ」という言葉が聞こえてきたから、遺体には身元を示すようなものは何もなく、名前を知ったのもいまが初めてらしい。

真抄子がもう一人の刑事に聞いた話だと、石渡の死因は絞殺によるものだそうだ。後頭部に明らかに鈍器で殴られたような痕跡《こんせき》がある。直接、死に至ることはなかったのだろうけれど、その一撃で気を失ったところを、柔道の絞め技のように腕で首を絞められたらしい。死亡推定時刻は、正確なことは司法解剖を待たなければならないが、医師の判断では昨日の午後五時から八時ぐらいのあいだではないかという話である。

死体は教会から村の外へ向かってゆく下り坂の途中、道路脇の草むらの中に、無造作に捨てられてあった。殺人の現場がそこなのかどうか、それとも別の場所で殺され、そこまで運ばれてきたのか、いまのところはっきりしていないらしい。

刑事はヴィラ・オルシーニに戻ると、日本から来た旅行者を全員集めて、本格的な事情聴取を始めた。もちろん、石渡が殺されなければならなかった理由を知っていると答えた者は一人もいない。カッラーラの美術展で会っただけ——と説明したのだが、しかし、それで刑事が納得するわけもなかった。

幸い、死亡推定時刻には、旅行グループ全員にアリバイがあった。ちょうどその時刻、関係者九人はフィレンツェにいたか、帰りのバスの中にいて、それぞれが互いに監視し合う関係にあった。

警察は盗み目的の犯行のセンを中心に捜査を進めるつもりのようだ。腕時計や身分証明書を含めて、金目の物をすべて持ち去ったと思われることからそう判断した。ただ、分からないのは、石渡がなぜこの地に来たのかという点である。常識的に考えて、日本人旅行グループの誰かと接触したかったのではないかと思える。そうでもなければ、こんな片田舎の村にやって来る理由がない。

そのことについて、刑事はかなり執拗《しつよう》に質問を重ねた。すべて優子と真抄子を通訳に介しての問答だから、まだるっこしい。真抄子にしてみれば、少しでも疑いを持たれるようなことがあっては面倒だという気があるのだろう。傍《はた》で聞いていても、曖昧《あいまい》な答え方をしようとする意思が感じ取れる。

結局、刑事は大した収穫もなく、いったんヴィラから引き揚げることにしたようだ。

遅い朝食というのかブランチというのか、十時過ぎになってからの食事になった。全員が揃ったものの、憂鬱《ゆううつ》な雰囲気が漂って、会話も弾まない。警察には「何も知らない」で通したが、カッラーラの美術展で、牟田老人が石渡と何事か話していたことは、誰もが知っていた。そのことに漠然としたこだわりがあるにちがいない。

遠慮を知らない大阪人の萬代弘樹が「牟田さん、あの時は何を喋っとったんですか？」と訊《き》いた。牟田は「ああ、あれは絵の値段を交渉していたのですよ」と、平然と答えている。そう言われれば、それ以上は追及しようがない。

「浅見さん、何があったのか、分かりません？」

我慢できなくなったように、真抄子が訊いた。

「分かりませんよ、そんなこと」

浅見は即答したが、「一つだけ、気になることはありますが」と付け加えた。

「気になるって、何がですか？」

「ディーツラー夫人が交通事故を起こした時刻ですが、確か七時頃でしたね。ひょっとすると、石渡氏の事件と何か関係があるのじゃないかと思うのですが」

「なるほど、少なくとも時間的には一致する可能性がありますね」

永畑貴之が同調した。

「ええ、その時、タッコが何かを見て吠《ほ》えたのでしたね。その何かが事件だったか、それとも不審な人物だったのかもしれません。午後七時頃はまだ明るさが残っています。もしそうだとすると、タッコは石渡氏か犯人を見ているわけです」

「そやけど、相手が犬じゃ、証言が取れまへんな、へへへ」

萬代が不謹慎な笑い方をして、みんなの冷たい視線を浴びた。

「しかし、いずれにしても、われわれには関係のないことです」

牟田老人が言った。「われわれとしては、大過なく、粛々と旅を進めるのみです。明日はもうこの地を去るのですからな」

浅見は真抄子と顔を見合わせた。二人とも黙っているが、牟田が石渡と「関係がない」と言うのは、明らかにおかしい。カッラーラでのことはともかく、昨日のフィレンツェでのことがある。「聖骸布《せいがいふ》の件で段取りをしていたのは石渡ではないか――」と浅見が訊いたのに対して、牟田は肯定こそしなかったが、はっきりとした否定もしなかった。その曖昧さは、取りようによっては、仲介役を務めた人物が石渡だったと認めたようにさえ思えた。

その気配を察知したように、牟田は「浅見さん、それに野瀬さん、あなた方も軽率に騒がないことですぞ」とクギを刺した。

確かに牟田の言うとおりではあった。明日はこの地どころかイタリアを去る。ここで警察沙汰《ざた》にでもなったら、「当事者」が誰であるにせよ、グループの全員が足留めを食うことになりかねない。無責任のようだが、好んで事を起こさないほうが賢明であるにちがいない。

ほかのメンバーがいったん部屋に引き揚げた後、真抄子は「どうしましょう？」と浅見に訊いた。牟田に対する疑惑について、どうすればいいのかを問うている。彼女にしてみれば、牟田とは単なる客とガイドの関係ではなく、父親と牟田との繋《つな》がりを無視するわけにいかないのだろう。

「このまま何事もなく収まれば、それに越したことはないですが、僕の勘では楽観はできないような気がします。イタリア警察はそんなに甘くはないでしょうから」

その浅見の予感は不幸にも的中した。それからものの一時間ばかりして、警察は再びやって来た。石渡章人に関するデータはあまり芳しいものではなかったようだ。優子と真抄子が二人がかりで通訳してくれたところによると、石渡は一九七四年七月に起きた「日本赤軍パリ事件」と九月の「ハーグ仏大使館占拠事件」の両方で、日本赤軍との関係を疑われていた時期があったという。

パリ事件というのは、パリのオルリ空港で偽造旅券四通と偽造ドル一万ドル、暗号書などを持った日本青年「スズキ」が逮捕された事件だ。仏警察が暗号を解読した結果、日本赤軍がパリに集結、ここを拠点にヨーロッパの商社や大使館を襲撃する「同時多発テロ」を計画していることが判明した。パリ在住の日本人八人が国外追放になり、「スズキ」はパリ刑務所に拘置された。

その二ヵ月足らず後に、オランダのハーグにある仏大使館に日本赤軍のゲリラ三人が乱入、大使ら九人を人質に大使館を占拠、パリ事件で拘置中の「スズキ」の釈放と身代金三十万ドルを要求したものだ。フランス当局は要求に応じ、オランダのスキポール空港で交渉した結果、犯人側は「スズキ」と三十万ドル、それに拳銃《けんじゅう》二丁を持って同空港からフランス航空機で離陸した。犯人グループはシリアのダマスカス空港でシリア政府の説得に応じ投降、行方を晦《くら》ませた。その後の調べで「スズキ」を名乗った二十五歳の男と同年代のゲリラ三人は、いずれも日本赤軍メンバーであることが分かった。

ニューヨークを中心に起きた同時多発テロ事件などで、テロの恐ろしさは十分すぎるほど認識しているけれど、日本人の多くはテロは外国の話で、日本と日本人には関係がないと思いがちだ。しかしほんの四半世紀を遡《さかのぼ》ると、日本赤軍が国の内外で猛威をふるった時期があった。前述のパリとハーグの事件もそうだが、三菱重工ビル爆破事件、ダッカ事件、テルアビブ空港での銃乱射事件など、多くの典型的なテロ事件が日本人の若者の手で引き起こされた。

パリとハーグで起きたテロ事件によって、一時期、ヨーロッパ各国の日本人旅行者や留学生――とくに若者に対する風当たりが強くなった。浅見の兄・陽一郎がヨーロッパ旅行をしたのはそれから一年半経った一九七六年春のことだが、何度も検問に遭ったという話を聞かされた。

石渡が具体的に何をしていたのかは分からないが、データによると、彼は警察に拘束されたことが二度あり、起訴まではいかなかったが、「過激派」のブラックリストからその名前は消えていなかったようだ。実行の「兵士」ではなかったにしても、情報の伝達役ぐらいは務めていたのかもしれない。

このところ、アルカイダなどの国際テロ組織の動きが活発化していることから、警察は石渡の死を単純な強盗の犯行だとは考えにくいのだろう。やはり石渡がカッシアーナ・アルタのような田舎に現れた目的に、不審を抱いている。となると、ヴィラ・オルシーニに日本人ツアー客のグループが滞在していることとの関連を疑わざるをえない。

考えてみると、今回のツアー客の大半を占める現在六十代の人々にしても、六〇年安保闘争の頃に遡れば、まさに青春時代。十年後の日本赤軍と同じような、過激な政治活動の渦中にあった可能性がある。

刑事はグループの一人一人から、あらためて綿密な事情聴取を始めた。外国からの観光客でなければ、警察署に連行して調べるところかもしれない。

しばらくすると、石渡の自宅を家宅捜索した結果の情報が送られてきた。電話を受けている刑事が何度も「アサミ」と復唱するのを聞いて、浅見はギクリとした。案の定、石渡の自宅にあったメモに「浅見」の名と、東京の住所が書かれていたようだ。

刑事はほかの全員を部屋に引き揚げさせ、浅見と通訳役の真抄子だけを残した。どうやら容疑の対象を決めたようだ。それまでの遠慮をかなぐり捨てて、本性を露《あらわ》にする強面《こわもて》を作って、「シニョール・アサミ、あなたとアキヒト・イシワタの関係は？」と質問した。すでに朝の事情聴取の際、カッラーラで会ったのが初対面であることは言ってあるから、それを繰り返すよりしようがないのだが、それだけでは納得できないらしい。

「われわれは電話会社の記録を照会して、イシワタが昨日、東京に電話をかけていることも把握している」

「電話した先はどこですか？」

浅見の質問を真抄子が伝えると「イシワタの思想的な同志……」と言いかけて、刑事は慌てて「そんなことは答える必要がない」と目を剝《む》いた。

「それより、イシワタの電話機の脇にシニョール・アサミの名前をメモした紙があったのだ。それについてあなたはどう説明するのか」

刑事は明らかに容疑の矛先を浅見に向けているらしい。

石渡にはカッラーラの美術展で名刺を渡しておいたが、それはほかの所持品と一緒に盗まれたのだろう。名刺より、むしろメモがあったことのほうが、何やら胡散臭《うさんくさ》い印象がある。年齢的に言っても、ツアー仲間のほかの連中たちに較べれば、浅見の若さは、殴って絞め殺すという凶行にふさわしい。

石渡の死亡時刻を午後六時から八時までの二時間内——というところまで絞り込んで、その時間のアリバイを追及してきた。幸いその頃浅見はフィレンツェのドゥオーモ広場から、警察に立ち寄って真抄子のマンションに向かっていた。警察に行ったのが七時過ぎだから、問い合わせてもらえば確かなアリバイが成立するはずだ。

そう主張すると、刑事はかえって疑わしいような顔になった。あまりにもピッタリしたアリバイがありすぎる——と思ったにちがいない。真抄子が「私も一緒でした」と証言したのだが、「共犯ということもありうる」と言われたらしい。「ばかにしてるわ」と、真抄子は日本語で憤慨した。

本部とやり取りをした挙げ句、浅見の言ったとおり、フィレンツェの警察に立ち寄ったことは立証された。しかし、だからといってあっさり無罪放免というわけにはいかない。殺害現場はフィレンツェ付近で、その後死体をカッシアーナ・アルタまで運んで遺棄したとすると、死亡推定時刻のアリバイは無意味なことになる。

2

そのうちに刑事は突然、「ヨイチロ・アサミとはいかなる関係であるか？」と訊《き》いた。真抄子が困ったように浅見に伝えたが、これには浅見も意表を突かれた。

「陽一郎は僕の兄ですが、兄がどうしたと言ってるのですか？」

真抄子に訊いてもらった。

「イシワタのメモに、あなたの名前と一緒に『ヨイチロ』と書いてあったそうだが」

「なるほど、そうすると石渡氏が東京に電話したのは、僕と兄の関係を調べるためだったのでしょう」

「なにゆえ調べる必要があったのか？」

「さあ、それは分かりません」

「兄さんは何歳であるか？」

「四十七歳です」

「イシワタと同世代である。兄さんもカゲキハだったのではないか」

「まさか……」

浅見は驚いた。「カゲキハ」が「ヤクザ」と同じように、国際語になっているとは思えないから、この刑事はかなり勉強しているということなのだろう。

「兄さんの職業は何か？」

一瞬、ヤバイな――と思ったが、隠しておくわけにもいかない。正直に「警察関係に勤めている」と言った。

「オー、警察官か、交通課の巡査か？　それとも刑事か？」

「いや、警察官とは少し異なります。イタリアでいうと内務省の内局勤務にあたるのかもしれません」

ヴェネツィアで上陸する前に、「飛鳥」のライブラリーで調べておいたのだが、イタリアの警察組織は日本と異なりやや複雑だ。国の機関として内務省に所属する国家警察（職員数約九万五千）、国防省に所属するカラビニエーリ（同二十万）、財務省に所属する財務警察（同五万八千）があり、それ以外にマフィア捜査部、森林警察、市町村警察などがある。この中では国家警察が日本の警察庁と似通ったところがあって、各県ごとに県警察本部が置かれ、県警本部長が統括・指揮を行なう。市町村警察は原則として犯罪捜査は行なわない。ここに来ているのはカラビニエーリだそうだ。端的に言えば軍に属する警察である。田舎の殺人事件に軍が出てくるというのはただごとではないものを感じさせる。

「そうか、事務屋か」

刑事は相棒の刑事とニヤリと馬鹿にした笑い顔を見合わせた。言葉は分からないが、たぶんそういうニュアンスだったのだろう。どこの国でも事務職と現場の警察官はあまりいい関係とはいえないらしい。

「事務局で何をやっているのか？」

「刑事関係のセクションです」

「階級は何なのか？」

「そんなことはどうでもいいじゃないですか。兄には関係ないことでしょう」

「関係があるかないかはわれわれが判断する。訊かれたことに答えればよろしい」

「イタリアの階級制度は知りませんが、役職名は刑事局長です」

「ん？　いま何と言ったか？」

「刑事局長」

真抄子も警察の専門用語までは知らないらしく、刑事にイタリア警察の簡単な組織図を書いてもらい、その該当箇所を指で指し示した。「警察長官」の下に「副長官」がいて、その下に刑事局がある。そのボスが刑事局長——つまり事実上、警察組織のナンバー3というわけだ。

これには刑事たちが驚いた。「本当か？……」と絶句して、それから態度が変わった。あらためて本部と連絡を取って、事実を確認する作業をしたのだが、その過程で別の事実まで判明してしまった。間もなく、捜査の指揮官であるグリマーニというカラビニエーリの警視が自ら飛んで来て、にこやかに挨拶《あいさつ》した。

「シニョール・アサミ、あなたは日本警察の刑事局長の弟さんであると同時に、日本で最も有名な探偵だそうですね。それならそうとおっしゃっていただかないと困ります」

どこで情報を仕入れたのか知らないが「最も有名」などと言われては、日本のほかの名探偵たちから文句が出そうだ。

「私の部下どもが、何か失礼なことを言ったのではありませんか」

「いえ、そのようなことはありません。たいへん親切にしていただきました」

「それはよかった。では、あらためてあなたにお願いしたいのだが、被害者が日本人であることで、われわれは苦労しております。ここはシニョール・アサミにぜひとも、捜査にご協力いただきたいものであります」

文字通りの外交辞令であるのかもしれないが、こっちとしては願ってもない話だ。浅見は微力だが、お役に立てるなら——と受諾する意思を表明した。

「でも浅見さん、いいんですか」と、真抄子は通訳する前に言った。

「明日はもう、出発ですよ」

「ああ、そうでしたね。しかし、ひょっとすると出発できないかもしれませんね」

「えっ、うそっ……」

「なんなら警視どのに訊いてみてください。お役に立ちたいのはやまやまですがと」

真抄子は言われたとおりに伝えた。予想どおり、警視は「ノ」と肩をすくめた。

「シニョール・アサミの身元は確認できたが、グループ全員の取り調べが完了したわけではない。残念ながら、明日の出発は不可能でしょう」と言ったようだ。

「不可能っていっても、船が行っちゃうんだから、困りますよ」

真抄子は口を尖《とが》らせて抗議した。

客船飛鳥は明日の夜十時にローマの外港チヴィタヴェッキアを出港する。ここからチヴィタヴェッキアまでは約三百キロ、遅くとも午後四時頃には出発しないと置いてけぼりを食うおそれがある。そう説明すると、警視は楽しそうな顔で「いや、何も心配することはありませんよ」と言った。

警察はすでに飛鳥の今後の行程も調べてあるという。船はチヴィタヴェッキアを出て、中一日でマルタへ向かう。マルタはイタリアの長靴の爪先にあるシチリア島のさらに南、蹴飛《けと》ばされた小石のような小島国である。そこから北アフリカのチュニジア、チュニジアからはふたたび地中海を渡り、トータル五日かけてスペインのマラガへ立ち寄る。

「飛行機でマルタか、間に合わなければマラガへ行き、そこからまたアスカに乗ればよろしい。まだ五日間も余裕があります」

「でも旅費はどうするんです？　滞在費や飛行機代、それに私のガイド賃だって、ばかにならないんですよ」

「その点については気の毒に思う。しかし不運だったと思っていただきたい。殺されたイシワタに較べればまだましではないか」

「呆《あき》れた、そんなの、較べるような問題じゃないでしょう」

真抄子はいきり立ったが、海千山千の相手は少しも動じる気配がない。「浅見さん、どうします？」と泣きそうな顔になった。

「明日までに事件が解決すればいいんですけどねえ」

「そんな呑気《のんき》なこと言って、無理に決まってるじゃないですか」

とにかく仲間と相談するということで、この場はいったん収めた。リストランテに全員を集めて警察の意向を伝えると、いっせいにブーイングが起きた。石渡氏など、関係のない人間の事件に、どうしてわれわれがとばっちりを食わなければならないのだ――というもっともな抗議である。

「どないですか永畑さん、彼らはそないな理不尽が許されると思っとるんやろか」

萬代が元外交官の永畑に訊いた。

「いや、もちろん本来なら許されるはずはありませんが、ただ、最近の国際情勢からいうと、必ずしもありえないことではないかもしれません。パリ・ニューヨーク間の国際便がテロ情報でストップした事実もありますからね。しかも石渡氏はかつて日本赤軍と関係があったそうですから、警察が神経を尖らせる背景はあります」

「そうかて、わしらは何も知らんのでっせ。たまたま同じ日本人やからいうだけで、善意の旅行者が足留めを食らう理由なんかないのとちがいますか」

「そうですなあ、一日ぐらいはやむをえないが、五日間は長すぎます。その点は交渉できるでしょう」

「それにしたかて、無駄な飛行機代がかかりまっせ。ホテル代はまけてもらえるかもしれんけどな」

「いや、費用のことより、私はマルタ島へ行くのが楽しみだったのです」

入澤が言いだした。「地中海クルーズを棒に振るのは我慢できませんよ。今航海の目玉みたいなもんじゃないですか。何でこんな目に遭わなきゃならないんです?」

「ほんまや、牟田さん、もとはといえば、あんたが石渡みたいなけったいな男から、絵を買《こ》うたりするさかい、あかんのでっせ。どないです、あんた一人が残ったらよろしいんとちがいますか」

萬代はズケズケ言う。もっとも、他の連中は遠慮があるので、あえて触れなかったことだが、誰の気持ちにも大なり小なりその考えはあるにちがいない。座は白け、にわかに険悪な空気が漂った。

「おっしゃるとおりですな」と、牟田もそれは認めた。

「私一人で済むことならそうさせていただくのだが、それで警察は満足してくれるものかどうか……どうでしょうかな浅見さん」

「ええ、たぶん大丈夫だと思います」

浅見があまりにもあっさり請け合うような言い方をしたので、質問した牟田はもちろん全員が「え？」と疑惑の眼差《まなざ》しを注いだ。

「大丈夫って、私一人が残ればいいという意味ですか？」

「そうです」

「でも浅見さん」と真抄子が驚いて言った。「あの警視は、みなさんに残ってもらいたいって言ってたじゃないですか。そんな安請け合いをしていいんですか？」

「たぶん」

「たぶんたぶんて、あんた、風呂《ふろ》の湯をかき回しとるんやないんやから、もっと責任のある答え方をしてもらわんとなあ」

萬代が妙な駄洒落《だじゃれ》で文句をつけたが、あまりウケないのか、誰も突っ込まない。浅見もニコリともしないで、「しかし断定はできませんから」と言った。

「そうかて、あんた……」

「いや、浅見さんがそう言うのなら、たぶん私一人で大丈夫なのでしょう。ともあれ、みなさんにご心配をおかけして申し訳ありません。何とか私の責任でご迷惑はおかけしないで済むようにします」

牟田に頭を下げられては、さすがの萬代もそれ以上は何も言えない。「そしたらほんまによろしゅう頼みまっせ」と、牟田と浅見に念を押して席を立った。ほかの面々も後に続いて、ぞろぞろと引き揚げる。きょうの予定は城砦《じようさい》都市のシエナとヴォルテッラを巡るはずだったが、それをやめて、近くのモッローナという村のワイナリーでワインの試飲をして、味がよければ少し仕入れて帰ろうという段取りだ。

牟田夫妻と真抄子と浅見の四人がテーブルを囲んで残った。牟田夫人は心配そうに「浅見さん、本当に大丈夫なのですか?」と訊《き》いた。小柄で品のいい女性だ。

「本当に大丈夫かどうか分かりませんが、なんとかしますから、ご心配なく。とはいっても牟田さん、いまの状況を飛鳥に連絡しておいたほうがいいと思いますが」

「そうですな、もし足留めが決定的なんてことになると、飛鳥としても何か対応しなきゃならんでしょうからな」

真抄子が自分の携帯で、飛鳥に電話してくれた。先方はチーフ・パーサーの花岡が出た。真抄子の話を聞く前に、事件のことはすでに知っていた。

「カッシアーナ・アルタ村で日本人が殺害されたというテレビニュースが流れたので

す。確かみなさんがそちらのほうにツアーをなさっていらっしゃると聞いておりましたもので、心配しておりました」

牟田が電話を代わって、かくかくしかじかと報告をした。

「場合によっては私と浅見さんが一日乃至《ないし》数日間、足留めを食う可能性があります」

「えっ、それは困りましたね。本船は明日の夜にはチヴィタヴェッキアを出港しますし、行く先で合流していただく方法を……」

「あ、それはすでに画策しました。早ければ三日後のマルタ、最悪でもスペインのマラガで再乗船できるでしょう」

「さようですか。どうぞお気をつけて行動なさってください。ともあれ、本日、ソーシャル・オフィサーの堀田がローマまで行っておりますので、すぐにそちらへ向かうよう手配しましょう」

チヴィタヴェッキア港からローマまで、一日観光のオプショナル・ツアーがある。堀田久代がそれに帯同して行ったから、いま頃はローマにいるというのだ。こんなふうに臨機の対応ができるところは、さすが日本が誇る豪華客船飛鳥である。

ところが「好事魔多し」というか「過ぎたるは及ばざるがごとし」というか、堀田久代はとんでもないコブつきでやって来ることになった。

3

心身ともに疲労ぎみで部屋に引き籠《こ》もった牟田夫妻を除くツアー客の五人は、野瀬真抄子に引率されてワイナリー見学に出かけた。浅見も誘われたのだが、事件と牟田夫妻を放っておくわけにはいかないので、遠慮した。彼らを見送った後、それを待っていたかのように、優子が浅見に言った。

「浅見さん、あの警告はこの事件のことを指しているのでしょうか？」

「さあ、どうですかねえ」

浅見は首を傾げた。「貴賓室の怪人に気をつけろ」がこの事件と関係があるとすると、飛鳥のロイヤル・スイートの客である牟田老人がまさにその「怪人」に該当する。殺された石渡が「怪人」ということはなさそうだし、それ以外にいまのところ思い当たる人物はいなかった。

「ところで、バジルのお母さん、ディーツラー夫人の容体はどんな具合ですかね」

「怪我は一応、安定して、後はギプスが取れるまで何週間か時間がかかるだけだって言ってました。自宅療養でもいいんですけど、こんな大騒ぎになってしまったので、しばらくは病院にいるそうです」

「どうでしょう、お見舞いに行ってみませんか。事件当日の事故のことで、いろいろお訊きしたいこともあるし」

「そうですね、浅見さんが行ってくれれば喜びますよ、きっと」

村の中心部はほとんど石畳の道で、趣はあるけれど歩きにくい。それにしても人けのない村だ。トスカーナの田舎はどこもこんなものなのだろうか。

病院は老人ホームに隣接して、教会の敷地の丘の中腹にある。老人ホームと教会と病院は互いに行き来できるようになっているから、経営母体は教会関係なのかもしれない。白亜の二階建て、こぢんまりした清楚《せいそ》な雰囲気の佇《たたず》まいだ。

優子は途中の道端で、満開のミモザを幾枝か手折《たお》って土産にした。「トスカーナはいつも素敵だけれど、ミモザの花の咲くいま頃がいちばん好き」と言う。あざやかな黄色い花がいっせいに開くと、トスカーナにも春がやって来るのだそうだ。「みなさんにはずっといていただきたいから、ミモザの花が散る頃まで、事件が解決しないといいですね」と、物騒な冗談を言って笑った。

ピアはさすがに少し面窶《おもやつ》れしていたが、思ったより元気だった。「タッコはどうしてる？」と、むしろそっちのほうが心配なのだそうだ。

「事故の時、タッコはいったい何を見て吠《ほ》えたのでしょうか？」

浅見はストレートに訊いてみた。タッコにかこつけて、ピアが何かを見ていないか確かめたつもりだ。しかしピアは「ノン・ロ・ソ（分からない）」と首を振った。

「警察にも訊かれたのだけれど、分からないんですよ、それが。たぶん誰かの姿を見たのだと思うのだけど」

「あのおとなしいタッコが、窓から飛び出しそうになるほど興奮することは、珍しいのではありませんか？」

「ほんとうに飛び出そうとしたのかどうか、分かりませんよ。でも私はそう思って、慌ててしまったの。『タッコ、やめなさい！』って叱って、右手でタッコを抱こうとしたらグイッと引かれて、思わずハンドルを切ったのね。その後のことはよく覚えていないけど、道路を右に外れて、街路樹が目の前に迫ってくるのが見えて、ブレーキを踏んでハンドルを左に切ったはずなんだけど、次の瞬間にはぶつかっていたのじゃないかしら。目の前が真っ暗になって、気がついたら助け出されていました」

「タッコが吠えてからぶつかるまで、何秒ぐらいありましたか？」

「さあ、一秒か二秒か……もっとかかっていたのかもしれない」

ピアは目を瞑《つむ》って、「こんなふうかな」と、衝突の瞬間を再現するようなポーズを作った。タッコの吠える声に驚いて、抱き留めようとして、それから慌ててブレーキを踏みハンドルを逆に切る——その一連の動きを、浅見は目の端で捉《とら》えながら腕時計の秒針を見ていた。

激突まで約四秒――。

「車のスピードはどのくらい出ていたのでしょう？」

「はっきり分かりませんけど、あの坂道は用心して、いつもは三十キロぐらいで走っているると思います。警察もスリップの痕《あと》や車の壊れ具合から、その程度のスピードだったと推定していました。でも、ぶつかる瞬間はブレーキがかかっていたから、それよりは遅かったでしょうね。でなければ死んでいたかもしれない。教会のすぐ近くだから、そのまま天国に召されていたわね」

ピアは呑気《のんき》そうに笑っていたが、その瞬間は恐ろしかったにちがいない。

帰ろうとする優子をピアが呼びとめた。「先生《ドットーレ》が私よりハンスの方が心配だって言っていた」ということだ。

「白血球が異常に増加しているんですって」

廊下を歩きながら、優子も心配そうに言った。

病院を出て、浅見と優子は事故現場へ向かった。車がぶつかったのはニレの木で、太い幹に傷痕が残っているが、小型車が突っ込んだ程度ではびくともしなかったようだ。道路の端と草地の中には急ブレーキの際のスリップ痕が印《しる》されていた。敷石道ならともかく、草地ではブレーキの利きは悪かっただろう。時速三十キロで約四秒走る距離は、およそ三十メートル。浅見は後ずさりしながらその距離を目測した。

「この辺でタッコが吠えたんですかね」

その位置で右方向の風景を眺めた。教会の石塀が切れて、細い道路を挟んでオリーブの樹がまばらに繁る草地があり、その先はもうヴィラ・オルシーニの敷地になる。敷地の外れに歩哨《ほしよう》でも詰めていそうな石造りの小屋のようなものがある。

「あれは何ですか？」

「ああ、あれは昔、オリーブ畑に水をやるための井戸だったけど、いまはもう水は涸《か》れてしまって、農具置き場にしています。でも、実際はほとんど使ってないんじゃないかしら。私は一回覗《のぞ》いただけ。昔の領主が浮気した奥方を投げ込んだとかいう、気味の悪い言い伝えがあるところですよ」

「行ってみましょうか」

何にでも興味を惹《ひ》かれる浅見はすぐに敷地の中に足を踏み入れたが、優子は気が進まない様子でついてきた。

石畳の道を五十メートルほど行って、草地に入ったところに古井戸はある。まったく歩哨所のような粗末な小屋だ。三方を囲む壁は石組みでできているからしっかりしたものだが、屋根は骨組みだけ残して、あらかた朽ち果ててしまった。修復前の本館もこんな状態だったのだろう。小屋の中には錆《さ》びた農具やロープ類が雑然と置かれている。

壁に囲まれた真ん中に円形の井戸がある。分厚い石材を膝《ひざ》の高さぐらいまで積み上げた縁の中は、直径一メートル以上はありそうな空洞がぽっかり口を開けている。覗こうとしたとたん、井戸の縁からトカゲがシュルシュルと現れた。この手のものが苦手な浅見は、だらしなく飛び下がって、優子に「あら、そんなものが怖いんですか」と笑われた。

浅見は気を取り直して井戸を覗き込んだ。暗くてよく分からないが、深さは十メートル程度か。優子が言ったとおり水はすでに涸れているらしい。しかし試しに小石を拾って投げると、ビチャッという鈍い音がしたから、水たまり程度の湿気はありそうだ。直後、お返しのようなタイミングで、カビ臭い空気がフワーッと上がってきた。

「石を投げたので、奥方の亡霊が気分を害したのかもしれない」

浅見が言うと、優子は「やめてください」と寒そうに自分の肩を抱いた。

「井戸の底に下りた人はいるのかな？」

「さあ、いないんじゃないですか。少なくともうちが来てからはそんな話、聞いたこともありませんよ」

「下りてみましょうか」

「えーっ、嘘でしょう。井戸の底にはほんとに何がいるか分からないんですから。亡霊はともかく、トカゲだってヘビだって、うじゃうじゃいるかもしれない」

「やめましょう」

浅見はあっさり提案を取り下げた。

ここからは、浅見たちが起居するヴィラ・オルシーニの館《やかた》が、敷地内にある池を挟んで正面に見える。その向こうはオリーブ園やブドウ畑に覆われたゆるやかな丘陵が幾重にもつづき、ところどころ、糸杉の林が頼りないほど細い梢《こずえ》を天に向けている。トスカーナの田舎独特ののどかな優しい風景である。

振り返ると青空にくっきりと教会の尖塔《せんとう》が聳《そび》え、その左に老人ホームと病院の建物が並ぶ。遠くから見ると、この集落全体が城砦《じょうさい》のように見えるかもしれない。こんなふうに丘の上に教会や城の建つ集落が、トスカーナ地方には至る所にある。

「画家のダニエラ・デ・ヴィータさんはどこに住んでいるんですか？」

浅見は訊《き》いた。

「彼女は老人ホームの中に部屋を借りて、そこをアトリエ兼住まいにしています。ホームや病院のお手伝いもしているんです。ほんとうはシスターになりたかったんだけど、絵の魅力に勝てなくて断念したって言うほど、敬虔《けいけん》なクリスチャンですよ」

「なるほど、それでホームのおばあさんたちの絵が多いのか。ちょっとお邪魔してみませんか」

「えっ、ダニエラさんのアトリエへ行くんですか？」

「そう、教会を訪ねたついでみたいなふりを装って」

言いながら、浅見は歩きだしていた。井戸からだと、標高差にして二十メートルぐらい登ったところに教会がある。そこがカッシアーナ・アルタの最高点で、教会の脇の小さな石段を下りたところが老人ホームの敷地だ。ダニエラ・デ・ヴィータの部屋はホームの一階北側にあった。あまり立派ではないが裏庭に面したテラスがついていて、道路から敷石道を踏んで行くと直接上がれるようになっている。優子はテラスから部屋に向かって声をかけた。

ダニエラはすぐに顔を出した。イタリア人独特のオーバーなジェスチャーで「チャオ、ユウコ」と歓迎の意思を示す。むろん浅見がツアー客の一人であることも覚えていた。部屋は散らかっているからと、テラスに椅子を三脚出してくれた。わざわざ覗くまでもなく、いかにもアトリエらしい大きな窓から見えている室内には、確かに所狭しとばかりに絵の道具や制作中の絵が置かれて、客を遇するほどのスペースはなさそうだ。

建物の北側だから年寄りには寒そうだが、テラスからの眺めはなかなかいい。さっき行った古井戸越しにヴィラ・オルシーニの館も見える。部屋の壁に掛かった額にはその風景を描いた絵がいくつもある。

「僕のようなアマチュアでも、ここにカンバスを立てて、この風景を描きたい衝動に駆られますね」

浅見が言うと、ダニエラは「そうでしょう」と目を輝かせた。

「母が亡くなった時、私は十七歳でした。都会に出て働くことも考えたのですけど、このテラスに佇《たたず》んでいて、ふいに感じたのです。神様がここの風景を描いて穏やかに暮らすようお命じになったのだと。それから十年、世界は暴力や戦争が絶えることなく、どんどん荒れ果ててゆくばかりですけど、トスカーナの風景はほとんど変わりません。ヴィラ・オルシーニもディーツラーさんご一家のお陰ですっかりきれいになりましたしね」

「そんなふうにおっしゃられると、僕は日本人の一人としてたいへん申し訳ない気持ちになります。日本は世界中の国々に出かけて行っては、森林を伐採したり海洋資源を乱獲したりして、自然を破壊することが多いですからね」

「それは残念なことだけれど、仕方がありませんよ。日本はイタリアよりももっと資源の乏しい国でしょう。工業国としてよそから資源を持ってきて何かの製品にして輸出する、それで成り立っているのですから。ただ、少し働きすぎではありますけどね」

ダニエラは笑って、「でも一番悪いのはアメリカです。国土は広いし、資源も豊富なのに、貪欲《どんよく》に世界の富を集めようとする。中東の石油の利権を求めて、何でも力でねじ伏せなければ気がすまない。最も豊かな国のくせに、公害を減らす努力を少しもしない。地球温暖化を防ぐ京都議定書だって、まだ批准していないのですからね」

トスカーナの片田舎で絵を描きながら、神に仕えるようにのんびり暮らしていると思った彼女が、世界を見据えて鋭い批判をするのは意外な感じがした。優子も少し戸惑いながら、難しい単語を探し探し通訳した。

「ところで昨日、すぐそこで殺人事件が起きたのですが、あなたはご存じですか？」

「もちろん知っていますけど、その前にピアの事故にびっくりしました。大きな音がしたので、何があったのだろうと思っていたら、タッコの吠《ほ》える声が聞こえてきて、ただごとではないと思いました。しばらく経ってから誰かが『事故だ！』って叫んで、それからみんなが駆け寄って、ピアを病院に運び込んだのです。そうしたら、けさになって近くで人が死んでいるのが発見されたっていうのでしょう。しかも、殺されたのはピアが事故に遭ったのと同じ頃だそうですね。それでまたびっくりしました。こんな大きな出来事が二つも続くのは、カッシアーナ・アルタでは初めての経験です」

「事故があった時、どこにいました？」

「この部屋にいました。夕食の片付けが済んで、しばらくした頃だと思いますけど」

「殺人事件の被害者は石渡さんという日本人で、あなたと同じ画家ですが、あなたはご存じありませんか？」

「さあ、知りません。イタリアには絵描きが大勢いますからね」

「タッコは怪しい人物を見かけて吠えたのではないかとディーツラー夫人は言っているのですが、それらしい人物は見ませんでしたか？」

「いいえ、事故が起こるまで、外には出ませんでしたから」

「ここからはディーツラー夫人の事故現場は見えませんね」

「ええ、ちょうど死角になっていて見えません。まだ少し明るい時間でしたから、見えていればすぐに気づいたのでしょうけれど」

「音は聞こえたのですね？」

「それは大きな音でしたもの」

「どっちの方角に聞こえました？」

「は？　もちろん坂の方角ですよ」

浅見が妙な質問をしたので、ダニエラも優子も怪訝《けげん》そうな顔をした。

「それにしても、美しい風景ですねえ」

浅見はあらためて遠くを眺めた。

「僕たちがここに来てから、一度も雨が降らないどころか、毎日がいい天気です。トスカーナ地方はこれがふつうですか？」

「そうですね、晴れの日がつづきます。でも突然、嵐が来ることもあるんですよ」

優子が嬉《うれ》しそうに言った。事件や事故の話題から離れたので、ほっとしたらしい。

4

優子と浅見がヴィラ・オルシーニに戻った時、ちょうどハンスが仕事場から現れたところだった。夫人の事故のせいか、殺人事件のせいか、いつもよりさらに憂鬱《ゆううつ》そうに「ブォンジョルノ」と挨拶《あいさつ》して、回れ右してまた仕事場に入って行った。

ハンス・ペーター・ディーツラーは相変わらず館の修復工事に勤《いそ》しんでいる。お客の前に出るのが嫌いなのかと思わせるほど顔を見せない。日がな一日、一階か地下の作業場に籠《こ》もってコツコツ造作の修理をやっているか、たまに二階の広間に行っては数日後に迫った詩の朗読会の準備をしている。

驚くのは、息子のバジルにしても嫁さんの優子にしても、ハンスが何をしていようと、まるっきりノータッチで平気なことだ。妻のピアの見舞いもちょっと顔を出したきりで、あとは知らん顔なのだそうだ。ハンスが冷淡というより、ピアのほうが敬遠しているというのが真相らしい。どうやらタッコとブブの関係が、そのままピアとハンスの関係を示唆しているらしい。女は自分の存在をアピールしつづけていないと生きてはいけないものだが、男は自分の殻に閉じ籠もっても、平気で生きていける動物である。

「ハンスさんはどんな作業をしているんですか？」

浅見が訊《き》いたが、優子は「ぜんぜん」と首を振った。「一階の奥と地下室の修復に取りかかっていることは知っていますけど、何をやってるのか、バジルも知らないみたいですよ。壁の塗り替えでもしているのじゃないでしょうか。それとも、壁の中の死体を掘り出しているのかもしれない」

物騒なことを言って、ケラケラ笑った。

「そう言えば、夜中に『コトコト』と音がするのはそれですかね」

「えっ、ほんとに？　やだあ、そんな怖いこと言わないでくださいよ」

自分の言った「怖いこと」は棚に上げて、優子は寒そうに肩をすくめた。

パトカーが門を入って来て、例のグリマーニ警視が姿を現した。軽くイタリア式の敬礼を送って寄越して、「まだ逃げずにいてくれましたな」と言った。優子がそれを通訳しておいてから、半ば本気で何か言い返した。「なんで逃げなきゃならないのよ」ぐらいのことは言ったにちがいない。警視は「ははは」と笑って優子の肩を叩《たた》いた。

それから真顔になって浅見に向いた。

「被害者はやはり、どこか別のところで殺されて、発見現場まで運ばれたようです。靴の底や衣服に、あの場所にはない泥が付着しておりました」

「その場所は特定できそうですか」

「さあねえ、それは難しそうだが、その方向で作業は進めております。犯行から死体遺棄までの時間がどれくらいだったか分かれば、犯行の場所を推測できるのですがね」

「犯行現場がフィレンツェということは考えられませんか」

「フィレンツェ？　なぜフィレンツェだと思うのですか？」

「いや、たとえばの話です」

「たとえばなら、何もフィレンツェでなくても、ピサでもカッラーラでもいいではありませんか。なぜフィレンツェにこだわらなければならないのです？」

警視は鋭い目つきになった。

「その時刻に僕はフィレンツェにいましたから、もし犯行現場がフィレンツェだと、まったくアリバイがないと思いましてね」

「そうです。つまり、ことアリバイに関する限り、あなた方には犯人の資格がある」

「ははは、アリバイだけなら、その時間に犯人の資格がある人間は何百万人もいます」

「そのとおりです。あとは動機と手段さえクリアになれば、いつでも逮捕できるのですがねえ」

警視は本気で残念そうに言った。

「石渡氏には、殺害されなければならないような理由があったのでしょうか」

「目下調査中ですが、これまでの経歴を見ても、もちろんあると思います。しかも彼は画家であると同時に報道カメラマンでもあります。何らかの事件あるいはプライバシーに触れるような写真を撮っていた可能性は十分、考えられるでしょう」

「だとすると、マフィアの犯行かもしれませんね。あなたのお国のマフィアは日本のヤクザよりはるかに凶暴ですから」

「確かに……いや、何を言わせるのですか。わが国のマフィアなど、国際テロ組織に較べれば善良なものです」

「ではテロリストの犯行とお考えですか」

「いや、テロならわざわざこんなところまで死体遺棄に来ることはないでしょう」

「というと、犯人にはあの場所に死体遺棄する目的なり理由なりがあったのですか」

「それは間違いありませんな。その目的は見せしめ《ミナッチア》だと思われる」

優子は「見せしめ」という言葉を理解するのに苦労していた。

「しかも見せしめの相手として考えられるのは、ヴィラ・オルシーニに泊まっているお客——つまりあなたたちの中の誰かということになります。どうです? シニョール・アサミに心当たりはありませんか?」

「そんなものはありません。第一、見せしめだと決めつけるのも早すぎませんか」

「ふーん、それではほかにどのような目的があると言うのです？」

「そうですねえ、運び疲れて放り出したのかもしれません」

優子は「えっ？」と疑わしそうな目を浅見に向け、「それ、マジなんですか？」と確かめてから、そのままを伝えた。それでもグリマーニ警視はジョークだと思ったらしい。「ははは」と楽しそうに笑った。

しかし浅見はどこまでも真面目に、「石渡さんの車はもう見つかったのですか？」と訊いた。とたんに警視は渋い顔になって、「ノ」と首を振った。

「目下総力を挙げて捜索中だが、発見には至っておりません。ところで、ほかのみなさんはお揃いですかな？」

「いえ、牟田さんご夫妻と僕以外は全員、ワイナリーの見学に出かけました。事件のお陰で予定していたツアーを中止したのです。もうそろそろ帰って来る頃です」

浅見がそう言った時、マイクロバスが帰って来て、カートンに入った重そうな土産をぶら下げた面々が降りてきた。中身はむろんヴィーノ（ワイン）か特産のオリーブ油に決まっている。ワイナリーではかなり試飲したらしい。どの顔も赤く染まっていて、ご機嫌の様子だ。萬代が警視を見て「よお刑事さん、犯人は捕まりましたか？」と絡んだ。真抄子が慌てて「刑事」を「警視」に言い換えて伝えている。

「残念ながらまだです。みなさんが警察に協力してくれれば、事件は早期に解決するのですがね」

「協力ぐらいやったら、なんぼでもしますがな。そやさかい、明日は出発させてもらいまっせ。あかん言うたかて、何が何でも行くさかい、覚悟しとってや」

野瀬真抄子は浅見に「覚悟しろなんて言えませんよね」と救いを求めた。

「そうですね、出発の予定は変えられません――ぐらいにしておいたらどうですか」

それに対しても警視は「ノ」と怖い顔を作った。

「ノもヤマもあるかいな。わしらは善意の観光客や、それでも足留めする言うんやったら外交問題に発展するで。なあ永畑さんよ、あんたかて元三等書記官やろ、大使館に言うて何とかしてや、頼んまっせ」

「いや、三等ではありません。私は在ドイツ大使館で一等書記官を務めていましたよ」

永畑が訂正を求めて、「グリマーニ警視どのがどうしてもと言われるなら、当方としてもしかるべき対抗措置を取らなければならないことになりますな」と言った。

険悪な雰囲気に真抄子は困惑しきって「浅見さん、何とかしてください」と泣きそうな顔になった。

「大丈夫ですよ、少なくとも僕と牟田さん以外の方たちは、石渡氏が殺された時間帯は全員が一緒に行動しており、しかもその時間帯のほとんどはフィレンツェから帰るバスの中にいたのですから、事件には関係ありません。警視が何を言おうと、二人だけ残ればいいのです。そのことを警視に訊いてください」

真抄子が言われたままを伝えると、グリマーニは思いきりしかめっ面をして「ノ」と言った。まだこの段階では何とも判断できないということのようだ。

「そやけど、たとえ警察がそれでいいと言うたとしても、二人だけでも残らなあかんいうのは横暴やで」

萬代は息巻いたが、ほかの仲間が「まあまあ」と宥《なだ》めすかして、ぞろぞろと館《やかた》の中に引き揚げて行った。真抄子はほっとしながら、それでも心配そうに「最悪、浅見さんと牟田さんは残らなければいけないというのは本当ですか？」と訊いた。

「牟田さんはどうか分かりませんが、僕はどっちみち残るつもりです。日本人が殺された事件ですから、なるべくわれわれの手で解決するのがいいと思います」

「でも、そんなに簡単に解決できるんですか？　浅見さんがいくら名探偵でも無理なんじゃないですか？」

「ははは、名探偵ではありませんけど、何とかなりますよ。それに、このまま逃げ出してしまっては、あとあとヴィラのみなさんが迷惑するでしょう。ねえ優子さん」

浅見は目で合図を送った。

「そうですね、できればすっきり解決していただきたいです。浅見さんの名探偵ぶりを見せていただきたいし」

「だけど、旅費だとか、費用もずいぶんかかりそうじゃないですか」

「宿泊費だったら心配しないでいいですよ。どうせお部屋は空いてるんですから」

優子が心強いことを言ってくれた。とはいっても飛行機代などはばかにならないかもしれない。カードの銀行残高が心許《こころもと》ないことは事実だった。

そう思った時、思いがけない「時の氏神」がやって来た。威勢よく門を入って来た車から颯爽《さっそう》と降り立ったのは、飛鳥ソーシャル・オフィサーの堀田久代と、それに──何と内田康夫・真紀夫妻ではないか。車は小型とはいえ、イタリアでは高級車に属すベンツで、しかも運転手兼ガイドの女性つきだ。内田にしてはずいぶん張り込んだものである。悪夢を見るような気分で呆然《ぼうぜん》としている浅見より先に「あら、あの人たち……」と、声を上げたのは優子だった。

「飛鳥のお客さんでしょう。テレビでニュースのインタビューに答えてた」

「えっ、あんなものを見たんですか？」

浅見が思わず言ったあんなものの主が、「よおっ、浅見ちゃん」と近づいて来た。

「聞いたよ聞いたよ、殺人事件だって？　浅見ちゃんの行く先々で、どうしてそんなにうまい具合に事件が起きるのかねえ」

明らかに嬉《うれ》しそうな声の調子だから、言葉の分からないグリマーニ警視にも伝わるにちがいない。何を喜んでいるのかはともかく、よほどいいことのあったおめでたい日本人――と思ったことだろう。

「殺されたのが日本人だから、足留めを食いそうだって、飛鳥の連中が心配してたけど。そんな心配はいらないって言ってやった。ここは当然、浅見ちゃんの名推理で、イタリア警察の諸君をあっと言わせるチャンスなんだろうなあ」

内田がこんなふうに勝手に決めているのは、何か魂胆があると警戒しなければならない。浅見は慌てて言った。

「いえ、われわれは事件と関係ないことが分かりましたから、明日は予定どおり飛鳥に帰ることになったんです」

「えっ、それはいけないよ」

内田は大声で叫んだ。ふだんは優柔不断のくせに、どうしてこういう時だけは確信ありげなことが言えるのだろう。

「ここで逃げ出すのはまさに戦線離脱、敵前逃亡じゃないか。忙しい僕でさえ、憧《あこが》れのローマ見物を早々に切り上げて陣中見舞いに来たというのにさ、肝心の浅見ちゃんがそんなことでどうする」

「えっ、じゃあ、センセイもここに滞在するつもりですか？」

「馬鹿言っちゃいけない。なんで僕がこんなところに滞在しなきゃならないのさ。田舎暮らしは軽井沢だけで十分」

「だったらどうして、こんなところに来たんですか？」

「それはもちろん、きみが敵前逃亡なんかしないように監視するためだよ。案の定、そのつもりだったじゃないか。そういう卑怯《ひきよう》な真似をしないで、やるべきことはきちんとやりたまえ」

「そう言いますが、滞在を延長すれば何かと経費もかかるんですよ。僕は安い取材費と、ソアラのローンのあいだで汲々《きゆうきゆう》として暮らしている身分なんですから」

「セコイことを言いなさんな、僕がついているじゃないの。経費の二万や三万……」

「センセイ、ひと桁《けた》違いますよ」

「あ、そうなの……しかしまあ、その程度なら何とかしよう。ただし短期間で可及的かつ速やかに解決して、飛鳥に事件簿を持って帰ってくれ、それが条件だ。次回作のネタがなくて困っていたところだが、まったく天は正義に味方するものだね」

何が正義か分からないが、内田は商談成立とばかりに満足げに頷《うなず》いて、あらためて周囲の景色を見渡した。

「いやあ、いいところだねえ、さすがトスカーナだなあ。今夜の宿はローマのハスラーにするつもりだったのだが、ここも悪くないじゃない。ねえきみ、どうする？」

真紀夫人に訊《き》いて、「私はここのほうがいいわ。第一、これからローマまで引き返すのは無理でしょうに」という返事に「そう、そうだよね」と嬉しそうに迎合した。ハスラーは「ローマの休日」でオードリー・ヘプバーンとグレゴリー・ペックがデートするシーンで有名なスペイン広場の真上にあるホテルだ。宿泊費はヴィラ・オルシーニより数倍は高い。これで浅見に払う取材費分ぐらい浮かせることができたつもりにちがいない。

堀田久代も、それに車を運転してきたガイドの女性も含め、思いがけず、予約のなかった四人のお客を迎えて優子も嬉しそうだ。ひとまずリストランテに招き入れて、カプチーノをサービスしてくれた。

「いいねいいね、トスカーナの田舎で本場のカプチーノか」

内田はますますご機嫌である。

能天気な内田と異なり、堀田オフィサーはほんとうに心配そうだ。内田の饒舌《じようぜつ》が引っ込むのと入れ代わりに、グリマーニ警視に現在の状況を尋ねた。むろんイタリア語はだめだが、野瀬真抄子を通して概略を説明してもらい、厳しい現状を認識させられた。

しかし、浅見の口から、さほど心配しないでも大丈夫と聞いて豊かな胸を撫《な》で下ろしている。それから館の中の各部屋を回ってお客たちに声をかけ、明日の朝の状況次第では、チーフ・パーサーの花岡が駆けつけると告げている。

「浅見さんに参加していただいて、ほんとによかった。みなさんのこと、くれぐれもよろしくお願いします」

縋《すが》るような眼差《まなざ》しでそう言った。

ディナーは人数が増えて賑《にぎ》やかなことになった。何をしに来たのか分からない内田夫妻だが、枯れ木も山のなんとか——というように、みんなを元気づける程度の効果はあったようだ。久しぶりに笑い声がひびく中で、ヴィラ・オルシーニの夜は更けていったのである。

第五章　浅見陽一郎の記憶

1

部屋に戻りパソコンを叩《たた》いていると、フロントから優子が国際電話を繋《つな》いでくれた。電話は兄からだった。時計はちょうど午後十一時を指している。日本時間は午前七時、一昨日浅見が電話したのとほぼ同じ時間だ。「この時刻なら、部屋にいると思ってね」と陽一郎は言った。

「例の石渡という人物について、警察庁の資料を調べてみた。やはり私の記憶どおり、かってはかなりの危険分子だった男のようだ。石渡章人は本名で、一九七四年八月三十一日に出国したきりになっている。なぜ彼の資料が警察庁にあったかというと、じつは石渡の出国の前日に、三菱重工ビル爆破事件というのが起きた」

「その事件のことはチラッと聞いたけど、どんな事件だったのかな？」

「東京丸の内の三菱重工ビルに仕掛けられた二個の爆弾が爆発して、死者八名、重軽傷者約三百名が出るという悲惨な事件だった。事件直後に東アジア反日武装戦線

『狼』を名乗る者の犯行声明があった。石渡章人はそれに関係した容疑で、指名手配の対象になったのだ。証拠不十分で起訴まではいっていないが、出国のタイミングが明らかに国外逃亡を思わせる。当時二十三歳だから、きみの言った年恰好《としかっこう》とも合致する。名前も珍しいし、同一人物の可能性が強いね」

「たぶん間違いないでしょう。帰国できない理由はそれだったのか」

「その石渡がカッラーラにいるのか」

「いや、いたと言うべきです。石渡氏は昨夜、殺害されました」

「えっ……どういうことだ？」

日頃冷徹な陽一郎も驚きの声を上げた。浅見はかいつまんで、ここで現在起きている事態を説明した。

「兄さんは聖骸布《せいがいふ》って知ってますか？」

「聖骸布？……トリノの聖骸布のことか」

「あ、さすが、知ってるんだな。僕は寡聞《かぶん》にして知らなかった」

「そんなものは知らなくてもいいさ。しかし聖骸布がどうかしたのか」

「じつは、このツアーの仲間の牟田さんというご老人が、フィレンツェで詐欺のようなことに遭って、フェルメールの絵……兄さん、フェルメールって知ってる？」

「ああ、オランダの画家だろう」

「何でも知ってるなあ。牟田さんはそのフェルメールの絵を買おうとしたんだけど」

「ははは、それはたぶん偽物だね。フェルメールは作品数が少なくて、偽物がむやみに多いのだ。本物は三十六作か七作が現存するとされているが、そのうちの二、三作はフェルメールの作品ではない可能性があるという説もあるくらいだ。本物がそう簡単に出てくるはずがない」

「牟田さんもそう言ってましたよ。それを承知の上で買ってもいいと思ったのは、聖骸布を見せてもらえるという条件があったからだそうです」

浅見はフィレンツェで起きた出来事を伝えた。結局、牟田老人は待ちぼうけを食わされたのだが、その商談を持ち込んだ人物というのが、どうやら石渡らしいという話である。長い話を陽一郎は「ふんふん」と相槌《あいづち》を打ちながら聞いている。

「結局、石渡氏は牟田さんの前から姿を消したきりになって、次に現れた時には死体になっていたということらしいのです」

「フィレンツェにいるはずの石渡が、カッシアーナ・アルタで死んでいたと推理するわけか。それも妙な話だが、その前に聖骸布を見せると言っていたこと自体、相当に眉唾《まゆつば》だな。聖骸布は単なる美術品と異なって、流動性も財産的価値もまったくない、純粋に信仰の対象でしかないからね。盗んだり所有していても意味がないんだ」

「しかし、人質としての価値はかなりあるでしょう。以前、アイルランドのテログループが、フェルメールを盗んで人質にした事件があったくらいだから」

「ほう、よく知ってるね。確かにそれはありうるが……しかし猛烈に危険を伴うよ。われわれにはただの古びた布切れにすぎないが、信仰者にとっては神聖にして冒すべからざるものだ。もし光彦の言ったことが事実だとすれば、イタリア警察当局ばかりでなく、教会も組織を挙げ、血眼になって行方を追っているだろう。しかも、発見して旧に復すればいいというわけではない。それどころか盗まれたことさえオープンにできない事情があったのだろうから、解決も完全な秘密裡《ひみつり》に行なわれる必要がある。現在、トリノに安置してある聖骸布がレプリカだなどと、噂になること自体が宗教的なダメージになるからね。つまり闇から闇に葬られるはずだ。噂の出所や、まして『現物』を持っているなどという事実が仮にあるとすれば、関係した人間は、その事実ごと抹殺されかねない代物《しろもの》だ。そういう意味では、噂の出所である石渡を殺した果断の措置は納得できるが……しかし、それにしても言うに事欠いて聖骸布とはねえ。そもそも牟田氏の話というのは、どこまで信用できるのかな?」

「正直なところ分かりません。商談の相手が石渡氏であるかどうかも、はっきり言わないのは、兄さんがいま言ったようなことを警戒しているせいかもしれない。そうそう、正直言うと、それ以前に牟田さんがどういう人物なのか、石渡氏との繋がりが何なのかも知らないんです。今回ここに来たことだって、宿泊地にヴィラ・オルシーニを選んだのはなぜなのか、疑いだせばきりがない。案内役の野瀬真抄子という女性との関係まで疑いたくなります。彼女の話によると、彼女の父親と牟田さんが友人同士なのだそうですけどね。本当にそうなのかどうか、知りたくても何のデータも持ち合わせてないんですから」

「ふん」と刑事局長は鼻を鳴らした。

「暗に私にそれを調べろと言っているように聞こえるが」

「ははは、そう聞こえましたか？」

「まあいいだろう。とりあえず、その人たちの住所氏名年齢を教えてくれ」

浅見は名刺やメモにある彼らのデータを、兄に伝えてから、あらためて「兄さん」と言った。

「二十七年前に兄さんがここに来たのは、久世という人に頼まれたからでしたね。久世氏はいったい、兄さんにヴィラ・オルシーニの何を見てもらいたかったのかな？」

「いや、それはべつに何も言わなかったよ。ただ、館《やかた》がどうなっているか、見てきてくれと言っただけだったと思う。たとえば、いまのように再開発の手が入っているかどうかを知りたかったのじゃないかな」

「ということはつまり、久世氏はそれ以前にここに土地鑑があったわけですね」

「もちろんそうだろう。きみに言われてから思い出したのだが、当時、雑貨屋のおやじから話を聞いた。それによると、廃屋状態のヴィラに東洋人を含む、怪しげな連中がたむろしていたことがあるのだそうだ。近所の人が怪しんで、警察に通報したために立ち去ったという話だったが、その中の一人は、おそらく久世氏だったのじゃないかな」

「そうかもしれませんね。だとするとほかの連中は何者ですかね？」

「それは分からないが、いずれにしてもその当時、ヨーロッパに跋扈《ばっこ》していた過激な活動家だった可能性もある」

「だとすると、七四年七月のパリ事件を起こす直前かもしれませんね」

「なるほど……」

「その二ヵ月後には、オランダのハーグで、フランス大使館占拠事件を起こしている。じつは石渡氏はその両方の事件との関係を疑われて警察の取り調べを受けたのですが、どちらも起訴はされなかったのだそうです」

「それはそうだろうな。少なくとも七月の時点では日本にいたのだから。ただし、ハーグのほうでは連絡係ぐらいは務めることができただろうけどね……あ、話のつづきはまたにしよう。頼まれたことはやっておくよ」

迎えの車が来たのだろう。陽一郎は慌ただしく電話を切った。

兄と話していて、浅見はおぼろげながら事件の全体像が形作られつつあるのを感じた。いま起きているさまざまな出来事の源を辿《たど》ると、二十七、八年前から三十年前頃の出来事に収斂《しゅうれん》してゆくような気がする。それらを時系列上に書き出してみた。

一九七三年　二月　トリノにて聖骸布をテレビ撮影する
一九七四年　七月　イギリスでフェルメールの絵が盗まれる
　　　　　　八月　パリ事件
　　　　　　九月　三菱重工ビル爆破事件
　　　　　　　　　石渡章人日本出国
一九七六年　三月　ハーグ事件
　　　　　　　　　陽一郎イタリア旅行
　　　　　　　　　久世寛昌事故死

このあいだの一時期、日本人を含むと思われる若者のグループが、ヴィラ・オルシーニに潜伏していた。

もし聖骸布奪取が事実行なわれていて、日本赤軍のテログループがそれに関わっていたとすると、彼らがヴィラ・オルシーニに潜伏していたことと、聖骸布との結びつきが重要な意味を持つことになるのではないか。

聖骸布《せいがいふ》はヴィラ・オルシーニに隠された——。

そう仮定すれば、いろいろな現象の説明がつく。たとえば久世がヴィラ・オルシーニの状況を知りたがった理由も、石渡がヴィラ・オルシーニに接近した理由も、それに、牟田老人がここにやって来た目的も……。

そう考えながら、すぐに(まさか——)と打ち消した。あまりにも途方もない話である。そんな大それた事件が起きたという仮説もさることながら、自分がその大それた事件に関わるなんてことがあるはずはない——と頭から斥《しりぞ》ける思いのほうが強い。

そう思う一方で、(しかし——)と呼びかける声もあった。もし何もないのなら、いったい「貴賓室の怪人に……」というメッセージは何だったのか? 何百万円もの経費を費やして、しがないルポライターを世界一周の船旅に送り出し、さらにトスカーナの田舎に送り込んだ意図は何だったのか?

やはり何かがあることだけは確かにちがいない。その何かを突き止めるのに、残された時間はあと十数時間——。

その時、また女の悲鳴を聞いたような気がした。ゾーッとして、しばらく耳を澄ましていると、例の「コトコト」という音が断続的に響いてきた。

時計は十二時を示そうとしている。

浅見はベッドから起き出してズボンだけ穿《は》き替え、パジャマの上からジャケットを引っかけると部屋を出た。すでにどの部屋も寝静まったのか、人の話し声もバスを使う音も聞こえない。

足音を忍ばせて階段の上まで行った時、二階の部屋のドアが開く気配を感じて、一歩引き下がった。浅見の部屋の斜め下——野瀬真抄子の部屋だ。真抄子は黒いセーターに黒いパンツという、まるで忍者を思わせる姿で現れた。周囲に気を配りながら、浅見と同じように足音を忍ばせて廊下を歩く。浅見は彼女からは死角になるように身を隠しながら様子を窺《うかが》った。

真抄子は視線を一瞬上に向けたが、浅見の存在に気づかなかったらしい。階段をかすかに軋《きし》ませながら下りて行った。その姿が一階ホールの天井に隠れ、足音が聞こえなくなるのを待って、浅見も階段を下りた。

ホールに真抄子の姿はなかった。しかし表へ出るドアが開閉した気配はない。西洋建築特有のむやみに大きな木製のドアは、蝶番《ちようつがい》が錆《さ》びついているのか、けたたましい音を奏でる。そのために日中は開けっ放しにしたままで、夜になるとバジルがドアを閉める。真抄子はそのドアではなく、違う方角へ消えたにちがいない。一階ホールは改装工事が進捗《しんちよく》中で、左右の広がりには建材やら大工道具やらがあって、お客が足を踏み入れるような状況ではないのだが、真抄子はそこへ入って行ったのだろう。

一階ホールは消灯していて、二階廊下の明かりがぼんやりと四辺を照らす。足元もおぼつかない薄闇の中を、浅見は躊躇《ちゅうちょ》なく左へ歩を進めた。外から地下室へ下りる石段と、その先に例の「開かずのドア」がある方角である。外からは入れなくとも、内部から下りる階段があるはず——と読んだ。

思ったとおり、ホールの階段を回り込んだ位置にドアの嵌《は》まっていない部屋があって、その奥に地下室への入口がありそうだ。その辺りはさらに闇が深いが、真抄子は懐中電灯を用意して行ったらしく、暗がりの先にかすかな明かりの揺らめきが見えた。

そして、そのさらに先の地の底から「コトコト」というあの音が聞こえてきた。ベッドでは柱や床を伝わってくる振動として聞いたのだが、ここではっきり、空気を震わせる音響として聞こえる。

足音を立てないように、爪先で床板の木目を探るようにしてゆっくりと進んだ。地下へ下りる階段の手前に小さな踊り場がある。踊り場へのドアが開いていた。そこまで行くとカビ臭い空気が鼻をつく。見えている仄明《ほのあ》かりは地下の光源がどこかに反射して、階段の天井の漆喰《しっくい》に映し出された間接的なものだった。浅見の周囲にはどうにか物の形を判別できる程度の薄明かり——というより薄闇が立ち込めている。

踊り場のドアまで辿り着いて、地下の様子を窺った。「コトコト」という音はときどき止《や》んでは、またしばらく続く。踊り場に足を踏み入れ、床に軋みのないことを確かめてから、いよいよ階段を下りようとした。

その時、背後から肩を摑《つか》まれて、浅見はあやうく悲鳴を上げそうになった。全身が硬直するのをこらえて、とっさに身を沈め、次の攻撃を避《よ》けた。振り向くと、薄闇の中にぼんやりと白い顔が浮かんだ。「しずかに」と女性の声が囁《ささや》いた。野瀬真抄子だった。

2

真抄子は「行きましょう」と囁いて後ろを向いた。ホールのほうへ戻ろうというのである。何かそれなりの理由がありそうだ。浅見は地下室に未練は残ったが、ひとまず彼女に従うことにした。

階段の下まで行って、「地下で何をしているのですか?」と訊《き》いた。真抄子は口に指を立てて、黙って階段を上った。二階では止まらずに、そのまま三階まで上がり、浅見の部屋を目指した。「どうぞ」と無言でドアを示し、浅見がドアを開けて「お先に」と合図すると、躊躇なく部屋に入った。深夜、女性を招き入れるのはどうかと思ったが、そんなことを言っている場合ではなかった。

キッチンのテーブルに向かい合って座り、二人ともようやく緊張から解放され、ほうっと息をついた。

「何なのですか？」

あらためて浅見は訊いた。

「浅見さんこそ、どうしたんですか？」

真抄子は探るような目で言った。

「いや、僕はおかしな物音が気になって、下りて行っただけです。そうしたら、僕より前に野瀬さんが下りて行くのが見えた。あなたはどうして？」

「私も同じですけど……ちょっと変なことがあったものですから」

「というと？」

「じゃあ、浅見さんは気がついてなかったんですか」

どうしようかな――という思い入れがあって、「牟田さんのこと」と言った。

「牟田さん？……牟田さんがどうかしたのですか？」

「毎晩……たぶんここに来た日の夜から毎晩だと思うけど、牟田さんがこの時間になると地下室へ下りていたみたいなんです。ほら、二日目の朝、浅見さんに『妙な音がする』って訊かれたでしょう。それが気になって、その晩、耳を澄ましていたら、ほんとうにおかしな音が聞こえました。何だろうって思っていると、それから間もなく、牟田さんが部屋を出て階段を下りて行く気配があって、ずいぶん長いこと戻ってこなかったんですよね」

「えっ、しかし、昨夜はあの音は聞こえなかったと思うけど」

「そう、昨夜はさすがに、フィレンツェから遅く帰ってきて、疲れていらっしゃったから、お休みしたみたいですけど」

「そう、だとすると、牟田さんはあの音と関係があるということですか」

「分かりません。だから私は今夜こそそれを確かめようと思って、尾行《つけ》て行ったんです。でも、後ろから浅見さんがついてくるのが分かって、やめました」

「どうしてですか。やめることはないじゃないですか」

「でも、牟田さんは私の雇い主であり父の友人ですもの、礼儀に反するでしょう。それに何だかひとの秘密を覗《のぞ》き見するみたいで、気が咎《とが》めていたところだったから」

「それはまあ、そうだけど……しかし何なんですかね？　地下室で牟田さんはいったい何をしているのだろう？　いや、それ以前にここの地下室で何が行なわれているのか、そっちのほうに興味がありますね」

「例の音を立てているのは、ここのご主人のハンスさんでしょうか」

「それ以外には考えられませんね。夜なべ仕事で館《やかた》の改修工事に勤《いそ》しんでいるということは聞いてます」

「それにしても、こんな夜更けまで突貫工事みたいにして、急がなければならない理由があるものかしら」

「それとも、夜中でなければ作業ができない理由があるのかもしれない」

「どうしてですか？　ハンスさんなら昼間だってたっぷり時間があるし、実際、朝から働いていますよ。そんなに毎晩のように仕事したら、体がもたないんじゃないかしら」

「確かに……しかし何かの理由があるのでしょうね。たとえば、昼間だと誰かに覗かれる危険性があるとか」

「覗かれると困るようなことですか？」

考えあぐねて、浅見と真抄子はたがいの顔を見つめ合った。相手の目の奥に何かヒントが隠れていはしまいか──という探り合いなのだが、第三者的にはまるで恋人同士の見つめ合いにも似ている。すぐにそのことに気づいて、どちらからともなく照れくさそうに視線を逸《そ》らした。

「石渡っていう人が殺された事件のこと、浅見さんはどう思っているんですか？　牟田さんと関係があるとか」

「それは僕よりも、直接牟田さんに確かめたほうが早いでしょう」

「そんなこと、訊けませんよ。そもそも聖骸布《せいがいふ》のことを牟田さんに吹き込んだのが石渡さんかどうかが分からないんですから」

「それはほぼ間違いないと僕は思ってます。少なくとも、牟田さんは、僕が聖骸布の話を持ち込んだのは石渡氏ですかと訊いたのに対して、そうだとは言わなかったけれど、否定もしなかった。それは暗黙のうちに肯定したものだと僕は受け取りました」

「そうなのかなあ……私は額面どおり、相手の人との約束があって、おっしゃれないのかと思いましたけど。でも、その相手が石渡さんであろうと誰であろうと、本物の聖骸布の存在を知っているっていうこと自体が、ほんとうなのかどうか、そっちのほうが信じられない気がします」

「しかし、まったく何もないことはないと思いますよ。それも、かなり信ずるに足る情報でもなければ、牟田さんみたいに老練な方がホイホイ乗せられたり騙《だま》されたりするはずはないでしょう」

「じゃあ、牟田さんが言っていた日本赤軍だとか、そういうテログループの話が実話だっていうことですか？」

「僕はそう思ってます。日本赤軍なのかどうかはともかく、牟田さんが足留めを食っているあいだに、石渡氏は殺され、ここに死体遺棄されたのですから、少なくともほかに仲間がいたことは確かです」

「ひょっとすると、仲間割れで殺されたのかもしれませんね」

「それは分かりません」

「ほんとに分からないんですか？　浅見さんなら何でも分かっちゃうんじゃないかし

ら。ほんとはもう、何があったのか、知ってらっしゃるんじゃありません？」

「ははは、そんな神様みたいなことはできませんよ」

浅見は声を忍ばせながら笑った。

「笑い事じゃなく、このままだとほんとうに警察に足留めを食いそうですよ。あの警視さんはわりと好意的だけど、でも警察は警察ですから、その気になるときびしいことを言うかも……何か名案はないんですか？」

「唯一の名案は、犯人を見つけることでしょうけどね」

「そんな……出発まであと半日しかないんですよ。冗談言ってる場合じゃ……あ、浅見さん、やっぱり何か知ってるんでしょう。犯人が誰かとか」

「とんでもない、いまは犯人どころか、牟田さんの怪しい行動も、それ以前に地下で何をしているのかさえ分からない状況じゃないですか。そのことを確かめることができれば、ある程度の真実は浮かび上がってくると思ったのですけどね」

「じゃあ、私がそれを邪魔したことになるんですか」

「ははは、そんなふうにむきにならないでください。あそこで引き返したのが正解だったとも考えられます。その先へ進んでいれば石渡氏の二の舞になったかもしれない」

「それって、石渡さんはここで殺されたっていう意味かしら？　ほら、やっぱりそうじゃないですか。浅見さんは事件の真相を知ってらっしゃるんでしょう」

　思わず声が上擦りそうになるのを、浅見は手を挙げて制した。

「事件の真相ということなら、僕なんかより野瀬さんのほうが知っていいはずですよ。少なくとも、野瀬さんや牟田さんに教えてもらうまで、僕は聖骸布のことさえ何も知らなかったんですからね」

「えっ、じゃあ、ほんとに聖骸布がらみの殺人事件なんですか？」

「もちろん仮定の話だけど、考えているうちにだんだん信憑性《しんぴょうせい》を帯びてきました。聖骸布っていうやつには、かなり恐ろしげな宗教的背景が付きまとっているそうだし」

「だめ、だめですよ、やつなんていう冒瀆《ぼうとく》するような言い方をしちゃ」

　真抄子は真顔で窘《たしな》め、胸の前で急いで十字を切った。浅見はそういう彼女との距離を感じた。兄の陽一郎も気軽な口調で「そんなもの」と言ってのけたくらいだ。信仰心のある者とない者とのあいだには、絶対的に相容《あいい》れない距離があるらしい。

「あのね浅見さん」と、真抄子は分別のない少年に道理を言って聞かせるような言い方をした。

「映画にもなった『聖衣』や『聖櫃《せいひつ》』や『聖杯』など、キリストにまつわる奇蹟《きせき》は沢山あるけれど、ヴァチカンが真の奇蹟として認定するのには、とても厳しい審査を経なければならないのですよ。そんなふうに軽々しい言い方はしないでいただきたいわ」

ヴァチカンはローマ市内にある独立国でローマ教皇が統治する。ミケランジェロの「ピエタ」のあるサン・ピエトロ大聖堂などを含む、面積が〇・五平方キロにも満たない小国だ。別名「法王庁」とも呼び、人口はおそらく千人足らずだろう。この小国が世界のカトリック教会の頂点、日本流に言えば大本山にあたる。

真抄子の解説によると、奇蹟の審査・認定はヴァチカンが行ない、それはきわめて科学的であり、神学的であり、厳密なものだそうだ。ヴァチカン内には「奇蹟審査部」とでも称《よ》ぶようなセクションがあって、多角的なあらゆる科学的検査を駆使しても謎が解明されないという結論に達した現象や品物のみを、初めて「奇蹟(品)」と認める。

カトリックでは、信者たちが敬愛し崇敬する人物として「聖人」「福者」「尊者」という階級が設けられている。そう呼ばれるためには、生涯において何らかの奇蹟を成したことが条件だという。たとえば病気の治癒などがそれで、瞬時にガンを治したといったケースがほとんどだ。しかもそれは薬などの化学療法によらないことが必要で、向こう十年間は再発しないことも条件とされる。

また、奇蹟的現象として最も多いのは「聖母マリアの出現」で、この二世紀のあいだに二百回以上は出現したといわれる。日本では秋田県の「血の涙を流すマリア像」

がよく知られているが、これはヴァチカンで正式に奇蹟としては認知されていないどころか、審査の対象にもなっていない。その理由は「資料が提出されていないから」だそうだ。

「浅見さんはご存じなかったみたいだけど、聖骸布も超一級品なんですよ」と真抄子は力説した。

「聖衣や聖杯と同じレベルかもしれない。私なんか名ばかりのクリスチャンだからいいけど、聖骸布を冒瀆するのは、イエス・キリストそのものを冒瀆することだと考える人たちだって少なくないんです。ピュアな信仰者は本気で怒りますよ」

「本気で怒って、殺しますか？」

「殺す……まさか……」と否定しながら、真抄子は口を閉ざし、視線が宙を泳いだ。その可能性もあるかも――と、彼女の表情が語っている。

「牟田さんが言っておられたように、一九七三年にトリノで聖骸布のテレビ撮影があった時に、聖骸布が盗まれたか、それともすり替えが行なわれていたのかもしれないな。悪口を言っただけで怒るのだから、もしそんなことが本当にあったとしたら、教会は怒り狂ったでしょうね」

「もちろんですよ。だけど、そんなことありえません」

「いや、絶対にありえないとは断言できないと、僕は思いますね。どうしてそんなことが言えるかというと、その根拠は、一九七六年にカッラーラで久世氏が事故死した時、管轄外のトリノ警察が駆けつけたという事実があるからです。警察ばかりでなく、トリノの教会や、ひょっとするとヴァチカン当局も一緒に動いたのだと思う。その場に居合わせたわけではないので詳しい状況は推測するしかないけれど、教会や警察には、聖骸布《せいがいふ》すり替え事件の犯人は日本赤軍の人間だという情報があったのかもしれない。だから『久世』という人物の死に疑惑を抱いて、おっとり刀で駆けつけたのですよ」

「だけど、聖骸布を盗まれたりしたら、大ニュースになるはずだわ」

「いや、それはむしろ逆でしょう。教会は懸命になって事件が起きたことを隠蔽《いんぺい》しようとするはずです。聖なる遺物が簡単に盗まれたなんてことが知れたら、教会、ひいてはキリスト教全体の権威が失墜しますからね。その直後と言ってもいい一九七八年に聖骸布を公開したのも、聖骸布が無事であることを誇示したかったのじゃないかな」

「呆《あき》れた。そんなの考え過ぎですよ。じゃあ浅見さんは、その事件と今度の事件とが関係してるっていうんですか？　久世さんが死んだのは二十七年も昔ですよ」

「キリスト教の二千年の歴史に較べれば、二十七年なんかほんの一瞬みたいなものです。人間の一生の半分にも満たない。現に石渡氏も当時のテロ事件に関わったという、疑惑を持たれた人物なんですから」

「それにしたって……」

真抄子は付き合いきれない——というように首を振った。「トリノの警察や教会はともかくとして、ヴァチカンまでが事件の背景にあるなんて、そんなこと、よく思いつくもんですね」

「そうかなあ、久世氏の事件もそうだけど、牟田さんの話やいま起きているいろいろな現象を見ると、そう考えるほうが自然に思えます。牟田さんの話が事実なら、少なくとも石渡氏は聖骸布に関わっているのですからね。キリスト者から見れば、許しがたい存在でしょう。ただし、石渡氏殺害の犯人が誰かは別問題ですが」

「あ、そう、それですよ。肝心なのは犯人のことだわ。浅見さんは犯人に心当たりがあるんじゃないかって、そういう話をしていたんだわ。すっかり話をはぐらかされるところでしたけど」

「ははは、べつにはぐらかすつもりなんかないけどなあ」

浅見が笑った時、真抄子が「しいっ……」と唇に指を当てた。女性の泣くようなかすかな音と、それにつづいて、ごく小さな足音が聞こえてきた。「牟田さんですよ」と、足音を確かめてから、真抄子は言った。

3

牟田老人が少しおぼつかない足取りで二階の廊下を通り、自室に消えるのを確かめてから、真抄子が「ほうっ」と息をついた。

「明日の朝、牟田さんに会って、どんな顔をすればいいのか、困ってしまう……」

「困ることはないでしょう。われわれがここでこんな話をしていること、牟田さんはまったく知らないのだから」

「でも、私は意識しちゃいそうです。これまでは何の疑いもなく、父の古い友人としか思わなかったのに、急に疑惑の人みたいなイメージが吹き込まれたんですもの」

「野瀬さんのお父さんは何をなさっていらっしゃるのですか?」

「父はもう亡くなりました」

「えっ、あ、そうだったんですか。失礼しました」

「いえ、いいんです。だって、父が亡くなった時、私はこっちにいて、父の死に目に会えなかった親不孝者なんですもの」

「それは仕方のないことでしょう。僕の父も仕事場で倒れ、そのまま病院に搬送されて亡くなりました。だから、うちは全員が死に目に会えなかったのですよ」

「まあ……お父様はお仕事は何をしてらしたんですの？」

「現在の財務省、その当時は大蔵省でした。野瀬さんは？」

「うちの父は『K』という出版社です」

「えっ『K』社ですか」

K社は出版大手で、雑誌「旅と歴史」を出している出版社の十倍以上の規模がある。しがないルポライターの浅見の目には眩《まぶ》しすぎる存在だ。

「そこの美術出版部にいる頃、牟田さんと知り合ったそうです。牟田さんのコネでいろいろな大家に紹介していただいて、お陰で父の手掛けた美術全集が大ヒットして、それからずっとお付き合いしてました。父が亡くなった時には葬儀委員長を務めてくださったんですよ」

「そうですか。それじゃ、牟田さんを疑ったりできないわけですねぇ」

「ええ……」と、真抄子は恨めしそうな目になった。

「でも、浅見さんは第三者だから、冷静に物事を見るのでしょうね」

「とんでもない、殺人事件を前にしたら、いつだって冷静ではいられませんよ。それに僕自身、正直なところ、牟田さんを疑う気にはなれないのです。いかにも面倒見のいい好人物に見えるし、悪いイメージを抱きようがありませんからね。ただ、さっきみたいに何やら怪しげな行動を取るのを見ると、何か秘密を隠していることだけは間違いないと、それは野瀬さんだって同感でしょう。その秘密が事件に関係しているのかもしれないと思うから、疑わざるをえないのです。牟田さんのことをよく知っている野瀬さんの目に、牟田さんがどんなふうに映るのか、本当の気持ちを知りたいくらいです」

喋《しゃべ》りながら、浅見は知らず知らずのうちに真抄子を見つめていた。当人は無意識だが、彼の鳶《とび》色の瞳《ひとみ》に見据えられた相手は、誰もが鬱陶《うっとう》しそうに視線をはずしてしまう。それで浅見も、またいつもの悪い癖が出たことを悟って、慌てるのである。

「今夜はこのくらいにしておきましょう。明日になったら……といっても、もう日付が変わりましたね。朝になったら、何か道がひらけているかもしれません」

席を立って、ドアに向かった。真抄子も立ってきたが、ノブにかけた浅見の手を押さえて「待って、牟田さん、まだ起きてらっしゃるんじゃないかしら」と囁《ささや》いた。思いがけず温かい手の感触と、息がかかるほどの距離に真抄子の顔があるシチュエーションに、浅見はドキリとした。

「そうですね、じゃあ、もうしばらく様子をみましょうか」

浅見はドアから――というよりも真抄子から離れて、「コーヒーをいれますよ」と言った。真抄子は明らかに(意地悪――)という表情で「いいの、大丈夫です」と、少し邪険にドアノブを回した。それでも精一杯の抑制を見せてドアを開けると、猫のように足音を忍ばせて廊下を去って行った。

（やれやれ——）

浅見はスティックタイプのインスタントコーヒーに湯を注いで、一人寂しくコーヒーを啜《すす》った。イタリアではインスタントコーヒーは飲まないのだそうだが、それで真抄子が怒ったわけではあるまい。フィレンツェの彼女の部屋でもきわどかったが、真抄子には瞬時に魔女のごとく変貌《へんぼう》する癖があるらしい。どうも女性のことは理解しがたい。もっとも、真抄子から見るとこっちのほうが理解しがたい、ただの木偶《でく》の坊なのだろうか。

今夜がイタリア旅行最後の夜になるのかもしれないと思うと、せっかくの思い出作りのチャンスを逸したことに、ほんの少し痛恨の思いが湧いた。

朝、いきなり電話のベルに叩《たた》き起こされた。時計は六時を示している。寝ぼけた耳に受話器を押し当てると「私だ」と陽一郎の声が聞こえた。

「牟田広和氏の素性が分かった。要するに非の打ち所のない画商だよ。父親の代から大物画家との付き合いもあるが、若い画学生を育てることに熱心で、資金援助もずいぶんしているらしい。例の石渡も芸大の学生だった。三十年前のことだから推測の域を出ないが、牟田氏に世話になった可能性はある。石渡は過激派に取り込まれて、爆弾事件の容疑を受け国外逃亡したが、牟田氏はその後も密《ひそ》かに面倒を見ていたのじゃないかな。そう考えると光彦の話も信憑性《しんぴょうせい》がありそうだ。カッラーラの美術展で出会ったのも偶然とは思えない。しかし、石渡の事件に直接関わる理由があるかどうかは疑問だね。犯人は牟田氏以外にいると考えたほうがいいだろう」

「分かりました、どうもありがとう。僕も牟田さんはシロだと思っています。ただ、例の脅迫状めいた『貴賓室の怪人に気をつけろ』に該当する人物というと、いまのところ牟田さんしかいないんですよね。それからもう一つ、兄さんがカッラーラの採石場のリストランテで会った久世という人物のことだけど、久世氏と石渡氏の結びつきから類推すれば、久世氏と牟田さんとの繋《つな》がりも当然ありうるでしょう。久世氏も画学生だったということはありませんか」

「あ、そうだよ、画学生だった。彼は東大紛争や安田講堂占拠事件のことを気にしていたから、てっきり東大の学生だったと思い込んでそう言うと、上野の出身だといったな。つまり芸大生だったということだ」

「東大紛争というのは、どういう事件だったのですか?」

「一九六八年から翌年にかけて、私が入る五年前の話だから、あまり詳しいわけではないが、医学部教育体制の改正に不満を持つ学生の退学処分に端を発した、学生たちの抗議行動がエスカレートした事件だったと思う。東大生だけでなく、全共闘の学生が結集して安田講堂に立て籠《こ》もり、出動した機動隊に投石や火炎瓶で抵抗して、さながら市街戦そのもののような様相を呈したね。そういえば『とめてくれるなおっかさん　背中のいちょうが泣いている　男東大どこへ行く』というキャッチフレーズのポスターがあったな」

「何ですか、それ？」

「私はまだ中学生だった頃のことだから、漠然とした記憶だが、なかなかしゃれたことをすると感心したものだ。駒場祭用に作られたのだろうけれど、東大紛争を思い出すと、まるでシンボルのように鮮明に蘇《よみがえ》るね」

「じゃあ、そのポスターの作者も芸大の学生だったとか？」

「いや、ポスターの作者は当時、東大の学生だった橋本治《はしもとおさむ》氏だが、全共闘の中に芸大生がいても不思議はないだろう。あの頃は大学が荒れに荒れた時代で、全大学の八割が学園紛争に巻き込まれたそうだからね……待てよ、久世氏がヨーロッパに渡ったのは、その頃じゃないのかな。事件の直前か直後か。ひょっとすると石渡の場合と同様、日本を脱出したのかもしれない。前だとすると、フランスの五月革命があったな……」

陽一郎は、つぎつぎに記憶をまさぐるように喋った。

「五月革命」というのは一九六八年の五月、パリの学生街カルティエ・ラタンで大規模なデモが行なわれ、それをきっかけにフランス全土にデモやストライキが蔓延《まんえん》して、やがてはド・ゴール大統領を退陣に追い込んだという、学生運動の象徴的な出来事だった。その運動の高まりは燎原《りょうげん》の火のごとく世界に広がり、日本にも飛び火した結果の現れが、東大紛争など一連の学園闘争だったともいわれている。

「東大紛争との関わりがあったかどうかはともかく、久世氏は画学生だったのだから、渡航費用などを牟田氏の援助に仰いでいた可能性があるね」

「もしそうだとすると、牟田さんは久世氏からヴィラ・オルシーニの秘密めいたことを聞いたのかもしれない。石渡氏も同じですね。そうなると、あの怪文書はその辺の事情に精通している人物からのもので、牟田さんの行動に注目しろ——といった意味の警告だった可能性はありますよ」

「なるほど、そこまで遡《さかのぼ》るか……よし、いいだろう。私にもいささか思い当たることがあるから、なお調べてみよう。ただし、この作業にはひょっとすると一両日かかるかもしれないな。となると、きみはもうそこにはいないのじゃなかったか」

「いや、たぶん滞在を延長することになりそうですよ。イタリアの警察も結構、しつこいらしいから」

「それもそうだね。もしも聖骸布《せいがいふ》がらみの事件である疑いがあれば、おいそれと見逃してはくれないだろう。しかし、それをいいことに、事件に深入りするようなことはするなよ。きみの悪い癖だぞ」

最後に兄らしく忠告して、陽一郎は電話を切った。

その日の朝食のテーブルは憂鬱《ゆううつ》な「会議」の場でもあった。午前七時という早朝だったせいもあるけれど、はたして警察はツアー客を解放してくれるものかどうか、それが気掛かりで食欲も湧かない。本来、出発は午前九時、ローマを見物して夜の九時頃、チヴィタヴェッキア港へ到着する予定になっている。しかし、昨日の時点では警察は一両日は足留めをしそうな口ぶりだった。

「大丈夫ですよ」と牟田は楽観的に言った。「最悪、私が残ればよろしい。石渡氏と個人的に接触したのは私一人ですからな。まあ、家内は付き合ってくれるでしょうが、みなさんはどうぞ、ご出発してください」

「しかし、警察が何と言いますかね。昨日の様子だと足留めは避けられないような気がしますが」

永畑が首を傾げた。

「警察ごときがゴチャゴチャ言ったら、外交問題にまで発展するぞと脅してやったらよろしい。永畑さんは元外交官なのだから、その辺のことはお得意でしょう」

「とんでもない、わが国の外交はきわめて紳士的ですからね、そんな恫喝《どうかつ》するようなことはできません」

「紳士的やのうて、軟弱な腰抜け外交とちがいますか」

萬代が小馬鹿にしたように言って、座がサーッと白けた。

「いやいや、心配することはありませんよ」と、内田が時の氏神然として、脇から口を挟んだ。

「ですからね、昨日言ったように牟田さんだけじゃなくて、浅見ちゃんも一緒に残ればいいんです。そのために彼はここにいるようなものなんだから」

本人の承諾もなく、無責任なことを軽く言う。浅見は慣れっこだが、知らない人は本気にしかねない。案の定、真面目な永畑はまともに受け止めて「えっ、本当ですか？」と驚いた。

「そういう契約になっているのですか」

「契約なんてありませんよ」

浅見は苦笑した。「しかし、内田さんに言われなくても僕は残って、事件の成り行きを見届けるつもりでした」

「私も残ります」と真抄子も健気《けなげ》に言った。「この後、バスのほうは『飛鳥』の堀田さんが同行してくださいますから、私は牟田さんがお発《た》ちになる空港までご一緒します」

「ほうっ、立派ですねえ」

内田は感心して、

「確かあなたはイタリアで絵画の修復を勉強していらっしゃるのでしたか。失礼ですが、お独りですか？」

まったく失礼な質問だが、真抄子は気にする様子もなく「ええ」と頷《うなず》いた。

「そうですか、それはいい……」

何がいいのか知らないが、内田は意味ありげな目を浅見に向けた。浅見はそれを無視して、パンにジャムを塗る作業に専念した。

食事がまだ終わらないうちに警察がやって来た。二人の制服と二人の私服を伴ったグリマーニ警視だ。そこそこ広いリストランテが急に息苦しいほど狭くなった。バジルと優子はカウンターの向こうから、心配そうに様子を窺《うかが》っている。

「えらく仰々しいね、全員逮捕でもしに来たみたいだ」

内田が軽口を叩《たた》くのを警視が見咎《みとが》めた。「あの騒々しい人はいったい何なのかね？」と真抄子に訊《き》いた。真抄子が説明するのを聞きながら、だんだん不愉快そうになってゆくのが分かった。余計な人間が増えればそれだけ事は複雑化しそうだ。

私服の一人は四十歳ぐらいだろうか、長身で、涼やかな目をして、明らかにほかの連中とは地位が異なるような落ち着きがある。その男が警視に何事か囁《ささや》いた。生真面目そうな印象から見て、警察官ではなさそうだ。それを受けて警視は「この中にイシワタと、特別な知り合い関係にある人はいるのか？」と訊いた。そんなことを訊かれて名乗り出る者はいないと思うのだが、そうストレートに尋問する以外ないのだろう。もちろん一人も手を挙げない。

浅見がみんなを代表する形で、真抄子を通じて「石渡氏は三十年前に日本を離れているそうではないですか。そんな彼を知っているはずがありません。われわれはたまたまカッラーラの美術展で会っただけです」と言った。

それに対して警視と私服が話し合っているが、その会話の中に「アサミ」という言葉が聞こえた。彼らの視線が浅見に集まった。やはり石渡のデスクに「浅見」と書いたメモがあったことを重視しているにちがいない。さらにしばらく何やら囁きあってから、ふたたび警視が向き直って言った。

「あなたは警察庁刑事局長であるお兄さんの命を受けて、イシワタの周辺を内偵していたのではないのですか？」

「そういうことはないですが、なぜ兄が私に命令するとお考えなのですか？　石渡氏は犯罪者なんですか？　いかなる犯罪を行なったのですか？」

立て続けに訊いた。

警視は長身の男と何度か意見を交わしながら答えた。

「それは言うわけにいかないし、イシワタが犯罪者か否かも断定はできないが、わが国と国民にとってきわめて重大な犯罪が行なわれたことは事実です。もし彼について、何らかの情報をお持ちであるならば、ぜひともそれを聞かせていただきたい」

言葉はまるっきり分からないが、通訳する真抄子によると、警視の背後にいる長身の男はかなり丁寧な口調であるらしい。真抄子は不思議そうに、「あの人は、まるで懇願してるような言い方ですよ」と言った。

「なるほど……」と浅見はその男の素性を憶測して言った。

「石渡氏の犯罪は、宗教的な問題と関わりがあるのではないか、訊いてみてください」

真抄子は「いいんですか……」と逡巡《しゅんじゅん》する気配を見せたが、浅見の平然とした眼差《まなざ》しを見て、仕方なさそうにそのままを伝えた。思ったとおり、相手は片頬を歪《ゆが》めるように、かすかに笑った。とぼけたり嘘のつけない性格なのか、それとも神の教えに忠実なのか、暗黙のうちに肯定したようだ。今度は警視を経由しないで、「あなたはなにゆえそう思うのですか？」と逆に質問してきた。

「あなたが教会かヴァチカン関係の方だと思ったからです」

これには警察の連中よりも、むしろツアーの仲間たちが驚いた。（なぜ教会が？——）という疑問が湧くのは当然だ。内田に至っては「おいおい浅見ちゃんよ、それってほんとかい？　何だって教会やヴァチカンが出てくるのさ？」と呆《あき》れたような声を発した。

浅見はその中で牟田の表情がどう動くかを注視したが、牟田は少なくともうわべには何の感情の変化も見せない。

長身の男は警視を伴って少し離れた位置まで行って、しばらく低い声で話し合っていたが、警視は怖い顔になって戻ってきた。

「彼の身分を明かすわけにはいかないが、シニョール・アサミに興味を抱いたそうです。ほかの方々はツアーを続けてもらっていいが、シニョール・アサミにはもう少し話を聞かせてもらいたいと言っています。それと、シニョール・ムタ、あなたもイシワタについて話してもらいたいので、しばらく残っていただきたい」

「ということは、つまり私と浅見さんの二人はどうしても残れという意味ですな」

「そのとおりです」

この一線は譲れない――という顔だ。浅見はあっさり「いいですよ」と言ったが、牟田は「しばらくとは、具体的にどのくらいの時間ですかな」と訊いた。

「われわれの船は今夜十時にはチヴィタヴェッキアを出港するもんでね。それまでに帰着できるのですか」

通訳した真抄子に、警視は「ノ」と冷ややかに首を振った。

「それは約束することができませんな。なぜなら、あなた方の証言が正確か否かの裏付けを取る時間が必要だからです。それまでは滞在を継続していただかねばならない」

「それはきわめて理不尽ではないですか。善良な外国人旅行者の身柄を拘束する正当な理由があるとは考えられない。出港に遅れた場合、それによってわれわれが被るであろう、物質的精神的損害に対して、貴官は責任を取る用意があるのですか」

「いや、警察としてはあくまでもあなた方の協力を要請するのであって、拘束ではありませんよ。旅行者といえども、かかるケースにおいては捜査に対して協力することは義務ではないですか」

「国際法上にも、そのような規定があると言われるのですか？」

「必ずしも国際法を持ち出さなくても、イタリアの国内法によっても、必要とあらば身柄を一時的に拘束することは可能ですよ。しかもこの場合は殺人事件という重大犯罪が行なわれたのであるからして、協力を要請することに何ら問題がないと考えますがね」

「その事件にわれわれが関与した証拠がまったくないというのにですか」

「関与したかどうかは今後の捜査によって解明されるでしょう。あなた方の協力によって速やかに解明されることを希望します」

「貴官のご希望に添えないと言ったら逮捕することになるのでしょうか」

「逮捕はしないが、出国を差し止めることは可能ですな」

「無茶苦茶やな」と、傍観していた萬代が呆れたように言った。警視は萬代をジロリと見て、真抄子に「いま何と言ったのか？」と訊いたようだ。真抄子は当惑げに「どんなふうに言いましょうか？」と訊いた。

「そうやね、困ったもんや——ぐらいに言うといてください」

それを伝えると、長身の私服の男が、また警視を離れたところまで連れて行った。戻ってくると警視は言った。

「調査に手間取って、チヴィタヴェッキアで乗船できなかった場合、われわれは次の寄港地まで、あなた方をお送りする」

ある程度予測はしていたが、そういう申し入れだったようだ。牟田もそれ以上の抵抗は無駄だし、話をこじらせてほかのメンバーまで足留めを食うような事態になっては——と判断したのだろう、いかにもやむをえないという思い入れを見せて「分かりました、調査に協力しましょう」と頷いた。

4

この後、事情聴取は教会で行なわれることになって、警察の連中はいったん引き揚げて行った。「容疑者」の逃亡を防ぐためのつもりなのか、制服の警察官が二人、ヴィラの門の前に停めた車の中にいる。

ほぼ予定どおり、ツアーの一行はヴィラ・オルシーニを出発して行った。ソーシャル・オフィサーの堀田久代が、野瀬真抄子に代わって引率する。牟田夫妻と浅見分の空席が出たのをよいことに、内田夫妻もベンツとガイドを返してバスに同乗してローマ観光に付き合うそうだ。これでまた費用を節約できたつもりでいるにちがいない。

「浅見ちゃん、いい事件簿を頼むね。船でのんびり待っているよ」と、危機感のまったくない呑気《のんき》なことを言っていた。

彼らを見送ってリストランテに戻ると、牟田は「やれやれ」とため息まじりに椅子に座り込んだ。「あなた、大丈夫？」と美恵夫人が眉《まゆ》をひそめる。べつに持病のようなものはなく、至極健康なのだそうだが、歳が歳だけに、これだけストレスが続けば、どうにかなってもおかしくない。

「心配しなくていい。きみのほうこそ部屋に帰って休んでいなさい」

「私は平気ですよ」

夫人は牟田に較べるとかなり若い。女性の歳は分からないがひと回り以上は確実に若く見える。ご本人もかなりストレスが溜《た》まっていそうだが、それでもご亭主を気遣うゆとりは十分あるのだろう。

「いや、これから浅見さんと二人で善後策を講じるから、野瀬さんと一緒に先に部屋に行きなさい」

真抄子も「そうしましょう」と勧めて、リストランテを出て行った。バジル・優子夫妻も厨房《ちゅうぼう》の片付けに入った。

「さて浅見さん、状況はあまり芳しくないようですな」

テーブルのコーナーで顔を突き合わせるようにして、牟田が言いだした。

「あの長身の男は、見るからに教会の人間のようだが、浅見さんが言ったようにヴァチカンから派遣されて来たのだとすると、どういうことが考えられますかな」

「やはり聖骸布《せいがいふ》がらみの事件なのではないでしょうか。ひょっとすると、フィレンツェで牟田さんが石渡氏と会ったことをキャッチしているのかもしれません」

「私は石渡氏と会ったなどと言った覚えはありませんがね」

「そうではなかったのですか？」

「さあ、そうであるともないとも言わないと申し上げたはずだが……まさか、浅見さん、あなたが警察に妙な憶測を喋《しゃべ》ったわけではありますまいな」

「そんなことはしませんよ。ただし、僕自身としては牟田さんにまったく疑惑を抱いていないわけではありません」

「ほう、名探偵さんの第六感にピンとくるものでもありましたか」

揶揄《やゆ》するような言い方だが、浅見は表情を変えなかった。

「回りくどいことをしている時間的余裕がありませんから、単刀直入にお訊《き》きしますが、ここの地下室に何があるのですか？」

「ん？……」

牟田老人は初めて狼狽《ろうばい》の色を見せた。

「ハンスさんと共同作業でもなさっておいでですか。夜な夜なご精勤のようですが」

浅見にしては珍しく、皮肉めいた言い方をしたのは、牟田の曖昧《あいまい》な態度に苛立《いらだ》ちを覚えているせいでもあった。

「ほう……」と、牟田は苦笑して、ほんの短い時間のうちに態勢を整えた。

「知っておられたか、さすがですな。確かにあなたの言うとおり、夜な夜な地下室に下りていることは事実です。あなたも気づいていたと思うが、夜中に妙な音を聞かされるものだから、気になって仕方がなかった。ディーツラー氏に文句の一つも言ってやろうと思ったのですよ。ところがミイラ取りがミイラになってしまった。いちど入ってみるといいのだが、ここの地下室にはじつに面白い物がありましてね」

「聖骸布ですか？」

「また聖骸布ですか。どうしてそんな発想が浮かぶのですかな？」

「もしも、僕が牟田さんから何も聞いていなければ、聖骸布のことなど思いつく術《すべ》もなかったのだけれど、いまはもう『聖骸布』が頭を覆い尽くしているような状態です。時間が経つにつれ、それ以外にないように思えてきました。どうなんですか、本当に聖骸布があるのではありませんか」

「ははは、確かに、聖骸布があれば、それこそ最高の見ものですがね」

牟田は笑ったが、すぐに「しかし……」と苦い顔になった。

「かりにあの長身の男が教会関係かヴァチカンの人間だとすると、石渡氏には何かそれらしい噂が付きまとっていたのかもしれんな。カッラーラで久世氏が死んだ時に、トリノ警察が飛んできたというのと、よく似ている」

「その久世氏ですが」と浅見はすかさず切り込んだ。

「牟田さんは久世氏のことをご存じだったのではありませんか？」

「ん？　ほうっ、いろいろ考えるものですなあ。さすが探偵さんだ」

「はぐらかさないでください。久世氏が日本を離れたのは、東大紛争など、当時の過激派の暴動に関わったためで、牟田さんは久世氏の脱出を援助したのではないかと思うのですが、間違っていますか？」

「驚きましたなあ、どうすればそういう発想が出てくるのか。ましてあなた、東大紛争の頃はまだ生まれてなかったのじゃありませんかな？」

「生まれてなくても、中大兄皇子《なかのおおえのおうじ》が蘇我入鹿《そがのいるか》を殺したことは知ってますよ」

「ははは、これは面白い……なるほど、情報源はお兄上というわけですかな」

その言い方は、暗に浅見の憶測を肯定したと捉《とら》えることができる。

浅見は時計を見た。そろそろ警察がやって来るかもしれない。その前に確かめておきたいことがあった。

「牟田さん、地下室を見に行きませんか」

「私は構わないが、ディーツラー氏の了解を得ませんとな」

「ということは、牟田さんはハンスさんの了解を得て地下室に下りたのですね。しかもこのヴィラに来たのは、最初から地下室に目的があったんじゃありませんか？」

「どうも、先へ先へといろいろ考えますな。さっき言ったでしょう、私は単に物音が気になって地下室へ下りたと。そういうことですよ」

「それなら僕もそういう理由で行くことにします」

「いや、それはやめたほうがいいが、しかしあえてそうしたいのなら、私に止める権利はありませんな。では私もお付き合いしましょうかね」

牟田は立ち上がった。

外部からの地下室への入口は、以前見た時のまま、やはり塞《ふさ》がれた状態だった。いったんヴィラ・オルシーニの中に入って、ホールからのルートを行くしかないらしい。

昨夜は見えなかったが、足元には道具類や建材などが置かれ、かなり歩きにくい。闇の中で蹴《け》つまずかなかったのが不思議なくらいだ。

階段を下りて行く辺りは昼でも薄暗い。電灯がないのか、それともあえて点灯しないのか、奈落《ならく》の底へ行くような階段だが、牟田老人は慣れた足取りである。

床に下りきったところに古びた木製のドアがある。夜中に女の悲鳴のように聞こえたのはこのドアを開閉する音だったのだろう。そう思えるほど重そうで古い。牟田はノブを回したがドアは開かなかった。「だめですな」とあっさり諦《あきら》めた。何となく鍵《かぎ》がかかっていることを予想していたような印象を受けた。気軽に浅見に付き合ったのはそれがあるからだったのかもしれない。

そういえば、ハンスが昼間から地下室の仕事にとりかかる様子は見たことがなかった。ハンス・ペーター・ディーツラーの風貌《ふうぼう》はあくまでも善良そうに見えるのだが、日中はふつうの生活をして、夜になると別の顔になるというと、何やら悪党めいている。

「ハンスさんのところへ行ってみます」

浅見が階段を上りかけると、牟田は「彼がどこにいるのか、分かっていますか？」と訊いた。そう言われて初めて、ハンスがどこに起居しているのか知らないことに気づいた。そもそもディーツラー家の人々のプライベートな部分については、あまりよく分かっていないのであった。

「リストランテのある建物に住んでいるのじゃないのですか？」

「まあ、行ってみるがよろしい」

牟田は笑いながら浅見について階段を上がった。

リストランテ棟に戻って、客席の周りを掃除している優子に「お父さんはどちらですか？」と訊いた。

「さあ、どこかしら？　本館のほうにいると思いますけど」

「本館のどこ？」

「自分の部屋……二階の西側の隅っこの部屋ですけど。あら、父の住まいがそこだっていうこと、知りませんでした？」

「そうだったんですか、ご両親はそこにいらっしゃるんですか」

「いいえ、父だけ……あの、母はここでバジルや私と一緒に暮らしているんです」

「えっ、そうでしたか。それはつまり、ハンスさんの仕事の都合ですか」

「そうじゃなくて……父と母は事実上、離婚してるんですよ」

べつに隠す気もないらしく、あけすけな答え方をする。しかし聞いた方はどういう顔をすればいいのか戸惑う。浅見は思わず振り返った。背後の牟田はにやにや笑っている。先刻承知だったようだ。知っていて黙っているのだから人が悪い。

「驚いたなあ、そういう複雑な事情があるなんて、とても思えませんでしたよ。ずっと前からそうなんですか？」

「一年ちょっと前からです。べつに複雑でも何でもないんです。性格的にうまくいかないからって母のほうから言いだして別れたんですけど、イタリアはカトリックの国だから、正式に離婚するといろいろ面倒でしょう。近所もうるさいし」

「なるほど、そういうこと……」

つまり夫人に追い出されたということか。おっとりタイプのピアと、無口で内向的なハンスとでは、どこで接点があったのか不思議なくらいだ。しかしそれでも結婚に至ったのだから、少なくとも一時期は恋愛感情があったにちがいない。やっぱり結婚は難しい――と浅見はつくづく思った。

「それにしても、面白い……いや、面白いなどと言ったら失礼ですが、日本なら離婚すれば当然、籍を抜くし、相手の顔を見ないですむように、なるべく遠くへ離れ離れになる道を選ぶのがふつうですよね。これがイタリア流離婚術というものなのかなあ」

「それはね浅見さん」と牟田が言った。

「カトリックという宗教上のシバリが、ここまで日常生活にしみついているということですよ。こういうのは、宗教心の希薄な日本人にはなかなか理解しがたい。たとえば、警察官と一緒に教会の人間が捜査に加わっているのも、いかにもカトリックの国という感じがするじゃないですか。ことほど左様に、万事が教会を中心に回っているのです」

確かに、通りすがりに見る町やどこの集落も、教会を中心に寄り添うような佇《たたず》まいを見せている。大都市の、ことに若い人たちはそれほどでもなさそうだが、トスカーナの田舎では、いまも何かにつけて、教会中心でカトリックの教義が優先する暮らしが営まれているのかもしれない。

「そういえば」と、浅見はふと思った。「われわれツアーグループの連中は、食卓についた時、誰ひとり食前の祈りを捧《ささ》げたりしたためしがありません。そういうのを見て、ピアさんやバジルさんはずいぶん奇異に思うでしょうね。朝夕のお祈りなんてこともやりませんしね」

「あ、そうなんです」と、優子はわが意を得たり──とばかりにテーブルを叩《たた》いた。「こっちに来て、いちばんのカルチャーショックはそれでした。バジルと付き合うようになってすぐ洗礼を受けましたけど、それまでは食卓で長々とお祈りをするのが、なかなか慣れなくって困りました。イタリア人は陽気で屈託がなさそうに見えますけど、カトリックの戒律にはけっこう忠実なんですよ」

「そこへゆくと、日本人はまったく罰当たりな国民性といえますね」

「ただし、その一方で宗教の持つ暗部というか、恐ろしいといってもいい一面のあることを考えないといけませんな」

牟田老人が重々しい口調で言った。「東西冷戦が終了した後に発生した紛争や戦争のほとんどは、何らかの形で宗教上の対立が原因になっているケースです。インドとパキスタン、イスラエルとアラブ、イスラムの過激派によるテロなど、すべて宗教的理念の不一致が根底にある。日本人の平和ボケなどとよく言われるが、考えようでは、平和でボケているくらいのほうがいいのであって、平和ボケして何が悪いのかと開き直りたくなりませんか。危機感を募らせ、いきり立っているほうがよほどおかしい」

「そうですね。あまたある殺人の犯行動機の中で、日本人にもっとも理解しがたいのが宗教的理由です。経済的な利害関係や人間関係の確執ならともかく、信じる神が異なるからといって、殺したいほどの憎悪を生じるとは思えないのだけれど、現実にはそういう事件が発生しているのでしょう。しかも『聖戦』などといって確信犯的に行なわれるから始末が悪い。その種の事件として、日本ではオウム真理教による犯罪が記憶に新しいが、世界にはそれに似た例がいくらでもあるにちがいありませんね」

「もしかして……」

不吉なことを思いついたように、優子が表情を曇らせて言いだした。「そこで日本人の男の人が殺されていた事件も、そういう宗教的な動機なんでしょうか。浅見さんはそう思っているんじゃありません？」

「ははは、まさか……」

笑い捨ててみせたものの、石渡が殺されたのは、単純な盗み目的でないことは分かっている。死体をわざわざあの場所に遺棄したことからいって、喧嘩《けんか》などの単なる行きずりの犯行とも思えない。となると宗教的な動機の可能性は無視できないどころか、十分ありうるのではないか。

「さて、それではディーツラー氏のところへ行ってみましょうかな」

牟田が潮時と見て、腰を上げ、ドアへ向かった。

「あの、父に何かご用ですか？」

「ええ、ちょっと地下室を見せていただこうかと思って」

浅見が言うと、優子は驚いて「だめです」と首を横に振った。

「父は地下室には誰も入れてくれませんよ。以前、バジルと私が地下をちょっと覗《のぞ》いただけで、すごい剣幕で怒鳴られたんです。あそこはわしの聖域だとか言って。もっとも、言われなくてもあんなところ、行ってみたいとも思いません。何しろ足の踏み場もないほどで、カビ臭くて気味が悪いんです。いまは父が作業場みたいにしてるから、いくらかきれいになったかもしれませんけど」

「そうですか、それじゃだめですね」

浅見は諦《あきら》めたふりを装い、牟田の後を追ってリストランテを出た。

「誰も入れない地下室に、牟田さんだけはフリーパスというのは、何か特別な理由があるのでしょうね」

庭の石段を上がりながら言った。

「それはあれでしょう、お客を断るわけにいかなかったのでしょうな」

「それだけのことでしょうか」

なおも追及したかったのだが、門を入ってくるパトカーが見えて、話は中断した。

第六章　湖底の村

1

教会は小さいながらロマネスク様式の重厚な建物だ。内部もアーチ型の天井や壁にフレスコ画が描かれ、歴史の重みと格調の高さを感じさせる。長椅子の並ぶ身廊を通り抜け、内陣の右側の扉を開けると聖具室があって、さらにその奥に会議室のようなガランとした部屋がある。中央に細長いテーブルを置き、それを挟んで椅子がそれぞれ五脚ずつ向かい合う。壁にはさまざまな教会を描いた絵が額に納まって並んでいる。サン・ピエトロのような大寺院ではなくこの教会と規模が似たりよったりの小規模な教会ばかりなのは、何か理由でもあるのだろうか。

部屋の中には例のグリマーニ警視と、あの私服の男が待っていて、二人とも愛想《あいそ》よく挨拶《あいさつ》した。野瀬真抄子の通訳によると、無理に足留めして申し訳ないという意味のことを言っているのだそうだ。そう言われるとつい、「どういたしまして」と条件反射のように答えたくなるのが、日本人の人の良さである。牟田もうっかりそう答えて、浅見の顔を見ていまいましそうにニヤリと笑った。

警察はこの周辺の聞き込み捜査を行なった結果、手掛かりらしきものがいくらか出てきたそうだ。そのいくつかは目撃情報で、見かけない人物を見たというものだが、それが殺された石渡なのか、殺人者なのかは、いまのところ分からない。また、石渡所有の車がアルノ川の河口に近い河川敷で発見された。アルノ川というのはイタリア中部山岳地帯に源を発し、フィレンツェ市内を貫流する川で、一九六六年の大洪水でフィレンツェを水浸しにした。この時に被害に遭った美術品は数多く、修復事業にはイタリア国内ばかりでなく、世界中の技術者が参加している。野瀬真抄子の入所した国立修復研究所が現在のように充実したのも、いわばその洪水の教訓によるものと言えないこともない。

アルノ川はフィレンツェから西へ向かい、ピサを通って地中海へ注ぐ。河口からかなり遡《さかのぼ》った辺りまでほぼ静水域といってよく、ヨットハーバーや素朴な船着場などがあちこちにある。その河畔の草原に、石渡の車は無造作に放置されていた。

「というわけで、あなた方がイシワタ殺害そのものに直接関与した可能性は、かなり希薄になりました」

警視はそう言った。

「そうすると、われわれは解放されるわけですかな」

牟田が言うと、「残念ながら、直ちに解放するわけにはいきません」と言った。実行犯ではないが、教唆もしくは犯行を依頼した可能性は捨てきれないというのである。

「冗談じゃない、私や浅見さんがそんなことをやる動機がないではないですか」

「シニョール・アサミについては別の理由で逗留《とうりゅう》をお願いすることになります」

「それでは私を足留めする理由は何ですか？」

「シニョール・ムタのことは調べさせてもらい、過去に数度以上、美術品の買い付け等で入国していることも、逮捕歴のないことも承知しています」

「それなのに、なにゆえ拘束するんですか」

「逮捕歴がないことと、過去に犯罪行為がなかったこととは同じではありません。将来的に犯罪を行なわない保証でもない」

「ばかばかしい」

「とくに、イシワタとの関係について、われわれはきわめて重大な関心を抱いています。イシワタの自宅及びオフィスには、シニョール・ムタとの通信記録等が残されていました。事件当日、あなたがイシワタと会ったか、あるいは連絡を取ったことは間違いないと思うが」

真抄子は緊張した面持ちで、警視の質問を通訳した。

「あの、正直に答えてほしいと言っていますけど」

「確かに……」と、牟田はにがりきった顔で言った。

「石渡氏から興味深い話を聞いて、接触したことは認めます。彼はフェルメールがあると言ったのです」

警視と私服の男は「フェルメール……」と驚きの声を発して、顔を見合わせた。フェルメールの絵がどれほどの価値のあるものかを知っているのだろう。それからすぐに笑いだして、「フェルメールがそんなに簡単にあるはずがないではないか」と言った。

「もちろんそれは私だって承知している。偽物と分かっていても、どの程度の作品か見てみたいと思ったのです」

「それで、見たのですか?」

「見ました。石渡氏が紹介してくれた人物がその絵を持っていました。たいへんよくできた偽物でした。価格はきわめて低廉であるから、贋作《がんさく》として売買するのではなく、模写作品であることを互いに承知の上で取り引きをしたいと考えていたと思います。私もレプリカとしても十分、鑑賞に値すると思いました」

「つまり贋作の買い付けや故買といった犯罪行為ではないと言いたいのですか」

「そのとおりだ」

「その人物とは何者ですか」

「それはたとえ死刑になっても言うわけにいきません。それがこの商売をやっている者の最低限のモラルです。そういうことは芸術の国イタリア国民である貴官なら十分、弁《わきま》えているのではありませんか。いずれにせよ結局、商談は成立しませんでした」

「なぜ？」

「その理由は言う必要がないでしょう」

真抄子はハラハラしながら牟田の言葉を伝えた。案の定、警視は態度を硬化して
「言ってもらわないと困る」と強面《こわもて》になった。

「それによって、その後のイシワタの行動を辿《たど》ることができます。たとえば、イシワタは商談を成立させたいために、シニョール・ムタを追ってこの地に来て殺害されたとも考えられるのです」

「そんなことはありえない」

「では何があったのですか」

「それは言えません」

「言ってもらわないと困る」

短い押し問答が長々と続きそうだった。真抄子はテニスのボールを追うように、左右に顔を振りながら、その果てしないやり取りを通訳しつづける。

「聖骸布《せいがいふ》ですよ」

浅見がズバッと言った。

「浅見さん!……」

牟田は(この裏切り者――)という目で浅見を睨《にら》み付けた。警視は真抄子に「彼は何を言ったのか?」と訊《き》いた。真抄子は怯《おび》えた目を牟田と浅見に交互に向けて、「どうしましょう」と言った。「言ってはいけない」と牟田は言い、浅見は穏やかな表情で、ゆっくり頷《うなず》いて見せた。

「La Santa Sindone(聖骸布)……」と真抄子は言った。

意外にも――というか予想どおりというべきか、警視も私服の男もさほど驚く様子は見せなかった。むしろ(やっぱり――)という表情が窺《うかが》えた。「di Torino?(トリノの?)」と警視が問い返して、真抄子は黙って頷いた。

「詳しく説明してもらいたいものですな」

警視はあらためて牟田に迫った。牟田ももはや致し方ないと思ったのだろう、「分かった」と首を上下に何度も振ってから、喋《しゃべ》りだした。

「石渡氏は聖骸布があると言ったのです。聖骸布を見せるから、フェルメールを買えというのが商談を成立させる条件でした。しかし、フィレンツェで会った時、聖骸布は持っていなかった。それでは約束が違うではないかと言うと、しばらく待っていてくれと言って、そのまま待ちぼうけを食わされました。私は仲間の連中には道に迷ったと言ったが、事実はそういうことであり、浅見さんたちには事情を話しました。それ以降のことはすでに浅見さんや野瀬さんが言ったとおりです」

「聖骸布が本当にあると、あなたは信じたのですか？」

警視は訊いた。

「常識で考えればあるはずはないが、もしあれば、ぜひこの目で拝ませてもらいたいという気がしました」

「そのようなことがあるというのは、奇蹟《きせき》そのものだとは思いませんでしたか」

真抄子は通訳に苦労している。「日本語で言えば荒唐無稽《こうとうむけい》だ——みたいなことを言っているのだと思います」と付け加えた。

「ふん、そういうあなた方が目の色を変えて追いかけているのは、聖骸布が消失したという奇蹟を信じたからではないのですか」

牟田は精一杯の皮肉で応じた。警視は私服と渋い顔を見交わしたが、すぐに「われわれは聖骸布が消失したなどとは、ひと言も言った覚えはない」と切り返した。

「それならばなぜ、ヴァチカンの人間が警察とともに捜査に参加しているのですか」

警視は黙ったが、私服が「それは私のことを指しているのだろうか、私がヴァチカンの人間であるとは警視も私も言っていないが」と静かな口調で反発した。

真抄子がそう伝えると、牟田は「言わなくても分かる」と嘯《うそぶ》いた。寒々とした空気が部屋に漂った。あいだに入って、真抄子は気の毒なほどおどおどしている。見かねて、浅見が口を開いた。

「牟田さんが正直に話しているのだから、あなた方も正直に事情を話してほしい。そうでないと協力のしようがありません」

「われわれが正直に何を話せばいいのですか」

私服の男が真正面から浅見を見据えるように言った。ブルーの瞳《ひとみ》を見返しながら、浅見は真抄子の通訳を聞いてすぐ言った。

「まず、あなたがヴァチカンの人間か否か、いかなる素性の人間か、そして名前を教えてもらえませんか」

「私の名前はパウロ・ファルネーゼ。ヴァチカンかどうかはともかく、あなたが推測したとおり、教会当局の人間です」

「それではあらためてお訊きしますが、一九七三年にテレビ撮影があった時、聖骸布が偽物とすり替えられたという噂がありますが事実ですか」

「いや、そのような事実はありません」

その点に関しては、ファルネーゼは頑として言い張るつもりのようだ。

「神に誓って？」

ファルネーゼは一瞬、怯《ひる》んだように見えたが「シー（そうだ）」と答えた。ひょっとすると、テーブルの下で指を交差しているかもしれない。その様子を想像しながら、浅見は微笑を浮かべて言った。

「そういうことならば、われわれの問題は何一つ進展しないでしょう。これ以上、話し合う意味もありません」

席を立とうとするのを見て、警視は慌てて手を差し伸べた。

「ちょっと待ってくれ、いまの聖骸布のすり替えの話だが、そのような事実はなかったとして、かりにそういう噂があったとすると、シニョール・アサミは何か事件を解決する手掛かりになると考えているのかね？」

「その問題についての噂は、僕は単なる噂ではないと思っています」

「了解した。シニョール・アサミが何を思おうと、思うのは自由だから構わない。あなたの考えを聞かせてください」

「僕は、一九七三年以来、トリノの教会とヴァチカンは真の聖骸布の行方を追いつづけているのではないかと考えています」

「その根拠は？　どういう理由でそう考えるのですか？」

「そのことに気づいた最初の徴候は、一九七六年にカッラーラの大理石採石場で働いていた日本人・久世寛昌氏が事故死した時、トリノ警察から捜査員が駆けつけたという事実を知った時です」

グリマーニ警視は何のことか分からなかったらしい。いくぶん間の抜けた表情で当惑げにファルネーゼの顔を見た。対照的にファルネーゼは緊張した面持ちになった。まさに図星で、久世の事故死にトリノ警察が動いたのは、それがあったからなのだろう。警察はそんな昔の事件を引きずってはいないが、教会はそう簡単に放擲《ほうてき》しない。それどころか未来永劫《えいごう》、その「事件」を記憶しつづけ、組織を挙げて行方を追跡しなければならない使命を負いつづけているにちがいない。

　牟田は愉快そうに「ははは、そういうことですな」と笑った。完全に攻守ところを変えたという雰囲気だ。ファルネーゼは浅見ばかりか牟田までがその件を知っていることに、かなりのショックを受けたようだ。

「確かに、シニョール・アサミの言ったとおり、七六年にカッラーラ郊外のヴァッリ湖で起きた事故死について、トリノの教会が警察の捜査に関与したことは事実です。それは、死亡した日本人に、重大な関心を抱いたからです。ヒロマサ・クゼなる人物は、その身体的特徴からいって、一九七三年に起きた忌まわしい犯罪の犯人の一人である可能性がありました。その犯罪がどのようなものであるかは、教会の威信に関わる問題であるので詳しく言うわけにいきませんが、調査の結果、その容疑はほぼ間違いないことが分かりました。彼の死後、ヒロマサ・クゼは本名であって、わが国には偽名で潜入していたことが明らかになり、このことをもってしても、ヒロマサ・クゼの容疑を裏付けるものであったと考えられたのです」

「なるほど、つまり久世氏は死亡したが、彼は犯行グループの一員にすぎず、教会にとって犯罪がすべて解決してはいなかったということですね。それで今回殺害された石渡氏に対しても重大な関心を抱いた……しかし、石渡氏は一九七三年当時は日本にいて、あなたの言う『忌まわしい犯罪』には参加できなかったはずですが」

「そのとおり。ただしイシワタが犯行グループと同じ系列の過激派組織にいた疑いはあったようです。イシワタは『犯罪』の翌年にイタリアに入国したのですが、日本の警察から、東京で発生したビル爆破事件に関係した疑いがあるから、その動静に気をつけろと依頼してきて、イタリア警察も彼を監視下に置いていた時期がありました。事実、教会としても犯行グループの連絡係として活動するのではないかと注目しました。事実、クゼが死んだ際の調査で以前からクゼとイシワタは行動を共にしていた形跡のあることを摑《つか》んで事情聴取をしましたが、具体的に事件に繫《つな》がるような証拠は出てきませんでした。それ以降、イシワタは美術留学生として、少なくとも表面上は平穏な生活態度を続けていたので警察は監視を解きました。しかし教会当局のコンピュータにはイシワタの名は継続調査の対象として記録されていたのです。もしそれがなければ、今回の事件に対して教会が関心を抱くことはなかったでしょう」

やはり教会の執念深さは三十年という長い時間をものともしないもののようだ。

「七三年に起きた問題の『犯罪』に直接関係した、久世氏以外の容疑者たちはその後どうなったのですか」

浅見は訊《き》いた。

「日本赤軍パリ事件およびハーグ仏大使館占拠事件というのをご存じですか。いずれも七四年に起きたのですが」

「知っています」

「彼らはその二つの事件に関わった後、ほとんどが中東に亡命して、消息を絶ちました。中にはすでに死亡した者もいるはずです。クゼがイタリアに残ったのは、目的を達成した後、出国するチャンスを狙っていたのではないかと考えられます」

「つまり、盗んだ聖骸布《せいがいふ》を持ち出すチャンスという意味ですか」

「聖骸布とは言っていません」

ファルネーゼは中空に視線を向け、まるで行ないすました修道士のようにシラッとした顔で言って、「ところで」と向き直った。

「イシワタの遺《のこ》したメモや通信記録にシニョール・ムタやシニョール・アサミ、そして『ヨイチロ』の名前があったことはすでに話しましたが、じつはその後、教会当局の資料を調べた結果、クゼが残したメモに『アサミ』の名前があったという記録が見つかりました。メモが書かれたのはクゼが事故死する直前といっていいタイミングでした。むろん二十七年前のことですから、あなたではないだろうけれど、あなたのお兄さんである可能性はある」

「そのとおりです。べつに隠す必要もないので話しますが、兄はヨーロッパ旅行の途中、カッラーラの大理石鉱山を見学してリストランテに立ち寄った時、久世氏に会って食事を奢《おご》ってもらったそうです。その数日後、お礼の電話をかけたところ、久世氏はすでに亡くなっていたという話を兄から聞きました」

「あなたの兄上は日本警察の幹部であるから、よもや犯罪に関係しているはずはありませんが、しかしそれにしても、クゼ、イシワタ両人のメモ類にシニョール・ムタとシニョール・アサミの名前が絡みあっているのは、とても偶然とは思えない奇妙な事実です」

ファルネーゼは聖職者とは思えない、意地悪で皮肉っぽい眼差《まなざ》しで浅見を見つめた。

「なるほど」と、牟田はようやく合点がいったと言わんばかりに大きく頷《うなず》いた。

「それで私と浅見さんを足留めしたというわけですな、ここまで入り組んでいては、私がイタリア警察でも同じ処遇をしますよ。浅見さん、こいつは相当に厄介なことになりそうですなあ。どうします？」

「覚悟を決めて対応するほかはないのでしょうね。しかし僕たちは何も悪事を働いたわけではないのですから、心配することはありませんよ」

「ふーん、何やらあなたには秘策でもありそうな口ぶりですな。まあ、こうなった原因の大半は私のせいだが、聖骸布のことをバラして、問題をこじれさせたという点であなたにも責任の一端がないこともない。ひとつ名探偵の腕を揮《ふる》って、なんとかこのピンチから逃れる方法を考えていただきたいものです」

「名探偵はともかく、僕としてもできるだけの手は打つつもりです。いずれにしても、ここは一番、イタリア警察に協力して、事件を解決するのが最善の方策でしょう」

二人の「被疑者」が勝手にお喋《しゃべ》りをしているので、グリマーニ警視は面白くないらしい。野瀬真抄子に「何を話しているのか?」と質問した。しかし真抄子が話の内容を伝え、最後に浅見が「イタリア警察に協力」すると言ったことを、やや誇大に説明したのでかなり好感を抱いたのだろう、ファルネーゼとしばらく小声で話し合っていたが、やがて合意をみたのか、立ち上がって敬礼した。

「ご協力を感謝します。いったん引き取っていただいてけっこう。さらに必要とあれば話を聴くことになるでしょう。当分のあいだどこへも出ないで待機していただきたい」

時刻はすでに昼近かった。

2

教会を立ち去りかけて、浅見はふと気になることを思いついた。グリマーニ警視と並んで扉の外まで出て見送っていたファルネーゼに、「ちょっと確認したいのですが」と言った。

「さっきあなたは、久世氏がカッラーラ郊外の湖で事故死したと言ったが、その事故とはどのようなことだったのでしょうか？」

ファルネーゼは怪訝《けげん》そうな顔になった。

「その件については、あなたは兄上に聞いて知っているのではなかったのですか？」

「いや、事故に遭ったことは聞いていますが、詳しい内容は知りません。大理石の採石場で働いていたというから、落石かダイナマイトの爆発事故か何かだと想像していたのですが、湖でというのがいささか気になりました」

「クゼの死因は溺死《できし》です」

「えっ……」

これは意外だった。

「ではあの、リストランテの前にある湖で溺死したのですか？」

「そのとおりですよ」

「しかし、どうして？……」

「理由ははっきりしないが、いずれにしてもヴァッリ湖の水没した廃屋の中で溺死していたことは事実です」

「廃屋の中？……」

浅見は通訳した野瀬真抄子に訊き返した。真抄子も不思議そうな顔で、「館《やかた》のような廃屋と言っているんですけど」と首を傾げ、もういちど詳しい状況を確かめている。ずいぶん長い話になった。

「分かりました、あの湖はダム湖で、渇水期などに湖底に沈んだ村の一部が顔を出すのだそうです。そういえばこのあいだも、教会の尖塔《せんとう》なんかが見えてましたね。久世氏がその教会の隣の館跡に入り込んでいた日にたまたま大雨が降って、ダムの急な増水で取り残されたみたいです。なぜそんなところに行ったのかは分からないそうです」

浅見の脳裏には、リストランテの窓から見た湖の風景が蘇《よみがえ》った。無機質な灰色の石造りの家々が、流されることもなく朽ちることもなく、湖底から姿を現している有り様は、さながら、恨みをのんで沈んだ村の亡霊のような佇《たたず》まいだった。

ヴィラ・オルシーニのリストランテに戻ると、優子夫人が待ちかねたように出迎えて、「すぐにランチを作りますね」と言った。四人の日本人客のためにオムライスを作ってくれるのだそうだ。「あ、それから浅見さんが地下室を見たいっておっしゃってたこと、父に伝えました」

「ほう、それで、どうでした？　やっぱりだめでしたか」

「いいえ、それがなぜかだめじゃないみたいです。あまりいい顔ではなかったけれど、『そうか』って言っただけで、だめとは言いませんでした」

そう言い残して厨房《ちゅうぼう》に入った。

ランチの支度ができるあいだに、真抄子は部屋に戻り、ヴァッリ・ダムについて調べたらしい。ランチの席で浅見にその結果をもたらした。

「ダムの完成は一九五三年です。でもその後問題が生じて貯水池のある部分を乾燥させる必要があり、一九七四年にいったん水を抜いたんですって」

「事故の二年前ですか……」と、浅見は念のために時系列表のメモを見た。聖骸布のテレビ撮影が行なわれたのは七三年。イギリスでフェルメールの絵が盗まれたのが七四年。日本赤軍パリ事件も、東京で三菱重工ビルが爆破されたのも、オランダのハーグでフランス大使館が占拠されたのも七四年だ。そしてその二年後の七六年に久世寛昌は「事故死」している。

「偶然であるにしても、なんだか不気味ですね。もしダムに問題がなければ、久世氏は水死しなかったわけです」

「妙な因縁ですなあ」

牟田までが怯《おび》えたような顔をした。隣にいる美恵夫人も不安そうな目を浅見とご亭主に代わる代わる向けている。その時、優子が料理を運んで来て、会話が中断した。

優子のオムライスは旨《うま》かった。オムライスは、お手伝いの須美子の得意料理だが、船に乗って以来、久しぶりのオムライスに、浅見は手放しで感激した。優子の話によると、イタリアの家庭料理にはオムライスというメニューはないらしい。「離れてみて分かったんですけど、日本て、いろんなことを考える文化なんですねえ」と、いまさらのように祖国を見直したようだ。

「ところで浅見さん、解決のめどは付きそうですか？」

食後のエスプレッソを啜《すす》りながら、牟田が言った。

「ええ、何とかなると思います。三十年も昔の出来事だし、外国で起きたことだからさっぱり雲を摑《つか》むような話でしたが、少しずつ雲が形を成してきたような気がします」

「というと、犯人が分かった？」

「ははは、まだそこまでは無理ですよ。何があったのかがおぼろげながら見えてきたということでしょうか。それに、いくつか確かめなければならないことがあるし」

「確かめるとは、何をです？　ここの地下室のことかな？」

「それもありますが、久世氏の事故死の真相にしても、水死だったことがついさっき分かったばかりです。もっと気になるのは、その時、久世氏は一人でいたのかどうか、なぜ水死したのかということです」

「えっ、なるほど、そうですな……確かに一人だったと決まったわけじゃありませんな。なるほど、さすがですなあ」

「そんなお褒めいただくようなことではありません。さっきその話が出た時に気づくべきだったのに、ここに戻ってから思いついたのですから」

「いやあ、それだって大したもんです。私など何も気にもしませんでしたよ。しかし、そのことが今回の石渡氏の事件と何か関係でもあるのでしょうかな？」

「分かりません。たぶん関係ないと思うのですが、気になったことは一応、調べたほうがいいでしょう。そういうわけで野瀬さん、申し訳ないけど、もう一度、教会まで付き合ってくれませんか」

「いいですよ」

「私も行ったほうがよろしいかな」

「いいえ、牟田さんはお休みになっていてください。奥さんも退屈なさっていらっしゃるのではありませんか」

美恵夫人を気遣った。

「わたくしは大丈夫ですよ」と夫人は手を振って言った。「主人にほっぽっておかれるのには、慣れっこですもの。でも主人などがお邪魔しては、浅見探偵さんのご迷惑でしょうから、どうぞ置いて行ってくださいましな」

「ははは、とうとう探偵にされてしまいましたね」

浅見が笑うと、夫人はうろたえたように、「あら、わたくしとしたことが、失礼……」と口を覆った。いつもおっとりした仕草で、どことなく少女のような稚気さえ感じさせる上品な彼女にも、そういう壊れるような瞬間があることに、浅見は親しみを覚えた。

午後一時まで待って教会へ向かった。イタリアの昼休みは長く、フィレンツェ市内では四時頃までシャッターを下ろす店もあるらしいが、警察官はそんなことはあるまい。そう思ったのだが、グリマーニ警視は聖堂の長椅子に長々と横たわって睡眠中だった。起こさないように足音を忍ばせて奥のドアをノックした。ファルネーゼのほうはさすがにそんなことはなく、例の会議室風の部屋で何か書類を調べていた。

「七六年に久世氏が水死した時、現場にはほかにも誰かいたのではないですか」

浅見がごくさり気なく切り出したのに対して、ファルネーゼは口を窄《すぼ》めるような驚きの表情を見せた。

「おお、まさにそのとおり、水死者は二名でしたが、あなたはなぜそう思ったのですか」

「特に理由はありません。何となくそんな気がしただけで、誰でも気がついて当然なことです。その人物はやはり日本人ですか」

「ノ、イタリア人です。記録によると当時三十二歳、シエナ在住の若い絵描きで、クゼも本来は画家だったそうだから、画家仲間としての付き合いだったと考えられます。どの程度政治的活動に関わっていたかは不明ですが、少なくともそれ以前に犯罪歴はありません」

「その人も久世氏と一緒に死んだのには、何か特別な理由があったのでしょうか」

「それは分かりません。こうしてほうぼうで教会の絵を描いていたことから推測すると、ヴァッリ湖に水没した教会の廃墟《はいきょ》をスケッチしようとして、そこに入り込み、不運にも奇禍に遭ったのかもしれない」

ファルネーゼは話しながら壁の絵を示した。いわゆる宗教画ではないけれど、宗教的な動機を思わせる真摯《しんし》なタッチの、けれんみのない清楚《せいそ》な感じの油絵である。

「すると、これはその人の作品ですか」

「そう、彼のアトリエにあったと伝えられています」

「それにしても、この絵がなぜここに？」

「遺族が寄付したのです」

「シエナやカッラーラの近くにはいくらでも教会はあるのではありませんか。こんな遠くの小さな教会に寄付したのはなぜでしょう？」

「この教会も描いているから、その縁でたまたまここに寄付したのではないでしょうか。遺族の意思がどうであったかなど、それ以上の詳しいことは知りません」

ファルネーゼは素っ気なく言って、「では仕事があるので」と立ち上がった。またぞろ聖骸布《せいがいふ》の話題でも持ち出されては迷惑だ——という印象を受けた。しかし、浅見と真抄子が部屋を出ようとした時、「シニョール・アサミ」と呼び止めた。

「いま、水死者は二人と言いましたが、現場にはもう一人、日本人がいました」

「えっ……」

真抄子の通訳を聞いて、浅見はギョッとして「もしかすると」と言った。

「その日本人とは、石渡氏のことですか？」

真抄子は一瞬、通訳を忘れるほど驚いたが、それを聞いたファルネーゼはほとんど動じずに、むしろ微笑を浮かべた。

「そのとおりです。あなたが名探偵であるという噂は信用できますね」

「事故の原因は何だったのでしょう？　何があったのですか？　石渡氏だけが死ななかったのはなぜなのでしょう？」

浅見が畳みかけて訊《き》くのには黙って首を横に振った。そこにはもう、巌《いわお》のような聖職者の顔があった。

聖堂を通り抜けようとすると、眠っていると思ったグリマーニ警視が「どうかね」と、牛のような声をかけてきた。

「ファルネーゼ氏に何を話したのかな？」

「大したことではありません、ヴァッリ湖で水死したもう一人の人物の話を聞いただけです」

「ん？　そんな話があったのか」

警視はムックリと起き上がった。「本官はそのことは聞いていない。クゼ以外にも殺された人物がいたのか」

「殺された？　久世氏は殺害されたのですか」

思わず強い口調で聞き返した。真抄子の通訳はトーンダウンして伝えたが、浅見の剣幕はむろん相手に通じた。グリマーニは（しまった――）という顔をしたが、すぐに老獪《ろうかい》な警視の顔に戻って「ん？　私はそんなことを言ったかな」ととぼけた。

しかし、警視が不用意に漏らした言葉は、久世の死が事件性を帯びたものであることを暴露したと受け止められる。リストランテのおやじは「事故死」と言っていたから、ひょっとすると警察は公式には事件として発表しなかったのかもしれない。もしそうだとすると、背景に教会の圧力や「口封じ」があったことは容易に想像できる。だから、もう一人の「死者」のことも警察の記録には残っていなかったのだろう。

「警察は教会に操られているのではないか」と、浅見はこれ以上はない皮肉を言った。真抄子が「そんなこと言って、憎まれても知りませんよ」と心配したが、「構わないから伝えてください」とけしかけた。

真抄子が懸念したとおり、グリマーニは鼻の頭に皺《しわ》を寄せて、不快感を露骨に示した。「まったく、教会の秘密主義にはついていけない」とボヤいたが、すぐに気を取り直したように「本官には関係のない三十年も昔の話だ」と言った。

「いや、二十七年前です」

「どっちでも大した違いはない」

警視は煩《うるさ》そうに言って、大きく伸びをして背を向けた。「三十年前と二十七年前では、たいへんな違いなんですけどね」という浅見の声は、ついに通訳されなかった。

3

午後二時に陽一郎から電話が入った。日本時間では午後十時である。まだ警察庁の執務室にいるらしい。「少し分かったことがあるから、伝える」と、何となく浮かない声で言いだした。遠距離通話は言葉と言葉のあいだに妙なタイムラグがあるので、まだるっこしいのだが、それとは違う、明らかに何か屈託した気配が感じ取れた。

「前にも話したように、私は二十歳の時にヨーロッパ旅行をしたのだが、その際、カッラーラで死んだ久世氏から品物を預かり、横浜市緑区の妹の家と思われるところに届けた。中身は指輪だったと記憶している。ほかに手紙類なども入っていたかもしれないが記憶がない。届け先の名前もすっかり忘れていたのだが、昨日、テレビで千葉県知事の堂本さんのニュースを観て、そういう名前だったことを思い出した。訪ねた家には二十五、六歳の女性がいて久世氏のことを『兄』と言っていた。堂本家は嫁ぎ先だが、ご亭主は亡くなったばかりだったな」

そこで話が途切れ、ずいぶん長い沈黙がつづいたから、浅見は電話が切れたのかと思って「兄さん」と声をかけた。

陽一郎は「ああ、それでだね」と、話の先をつづけた。

「今回、久世氏と堂本家の関係を洗い直す過程でいろいろ調べてみた。その結果、ちょっと気になることが出てきた。久世寛昌には修子《なおこ》という妹のほかに美恵という姉がいる。その当時すでに結婚していた。その嫁ぎ先なのだが……」

もったいぶっているわけではないのだろうが、陽一郎はまた話を中断した。少し苛《いら》立《だ》ちを覚えながら、浅見は（あっ――）と気がついた。

「兄さん、いま久世氏の姉の名前を『美恵』って言いましたか？」

「ああ、そう言ったよ、分かったかね」

「うん分かった、牟田夫人……牟田美恵さんですね」

息が弾むほど驚いた。（どういうことだ？――）と、この突発的な事実に対応すべく、脳の細胞をフル回転させた。

「これで、牟田氏が久世氏をバックアップしていた事情が納得できるだろう」

陽一郎はそう言った。

「そうですね。そうしてみると、今回のツアーで、カッラーラの大理石採石場などという、ふつうの日本人観光客が絶対に訪れそうにない場所を選んだのには、牟田夫妻の特別な想いがあったにちがいない。おそらくほかの仲間には気づかれないように努めていたのだろうけれど、そう言われて思い返すと、確かにそんな雰囲気はありましたよ。牟田夫妻にとっては、弟久世寛昌の鎮魂が旅の目的だったかもしれないな」

「それもあるだろうが」

「うん、分かりますよ。しかし、それだけではないということですね。なんだかとてつもない謀略の罠《わな》を仕掛けられたような気分がしてきたな」

「ははは、確か牟田氏は悪人ではないというのが、きみの直感ではなかったのか。それを撤回するのかね」

「いや、撤回はしないけど、考え方は変える必要があるかもしれないな。どうもありがとう、これでいろいろな謎が分かってきそうな気がします」

礼を言ってそそくさと電話を切ろうとすると、陽一郎は「待て」と制止した。

「いまの話は……」

「分かっています」

「そうか」

職務上知り得た情報は——などと言わなくても、これだけで通じる阿吽《あうん》の呼吸のようなものが、この兄弟にはある。

兄がもたらした「新事実」が、浅見の脳裏《のうり》で目まぐるしく動き回った。

ついさっきのランチタイムのテーブルでの情景が、ふいに蘇《よみがえ》った。牟田夫人が浅見のことを「探偵」と呼んで慌てて口を覆った。

まったくの不用意で、はしたないことを口走った——という様子に見えたのだが、なぜ、うろたえて口を押さえる必要があったのだろう。

あの時の様子を見るかぎり、あたかも浅見が探偵であると知っていたことを隠したかったとしか思えない。

（なぜだろう？——）

疑惑の霧がモヤモヤと形を成しそうで、なかなか見えてこないもどかしさに、浅見は体中が痒《かゆ》くなりそうな気分だった。

しかし、やがてその霧の中から一つの仮説が姿を現してきた。（そういうことだったのかも——）という程度の、あまりにも不確かすぎる推論だが、そこからさまざまな謎の糸口が辿《たど》れるかもしれない。

ドアがノックされて、開けると牟田老人が立っていた。たったいま、兄との話題に上っていただけに、浅見はドキリとした。しかし立ち聞きされたわけではなさそうだ。牟田はまったく他意のない口調で、「そろそろタイムリミットが近づいてきましたが、やはり出発は難しそうですかな」と言った。

「そうですね、無理かもしれません」

時計は二時十五分を回ったところだ。

「ぎりぎり午後四時頃に出れば、何とか船には間に合うと思いますがね……」

牟田は残念そうに首を振った。

「そうそう、さっきディーツラー氏と会ったので訊いたら、地下室を見せてくれるそうですよ。いま、ちょうど仕事中だから、よかったら行きませんか」

「もちろん行きます」

浅見は部屋を出た。二階をそのまま素通りしようとするので、「野瀬さんも連れて行かないでいいのですか?」と訊《き》いた。

「そうですな」

牟田は足を停めて、思案している。

「彼女を巻き込みたくないのでしょうか」

やや皮肉をこめたのを感じるのか、牟田はジロリと浅見を見た。

「いや、彼はフランス語を喋《しゃべ》るから、多少の意味は通じるのですよ。しかしまあ、声をかけますかな」

真抄子の部屋のドアをノックして、ドア越しに中と短いやり取りがあった。

「女性はすぐには出てこられないもののようですな」

牟田は振り向いて苦笑した。二人の男は手すりに凭《もた》れて三分間ほど待たされることになった。浅見が「奥さんはいいのですか」と訊いたのには、今度こそ断固とした口調で「家内はいい」と拒絶した。

真抄子は急いで口紅をさしてきたらしい。唇が淡い光を反射している。

地下室へ行く階段の辺りは、ずいぶん片づいている。暗くて陰気だった階段にも明かりが灯《とも》されていた。客を「招待」するためにハンスが気を遣ったのだろう。例の重そうな扉も開いていて、悲鳴のような音を聞くことはなかった。

地下の廊下は壁に金糸入りの壁紙が貼られるなど、驚くほどきれいに修復されている。かなりの手間隙《てまひま》をかけたにちがいない。もっとも、柱とコーニス（回り縁）の彫刻や天井画はバロック風の凝ったものだし、もともと華麗な装飾が施されていたことが分かる。これで廊下に絨毯《じゅうたん》でも敷けば、城館の雰囲気が醸しだされるだろう。地下室といえばワインセラーのような貯蔵庫か召使いの部屋なんかを想像するが、どうもそういうわけではないらしい。

「どうです、驚いたでしょう」

牟田はまるで少年のようないたずらっぽい目を、浅見と真抄子に交互に向けて、ニヤニヤ笑った。二人は声もなく頷《うなず》くばかりだ。

「さて、入りますかな」と牟田が扉の前に立ち止まった。アイボリーに塗られた扉は両開きで、それぞれのドアの中央にオルシーニ家の紋章と思われる熊《オルソ》をあしらったエンブレムが掲げられてある。

ドアをノックすると、少し間を置いて内側に開かれ、ハンスの草臥《くたび》れたような顔が出迎えた。はっきりしない愛想《あいそ》笑いを浮かべて、「どうぞ」というように右手を開いて、三人を招き入れた。

ハンスはふだんどおりの、作業衣のような粗末な服装だが、彼の背後の情景を見て、浅見はまたさらに驚かされた。まだ修復途上と見えて、部屋の隅には建材なども置かれているが、まさにバロック時代の貴族の部屋そのものである。さすがに地下だけに、それほどの広さはないが、補強材として使われた二本の柱は大理石だし、四辺の柱にも至るところに細かい彫刻が施されている。壁はたぶん布張りらしい。廊下と同じように金糸入りのアラベスク風の模様が描かれている。いくらもともとの素材がいいものだったにせよ、廃墟《はいきょ》に近かったという館《やかた》の部屋を、よくもまあここまで修復したものだと舌を巻いた。

ふと（貴賓室——）という名称が頭に浮かんだ。確かに、これぞまさしく「貴賓室」と呼ぶにふさわしい。

そして浅見の目は、正面の壁に架かった等身大の肖像画に釘付《くぎづ》けになった。タテ二メートル三、四十センチ・ヨコ一メートル二十センチほどの額に納まったその絵には、正面を向いて佇立《ちょりつ》する全裸の男性像——たぶんキリストと思われる——が描かれている。ただし宗教画のキリストのように美しくはない。浅見は絵画の技法に詳しいわけではないが、朦朧《もうろう》と霧の中から現れた亡霊のような、輪郭のはっきりしない描き方で、こんなのは初めてだ。髭面《ひげづら》はともかく、キリストの頭上につきものの丸い光背もないし、頬は瘦《や》せこけ、全体に生気が感じられない。目は大きく見開かれているけれど、まるで死者のように見える。

何よりも奇妙に思えたのはそのポーズだった。これまでの経験から、キリスト像として浅見が抱いているイメージは、磔刑《たっけい》のキリストを除けば、すべて人々を教え導くポーズを取っているものだが、このキリストは全裸のせいなのか、まるで陰部を隠すように両手を前で交差させている。（本当にキリスト像なのかな？——）と、自分の鑑賞眼に疑問を抱きたくなるような絵ではあった。

浅見の横にいる真抄子は、その絵を見た瞬間、かなりはっきり「あっ」と呟《つぶや》いた。浅見を振り向かせたその声も、驚きの横顔も、フィレンツェの国立修復研究所でドナテッロのキリストを見て、思わず感動の声を漏らした時とそっくりだった。

「いかがですかな？」

牟田老人は二人の驚く様子を、心地よさそうに眺めながら言った。

「あのォ、これ……」

真抄子がおずおずと言いかけて、しかし思い止《とど》まったように口を閉ざした。何を言いたかったのか、浅見は好奇の目で彼女の口許《くちもと》を見つづけたが、真抄子はそのまま視線を牟田から「キリスト像」に移した。

「どうです、浅見さんも気づかれたかな」

牟田は揶揄《やゆ》するような言い方をしている。しかし浅見にはその意味が飲み込めない。その戸惑いに気がついて、牟田は「あ、そうでしたな、ははは……」と笑った。

「浅見さんはご存じなかったたな」

「何がですか?」

浅見は訊いたが、牟田はあえて答えるつもりはないのか、ただニヤニヤ笑うばかりだ。しかしその時、真抄子が小声で「聖骸布《せいがいふ》ですよ」と囁《ささや》いた。

「えっ、これが?……」

「まさか……」と、真抄子は浅見の無知に当惑げに眉《まゆ》をひそめた。

「これは違いますけど、聖骸布を再現して描かれたものです」

さっき真抄子が言いかけたのはそのことだったようだ。

「ふーん、そうなのか、こういう絵なのですか。あまり古くないみたいだけれど、いつ頃描かれたものですかね?」

「たぶん……五十年も経っていないと思いますけど」

真抄子はハンスと、それに牟田にも「いいでしょうか?」というように会釈してから絵に近づいて、表面の絵の具の状態などを確かめて「そうですね、半世紀以内ですね」と専門家らしく断定した。

「最初に聖骸布の写真が撮られてその図像が広く知られるようになったのが一九三一年ですから、それから後であることは間違いないでしょうけど」

「作者は誰ですかね?」

真抄子は床近くまで屈《かが》み込んだ。

「サインはありません。こういう模写のような作品にはサインを入れないケースが多いみたいです。あるとすれば、カンバスの裏側でしょうか」

「じゃあ、芸術的価値はあまり高くないのですね」

「さあ、それは一概には言えないと思います。見る人の好みの問題もありますし。私は何となく魅《ひ》かれるものを感じますけど……どうなんでしょう?」

真抄子は牟田の判断を仰いだ。

「あなたが言ったとおりじゃないかな。芸術的価値なんてものは、見方によります。あのフェルメールだって、生前はほとんど顧みられなかった。模写だからという理由でこの絵を価値がないと思う人間もいるし、真抄子さんのように惚《ほ》れ込む人もいる。まあ、あなたの場合は絵そのものより、キリストに惚れているのでしょうがね」

「惚れるなんて、そんな……」

「ははは、冒瀆《ぼうとく》ですかな。これは失礼」

ハンスがフランス語で何か言った。牟田も「ダコール(わかった)」と頷いて、「そろそろ引き揚げてもらいたいようですよ」と二人を促した。

三人の客が出るのを追うようにハンスもドアのところまで来て、室内灯のスイッチを切った。

その時、何気なく部屋の中を振り返った浅見は、正面のキリスト像がほんの一瞬、狐火を思わせるかすかな青白い光を放ったような気がした。目の錯覚かと見直す目の前で、ドアが閉まった。

「いまのは……」と、浅見は牟田と真抄子の注意を喚起しようと思ったが、二人とも「?」という顔をしている。気がついたのは自分だけなのか、それともただの錯覚にすぎなかったのか——と思い、首をひと振りして、歩きだした。

4

玄関ホールに戻って、牟田は「やれやれ、ギックリ腰が再発しなきゃいいのだが」とため息をつき、背を反らせ腰を伸ばした。階段の昇り降りと立ちん坊だったのがこたえたようだ。

「私は少し休みますよ。警視が呼びに来たら待たせておいてください」

言い残して、ハンスと一緒に二階への階段を昇って行った。

「僕たちはおやつにしましょうか。リストランテへ行けば、優子さんが何かご馳走《ちそう》してくれるにちがいない」

浅見はおどけた口調で言って玄関を出た。真抄子は黙ってついて来た。何か考えごとをしている様子が気になる。浅見も胸のつかえのようなものを感じているところだ。

「浅見さん」と、真抄子は思い余ったように言った。

「さっきのキリスト像ですけど」

「えっ……」と浅見は驚いた。

「じゃあ、野瀬さんもそのことを考えていたんですか。怪人ではないかと」

「はァ？　何ですか、怪人て？……」

（いけない──）と気がついた。真抄子は例の「貴賓室の怪人」のことは何も知らないのだ。

「いや、なんだか怪しい雰囲気の人物像だって思ったものだから」

浅見は慌ててごまかして、「キリスト像がどうかしたのですか？」と問い返した。

「間違っているかもしれませんけど、もしかすると、あの絵の作者は、教会の絵の作者と同一人物ではないかって……タッチっていうか、誠実に描こうとしている真面目さっていうか、なんとなく相通じるところがあるような気がするんですよね。たぶん私の思い込みだとは思うんですけど」

真抄子は自信なさそうに否定しながら、しかし内心ではそう信じていることを思わせる言い方をしている。

「ほうっ……もしそうだとすると、久世氏とともにヴァッリ湖で死んだ人ですよ。名前は……あ、名前は聞いてませんね」

「教会の絵にはイニシャルがありました。少し遠くてはっきりしませんでしたけど、確か『A・D』のイニシャルだったように見えました」

「A・Dですか……まさかその『D』はディーツラーじゃないでしょうね」

「えっ、このヴィラのディーツラーさんですか？　まさか……でも分かりませんね。ご親戚《しんせき》だったりして。いずれにしても、オルシーニ家の時代のものでないことは確かです」

オルシーニ家がこの館《やかた》を手放したのは、少なくとも二世紀以上、昔のことらしい。

「あの絵はいつ頃からあるのかな？　ディーツラー家が買い取る以前からあったのでしょうかね？　それともハンスさんが持ち込んだのか……」

「それなら優子さんが知ってらっしゃるはずですわ。訊《き》いてみましょう」

優子はダイニングルームのメインテーブルの上で花を活《い》けていた。大きな陶器の花瓶にミモザの枝を五、六本投げ入れた大胆なものだが、生け花の心得があるのか、ちゃんと形になっている。

「明日が女性の日ですから」

日本の「母の日」や「父の日」同様、イタリアには「女性の日」というのがあって、その日はありとあらゆる女性がさまざまなサービスを享受できるのだそうだ。たとえば交通機関が無料になったりする。どの店へ行ってもミモザの花をプレゼントされる。

バジルは隣り町のメルカート（市場）に食材を仕入れに行っているそうだ。

生け花の手を休めて、優子は自分の分も含めてカプチーノを作ってくれた。「失敗作だけど、ケーキを焼いたの、食べてみていただけます？」と、パウンドケーキにクリームを塗ったものを出してきた。ヴェジタリアン料理の店だけに、カボチャをベースにして、香草をふんだんに使ったのだそうだ。確かに見栄えはよくないが、味はまあまあだった。浅見が正直に批評すると、優子は喜んだ。

「優子さんにお訊きすれば分かると思うんですけど」と真抄子が言った。

「お引っ越しの時、ハンスさんは大きな絵を運び入れました？」

「ええ、絵はかなり持って来ましたけど、大きいって、どのくらいですか？」

「タテが二メートル三、四十センチ以上、ヨコが一メートル二十センチくらいの額ですけど」

「えーっ、そんな大きい絵はありませんよ。せいぜいあの絵より少し大きいくらい」

展示してあるダニエラ嬢の、いちばん大きな絵を指さした。それより大きいというと五十号程度だろうか。

「でも、どうしてですか？」

不思議そうに訊く。真抄子は浅見と顔を見合わせて、同意を確認してから言った。

「じつは、地下室にその大きさの絵があったんです」

「へえーっ、ぜんぜん知りません。だったら私たちが来る前からそこにあったんですよ。そうなんですか、地下室に入ったんですか。父は何も言いませんでした？」

「ええ、ハンスさんに案内していただきましたから。地下室って、すごいわよ。まるで貴賓室みたいに豪華で」

「えっ、貴賓室？……」

　優子はギョッとして浅見を見た。浅見は素早く目配せを送って、その件は真抄子に話していないことを伝えた。

「その絵って、誰の作品なんですか？」

「ところが、サインがないの。もしかすると教会にある絵の作者と同じかもしれないって思ったんですけど」

「教会の絵っていうと、聖堂にあるマリア様を描いたフレスコ画ですか？」

「あれじゃなくて、奥の部屋に飾ってある、あ、あなたはご存じないのね。あちこちの教会を描いた絵なの。それにサインかどうかはっきりしないけど、『A・D』っていうイニシャルみたいなのが入ってました」

「ふーん、そんなのがあるんですか……」

「それで、A・Dに相当する名前は誰かご存じないかと思って。ほら、たとえばお宅のディーツラーさんもそうでしょう。ご親戚にどなたか絵描きさんがいらっしゃるのかって思ったんですけど」

「うちの親戚にはそんな立派な絵描きがいるなんて、聞いたことがありません。だけど、『D』のイニシャルだったらダニエラさんだってそうですよ」

壁に並んでいる絵を指さした。

「ああ、ファーストネームじゃなくて、ファミリーネームのほうだから」

「ファミリーネームもDですよ。ダニエラ・デ・ヴィータがフルネームですから、イニシャルは『D・D』ね」

「あら、そうなの……」

言われてあらためてサインを確認した。ひどく癖のあるサインだから、「ダニエラ」と聞いていなければ最初の「D」も識別できないくらいだ。ましてファミリーネームの「De Vita」など、まったく読めない。

「もしかすると、ダニエラさんのお父さんじゃないかしら。確か、お父さんも画家だって言ってたような気がします」

「えっ……でも、お父さんて、その方、ご存命なの？」

「ううん、ダニエラさんが生まれる直前に亡くなったって言ってました」

「亡くなった……二十七年前ですか？」

「ダニエラさんが二十七歳ですから、その頃でしょうね……あの、二十七年前ってどうして？」

怪訝《けげん》そうに見られて、真抄子は困ったように浅見に視線を送った。まるで浅見と真抄子のあいだに何か密約があって、優子には隠しているように思われかねない仕草だ。

「じつはですね」と浅見が言った。

「教会の絵の作者は、二十七年前に事故で亡くなっているのです」

「へえーっ、じゃあきっと、その人がダニエラさんのお父さんですよ。そうなんですか、その人の絵が地下室に……だったら、地下室にその絵を持ち込んだのは、もしかしてダニエラさんですかね？　まさか……」

言いながら、優子の表情は次第に深刻なものになっていった。ハンスとダニエラが地下室で密会している様子を想像したにちがいない。ハンスはピアと事実上、離婚しているのだそうだから、そういうこともありえないわけではない。

「いや、たぶんその絵は、ダニエラさんのお父さんが亡くなる前からそこにあったのだと思いますよ」

気まずくなった二人の女性に救いの手を差し伸べるように、浅見が言った。もっとも、だからといって「密会」の疑いがなくなるわけのものでもない。

「地下室にある絵も教会を描いた絵なんですか？　二メートル三、四十センチっていうとずいぶん大きいですけど」

優子が訊いた。

「いや、人物像です。モデルはたぶん、キリスト」

「えっ、イエス様ですか……でも、たぶんていうのは？」

「はっきり断言できない程度の、ぼんやりした描き方だからです」

「いいえ、あれは確かにキリストですよ」

真抄子がきつい言い方で断定した。「見ればすぐ分かると思いますけど」

「そうですよね、だけど、父はなぜ、家族には見せないのにみなさんには簡単にお見せしたのかしら？」

かなり不満そうだ。地下室がそんなにきれいになっていて、そんな立派な絵もあるというのに――という気持ちなのだろう。

「それは牟田さんのお陰でしょうね」

浅見が優子を慰めるように言うと、真抄子も頷《うなず》いた。

「たぶんそうだと思いますけど、でも、どうして牟田さんなら……という疑問は残りますよね。牟田さんとハンスさんは、単なるヴィラの経営者とお客さんという以外に、何か特別な繋《つな》がりがあるのかしら？」

真抄子が核心に触れそうなところまできていることに、浅見は危惧《きぐ》を感じた。それと同時に、優子が知らないほうがいい領域まで足を踏み入れそうなことにも警戒しなければならない。二人の女性にとって、すべてを知ってしまうことは必ずしも望ましい結果にはならないと、浅見は思っている。いまのところたがいの知識に食い違いと死角があるからいいけれど、そのままの状態で「事件」が解決してゆくものかどうか、気掛かりなことではあった。

「牟田さんにはそういうこと、あまり追及しないほうがいいでしょうね」

浅見はクギを刺しておいた。真抄子もそれには異論がなさそうだ。彼女は彼女なりに、敬愛すべき父親の親友である牟田について、触れてはいけないタブーの部分があることを感じているのだろう。

「さてと」と、浅見はちょっと年寄りじみた掛け声とともに腰を上げた。

「優子さんの仕事の邪魔をしてはいけませんね。そろそろ引き揚げましょうか」

二人がリストランテを出て、しばらく行った時、後ろから優子が声をかけてきた。

「浅見さん、ちょっといいですか？」と言っている。浅見は優子に何か意図のあることを察知して、真抄子に「お先にどうぞ」と言って引き返した。

「浅見さん、さっきのイエス様の絵のことですけど」

中に入るとすぐ、優子は切り出した。

「浅見さんはキリストをモデルにしたぼんやりした人物像っておっしゃったでしょう。野瀬さんは絶対にキリストだみたいに、はっきりおっしゃったけど、それって、どうしてなんですか？」

「僕は素人だし、信仰心もありませんから、見たまま、思ったままを言っただけです。キリストだと見ればそう思えないこともないけれど、光背もないし、全裸だし……」

「えっ、全裸なんですか？」

心なしか優子は赤くなった。

「イエス様なら、ふつうは腰に布を巻いているはずなのに」

「そう、しかしあの絵は全裸でした。もっとも、大事なところは両手で隠していましたけどね。十字架から下ろされたところだから、全裸なのだそうですが」

「じゃあ、そのイエス様は亡骸《なきがら》ですか？」

「そういうことなのでしょう。ただし目は大きく見開かれています」

「えーっ、それって、どういう？……」

次から次へと疑問が湧いてくるのを、優子は持て余したように首を振りながら、ふと思いついたのか、その自分の思いつきに嫌悪を感じたように、小声で言った。

「もしかして、それがあの『貴賓室の怪人』なんじゃありませんか？　さっき、野瀬さんが貴賓室みたいっておっしゃってたじゃないですか。そうですよ、きっとそうにちがいありませんよ……」

次第に声が上擦ってきた。浅見は唇に人指し指を立てて、黙って何度も頷いた。

「えっ、じゃあ、浅見さんも同じことを思ったんですか？」

掠《かす》れた声で言った。浅見もそれにトーンを合わせた。

「そう思ったことは事実です。しかし、本当のことは分からない。それに、その絵がもし『貴賓室の怪人』だとしても、例の警告文のようなものがどういう意味を持つのか、いったい誰が何のために書いたのか、まったく見当もつきません」

「それはそうですけど……」

「もっと重大なことがあります」と、浅見は表情を引き締めて言った。

「それらのことが、石渡氏が殺された事件と関わりがあるのかどうか──です」

「ああ、ほんと、そうですよね、そっちのほうがもっと心配だわ。いやだ……まさか父がその事件に関係してるってこと、ないでしょうね」

「それはないと思うけれど、いまのところ確かなことは何も言えません」

「そんな……不安になるようなことを言わないでくださいよ。万一、身内から殺人者が出るなんてことになったら、お腹の赤ちゃんが心配だわ」

「あ、おめでたですか？」

「ええ、十月の予定です」

「そうですか、それはいい」

今度は浅見が赤くなった。

「でも、おめでたいどころでなく、ほんとに心配です。こんなことなら、浅見さんにご相談するんじゃなかったかも……」

恨めしそうな目で見つめられて、浅見は弱り切って頭を掻《か》いた。

「大丈夫ですよ、終わりよければすべてよし――が僕のモットーですからね。きっと幸せな赤ちゃんが誕生しますよ」

「約束していただけるんですか？　ほんとにそうだといいんですけど」

縋《すが》るような優子の目を見ながら、浅見は深刻な責任感の重圧を覚えた。

第七章　十字架を背負った人々

1

浅見が階段を昇ってゆく足音を心待ちにしていたのか、二階を通過する時に野瀬真抄子がドアから顔を覗《のぞ》かせた。「浅見さん、ちょっといらして」と手招きしている。

部屋に入るとテーブルにパソコンが開いてあった。

「いま、聖骸布《せいがいふ》のこと、ネットで調べてみたんですけど、ご覧になって」

モニター画面にはキリストが十字架から下ろされ横たわった絵が出ていた。遺体を一枚の長い白布でサンドイッチするように包んでいる情景だ。下に敷かれた布を、頭の先で折り返して遺体の上を覆っている。その作業をする人は三人、脇で嘆き悲しむ女性が三人、さらに彼らの上には天国の雲に乗った聖人や天使が舞い降り、白布を広げてこちらに見せている。布の左半分には上から見た遺骸の姿が、右半分には背後から見た遺骸の姿が印《しる》されている。といっても、予《あらかじ》め遺骸であることを承知しているから判別できるのであって、何も知らなければ、ぼんやりした模様のように見えないこともない。しかしつまりこれが「聖骸布」ということだ。

解説文には、フィレンツェからの帰路、牟田と真抄子に聞いたのとほぼそっくり同じような聖骸布の基礎知識が書かれている。十字架から下ろされたイエス・キリストの遺体を包んだ亜麻布であること、一五七八年から北イタリアのトリノに保管されていたこと、一九三一年に公開され写真を撮ったこと。一九八八年に炭素14による年代測定の結果、聖骸布が中世のものと判明したこと等々。

次のページを開くと、聖骸布の実物写真が出ていた。火災による焼け焦げの痕《あと》が痛々しいが、中央に人物像がぼんやり浮かんで見える。

「これはポジの写真なんですけど、不思議なことに、ネガにすると映像がはっきりするんです。つまり聖骸布に浮き出た像はネガで、だから反転すると本来の像の姿になるというわけ。でも、なぜネガの状態で写ったのかが分からないんです。聖骸布が生まれた時代には、ネガっていう概念そのものがなかったはずですからね」

真抄子は解説を加えながら、さらに次のページに進んだ。なるほど、映像は白黒を反転したものだが、確かに彼女が言ったとおり、輪郭や立体的なイメージがはっきり浮き出ている。さらに顔の部分をアップすると、それが一段と明瞭《めいりょう》になった。面長で彫りの深い、いかにもキリストらしい人物像だ。

「ほら、これだとさっき地下室で見た絵とそっくりでしょう。あの絵がこの聖骸布をモデルにして描かれたっていうことがよく分かるでしょう」

真抄子は勢い込んで言う。もちろん地下室の絵は、これとは比較しようがないほど、濃淡もかたちもしっかりと描かれてはいるが、原型は確かに聖骸布の人物像だ。

「しかし、これはおかしいですね」

浅見は首をひねった。信仰と無縁だから、遠慮のないことが言える。

「布は遺体を包んだものですよね。だとすると布はそれぞれの面が体の横や後ろや、とにかくいろいろな部分に当たったところを写しそうなものじゃないですか。ところがこの映像はまるで投影したように、真正面と真後ろからの見たままが平面的に写っている。レントゲン写真みたいです。こんなことはありえませんよ」

言いながら、浅見は「レントゲン」という自分の言葉に、青白い光のような、引っかかるものを感じた。

「だからァ、それが奇蹟《きせき》なんじゃありませんか」と真抄子は力説する。「浅見さんはヴェロニカのヴェールってご存じ？」

「いや、知りません」

「キリストが十字架を背負ってゴルゴタの丘へ登ってゆく時、ヴェロニカっていう女性が群衆の中から走り出て、自分のヴェールでキリストの顔の汗を拭《ぬぐ》ったんです。そうしたら、キリストの顔がその布に写っていたっていうんですよ。そのヴェールは八世紀の初め頃から、ローマのサン・ピエトロ大聖堂に飾られていました。それくらいですもの、聖骸布が信じられても不思議はないでしょう」

「ああ、そういう意味でなら、まあ、ありうることですね」

「なんだか浅見さん、ぜんぜん信じてくれませんね。どうしてそんなに分からず屋なのかなあ。日本にだって奇蹟は沢山あるじゃないですか。たとえば、弘法大師《こうぼうだいし》が杖《つえ》を突き立てたら温泉が湧きだしたとか」

「ははは、そういうのは他愛がなくていいけれど、奇蹟品なるものを掲げて、信仰心を集めるなんていうのは、ちょっと詐欺みたいで納得できないなあ」

「さ、詐欺ですって……なんてひどい、そんなこと言ったら罰が当たりますよ。どうなったって知りませんから」

知性そのもののような野瀬真抄子が、慌てて十字を切って、幼稚なことを言いたてるのには驚かされる。「僕は聖骸布がインチキ臭いって言っているのであって、キリストをこき下ろしたりはしませんよ」とフォローしたのだが、真抄子には通じなかった。

ドアがノックされて、真抄子が「はーい」と走り寄って開けると、牟田老人が少し剽軽《ひょうきん》な顔をして佇《たたず》んでいた。脇には美恵夫人も笑顔《にぎ》を見せている。

「カミさんと散歩に出るところだが、なんだか賑やかそうな声が聞こえたもんでね、お客さんは浅見さんか。お邪魔でしたかな」

「いえ、いいんです、いまパソコンで聖骸布の資料をお見せしていたところ。でも、浅見さんはぜんぜん信じてくれないんですよね。張り合いがないったらありゃしない。牟田さんもご覧になりません？」

「そうですか、じゃあちょっとお寄りしますかな、ねえきみ」

夫人を伴って入って来た。真抄子が最初のページから開き直す。聖骸布のことなど牟田は熟知していることだが、夫人にとっては初めての知識だったようだ。老眼鏡を取り出して「へえーっ、これがそうなんですか、キリストのねえ……」と、食い入るように見入っている。

牟田美恵があの久世寛昌の姉であることを思うと、夫人の横顔を眺めながら、浅見は感慨を禁じえなかった。

「さっきご主人のお陰で、地下室に下りて、この聖骸布をモチーフにしたキリストの絵を見せてもらうことができました」

浅見が言いだすと、牟田は（余計なことを——）と言いたげに片頰を歪《ゆが》めた。しかし浅見は構わずにつづけた。

「その絵の作者と思われる絵描きさんは、われわれがこのあいだ行った、カッラーラの湖で亡くなったのだそうです。二十七年前のことです」

よほど驚いたにちがいない。夫人は日頃の嗜《たしな》みを忘れ、引きつるような声を発して振り向いた。牟田も「ほんとうかね、浅見さん」と、噛《か》みつきそうな顔になっている。

「たぶん間違いないと思います。もっとも、その件については野瀬さんからの受け売りですが、僕もそんな気がします」

「どうなの、真抄子さん？」

牟田の真剣な眼差《まなざ》しに、真抄子は戸惑いながら「ええ」と頷《うなず》いた。

「私の推測なんですけど、教会にあった絵とタッチだとか色の乗せ方だとか、何となく共通した印象を受けました。ただ、地下室の絵にはサインがありませんけど、教会の絵にはA・Dというサインがありました」

「A・D？……」

牟田夫妻は顔を見合わせた。拍子抜けした――という思いが、ありありと見て取れる。明らかに夫妻はキリスト像の画家が美恵夫人の弟・久世寛昌だと勘違いしたのだ。久世も画家であり、二十七年前ということとカッラーラの湖が符合すれば、勘違いが生じても当然だ。むろん浅見はそれを期待したのだが、真抄子は邪心がないから、夫妻の異常な驚きの意味が分からなかったにちがいない。

「さて、それじゃ散歩に出るかな」

「えっ……」

牟田が退路を求めるように言った。

「わたくし、少し疲れちゃいましたから、あなただけでいらして。でも、あまりあちこちお歩きにならないでね」

夫人はいまのショックでダメージをうけたのか、元気がない。

「なんだ、それじゃ、やめてお茶でも頂くかな。そうだお二人もどうです。家内は玉露を持参しているのだが。ねえきみ、お茶をいれて差し上げなさい」

「そうですわね、それがいいわね」

夫人はほっとしたように、顔色が蘇《よみがえ》った。四人が連なって、隣の牟田夫妻の部屋に移った。真抄子の部屋よりはるかにデラックスな、ヴィラ・オルシーニでもっとも広いスイートルームの一つである。浅見はまたしても「貴賓室の怪人」を連想した。

久しぶりに本格的ないれ方をした玉露は旨《うま》かった。「水がいいお水ですと、もっとおいしく頂けるのだけど」と夫人は謙遜《けんそん》する。ヨーロッパのミネラルウォーターでは味に深みが出ないのだそうだ。

「そうでしょうか、僕には十分すぎるくらいおいしいですけどね」と浅見が言い、真抄子も賛成した。「私なんかここ数年、本格的な日本のお茶にお目にかかったことありませんもの」と喜んでいる。

「それにしても、警察は何も言ってきませんな」と、牟田は時計を見た。チヴィタヴる。エッキアの「飛鳥」出港に間に合うための、出発のタイムリミットは刻々近づいてくる。

「まあよろしいじゃありませんの。もう一日のんびりできると思えば、かえってありがたいようなものですわよ」

夫人のほうが達観している。

「さっき浅見さんがおっしゃった、二十七年前に亡くなられた絵描きさんですけど、どちらのお国の方ですの？」

「イタリア人です。シエナの人だったそうですよ。確か三十代だったと思いますが」

「そう、まだお若かったのねえ……」

「しかし、久世さんのほうが少しお若かったはずです」

「えっ……」

またしても美恵夫人の表情が変わった。牟田老人はそういう夫人の動揺を、気づかわしそうに見つめている。浅見はそれに追い打ちをかけるように言った。

「その時、久世さんとイタリア人画家は一緒に行動していたと考えられます。警察の調べでは、二人はダム湖の中の廃墟《はいきょ》にいて、急な豪雨で増水した湖に取り残され、逃げ遅れたのではないかということでした」

「浅見さん……」と、牟田の声は震えた。

「あなた、なぜそんなことを？」

「なぜ知っているのかという意味でしたら、好奇心のしからしむるところ——とお答えするしかありませんが、目を見開いてアンテナを立てていると、いつの間にか自然に見えてくるものです」

「それで、何を知っているのかな？」

「いろいろ……と申し上げておきます」

「いろいろ、とは？」

「そうですね、沢山の事実……たとえば東大紛争のことや三菱重工ビルの爆破事件等々。ただし、それでイタリア警察を刺激して、痛くもない腹を探られるようなことはしません。いくらトスカーナが快適だからといって、一日二日ならいいですが、それ以上の長期滞在になるのは困りますから」

「目的は、目的は何なのです？」

浅見を睨《にら》みつける牟田の表情がひどく険しくなった。明らかにそれは、恐喝者を忌む目であった。夫人も真抄子も、固唾《かたず》を呑《の》むように体を硬直させて、男二人の対決を見つめている。浅見はその極度に緊張した雰囲気を破壊するように、にっこり笑った。

「僕の目的は一つ、何事もなくこの地を後にして、飛鳥に戻ることです。それ以外には何の望みもありません」

「ご心配なく――」という目で、牟田の視線に応《こた》えた。牟田は「そう、そうですか……」とばつが悪そうに目を伏せた。

美恵夫人は辛《つら》そうに大きく吐息をついた。いまの緊迫したやりとりが堪《こた》えたようだ。

「少し休んだ方がいいね」

牟田がいたわるように言って、「また真抄子さんの部屋へ移りますか」と若い二人を促した。

部屋を移るとすぐ、牟田は「いまのことですがね」と話を継いだ。

「浅見さんはいとも簡単に言うが、しかし、石渡氏の事件がおいそれと解決するとは思えませんな」

「それは解決の仕方によるのではないでしょうか」

「ほう、解決の仕方にもいろいろありますかな？」

「ええ、単純に犯人を挙げればいいというのでしたら簡単ですが、それは必ずしも望ましい結果とは言えません」

「ん？　犯人を挙げるって、浅見さん、その言い方だと、なんだか犯人が分かっているように聞こえるが」

牟田と真抄子は驚いて、射るような視線を浅見に向けた。

「断定はしませんが、おおよその見当はついています。しかし、警察や教会にとって、殺人事件の犯人が誰かなど、本当はどうでもいいことで、彼らの真の目的は別のところにあるような気がします。どうせ殺されたのは日本人だし、石渡氏が過去に犯した罪を考えれば、迷惑な存在が消えたぐらいにしか思っていないのかもしれません」

「警察の真の目的って、何ですの？」

真抄子が訊《き》いた。

「それはまだ言えませんが、われわれがそれに対する回答を与えてやれば、文句はないはずですよ。彼らが満足してわれわれが気分よく出発できて、しかも誰も傷つく人がいなければ、それに越したことはない。終わりよければすべてよしではないでしょうか」

「ふーん、どういうことか私にはさっぱり分からないが、浅見さんがそこまで言うのは、よほどの自信があると考えてよろしいのでしょうな」

「ええ、何もなしに大言壮語を吐くほど、軽率な人間ではありません」

「しかしねえ、たった二日や三日で、この厄介な事件を解決して、しかも終わりがいいなんてことができるものですかなあ。もしそんな芸当がやってのけられたら、私は賞金を出しても惜しくありませんよ」

「本当ですか？　賞金を頂けますか？」

「ん？　ああ、いいですとも。こっちはフェルメールの偽物を買うつもりでしたからな。気分よくフィナーレが迎えられたら、惜しみなく拍手するし、賞金も出しますよ。お望みの金額を言ってみてください」

「本当にいいんですかねえ……じつは僕には借金がありまして、与えられた役割を果たせそうにないので、その借金を返さなければならないのです」

「与えられた役割とは？」

「それは言えません。依頼主の秘密は厳守しなければなりませんから」

「なるほど。それで金額は？」

「約三百万」

「はあ、それっぽっちですか」

「それっぽっちって……僕にとっては大金ですよ」

「どうでもいいことだが、何でそんな借金をしたのです？」

「世界一周の船賃です」

浅見は照れくさそうに頭を掻《か》いた。真抄子は呆《あき》れたように二人の男を眺めている。

2

午後五時を過ぎてもグリマーニ警視からは何の連絡も入ってこない。飛鳥の花岡チーフ・パーサーから「その後、いかがですか？」と問い合わせが来たが、答えようにも、警察の出方が分からないので返事もできない。花岡は牟田にも訊いたのだが「浅見さんに訊いてくれ」と言われたそうだ。

「たぶんもう二泊することになるでしょう。どうぞご心配なく予定どおり出航してください。飛行機は警察が手配してくれることになってますから、マルタ島で追いつきます」

そう言っておいた。バジル・優子夫妻にもその旨を告げて、夕食と、それに三つの部屋を確保しておいてくれるように頼んだ。「大丈夫ですよ、当分ガラガラですから」と、優子は笑っていた。

それから浅見は野瀬真抄子の部屋に内線電話をかけた。

「ハンスさんと三人で話し合いをしたいのですが」

「いますぐですか？」

「できれば食事前にすませてしまいたいのです。いまならバジルさんも優子さんも、厨房《ちゅうぼう》から手が放せないでしょう」

「つまり、そのお二人には内緒でっていうことですね。私はいいですけど、何かあるのですか？」

「会ってからの展開次第で、どういう話になるか分かりません」

真抄子は要領を得ないまま、それでも手配して、ハンスと地下室で会う手筈《てはず》を整えてくれた。要領を得ないのはハンスも同様以上だから、二人を迎えた顔はあまり機嫌よさそうではなかった。

「この絵のことを訊きたいのですが」と、浅見はすぐに切り出した。

「ディーツラーさんがこの館《やかた》に来る前から、この絵はあったのでしょうか？」

「ああ、そうですよ」

「しかし、隠されていたのですね」

「そのとおりです。この絵の前にはベニヤ板で作った壁がありました。しかもこの部屋はもちろん、地下そのものが埋まるほどガラクタやゴミが積み上げられていた。そういう状態で何十年も経って、ヘビやトカゲが棲《す》む廃墟《はいきょ》のようになっていたから、誰も足を踏み入れようとはしなかったのです」

「それじゃ、この絵を発見した時は驚いたでしょう」

「それは驚きましたよ。値打ちのあるものかどうかは分からなかったが、キリストの絵ですからね、とにかく放っておくわけにはいかないと思いました」

「部屋の修復作業は、この状態で行なわれたのでしょうか。それともいったん壁から額を外して行なったのでしょうか？」

「このままの状態で修復しましたよ。描かれている神聖なキリスト像を傷つけたくなかった。壁から剝《は》がすと、額も絵も損傷するおそれがありましたからね」

「野瀬さん」と浅見は真抄子に「どうですかね、額を剝がした形跡はありませんか」と尋ねた。真抄子は（どうしよう――）と、ハンスの表情を気にしながら絵に近づいて、額縁と壁の接点を確かめた。

「最初からどうだったかははっきり分かりませんが、少なくともいまは、分厚い壁布に埋め込まれた状態になっています」

「そうですか」と、浅見はいくぶん愁眉《しゅうび》を開いた気持ちがして、あらためてハンスへの質問をつづけた。

「ディーツラーさんはヴィラ・オルシーニを買う前から、この絵の存在を予《あらかじ》め知っていたのではありませんか」

その質問にはハンスより先に、真抄子のほうが目を丸くした。

「そんなこと言っていいんですか？　気を悪くされませんか」

浅見が自信たっぷりに「いいのです、訊いてください」と言っても、オズオズと仕方なさそうに訊いている。

「いや、知りませんでしたよ。なぜそんなことを言うのですか？」

案の定、ハンスは鼻白んだ様子だ。浅見はお構いなしにつづけた。

「ディーツラーさんは久世さんをご存じですよね。ヒロマサ・クゼです。パリかスイスでお会いになったはずですが」

「いや、そういう人は知らないし、もちろん会ったこともありませんよ」

「では、デ・ヴィータさんはご存じでしょう。ダニエラさんのお父さんです」

ハンスは「ノ……」と首を振ったが、明らかに動揺の色を隠せない。

浅見は真摯《しんし》な思いを込めて言った。その思いごと、真抄子がストレートに通訳してくれることを願った。

「あなたも、あなたの家族も、そしてわれわれも、いまはきわめて難しい立場に置かれています。石渡という人物が殺害されたことを契機に、警察とヴァチカンは重大な情報を入手したと考えなければなりません。彼らはその情報の成果を上げるまで、当分のあいだここを去ろうとしないでしょう。彼らを引き揚げさせるには、それなりのお土産を持たせてやる必要があります。逆に言えば、そのお土産を持たせることと引き換えに、すべての事件を闇から闇に葬り去ることが可能です。そのためには、あなたにもぜひ協力していただきたいのです」

途中を何度にも区切って言った。真抄子も話の内容を伝えるのに苦労していた。ハンスは頷《うなず》きながら聞いていたが、最後に煩《うるさ》そうに首を振った。

「協力しろといっても、いったい何をすればいいのかね？ わしには難しいことは分からないのだが」

「何も難しい問題はありません。ただ正直に話してくだされば、それで十分です」

「だから、何を話せと言うのか」

「久世氏や石渡氏との関係を教えてください」

ハンス・ペーター・ディーツラーの消耗しきった顔は、いっそう青白くなった。彼の内面の葛藤《かっとう》が手に取るように分かる。この得体の知れぬ日本人をどう扱ったらいいものか思案しているにちがいない。

「そろそろディナーの時間が近づいてきました。優子さんが探しに来るといけないので、いまはここまでにしましょう。しかし、われわれにも時間がありません。今夜は泊めていただくとしても、明日は出発したいと思っています。明日の朝までには結論を出しておいてください。そうして真実を話してくださることを期待しております」

話をそこでいったん区切って、真抄子が通訳を終えるのを待った。ハンスはいいとも否とも言わず、曖昧《あいまい》に頷いた。しかし浅見はすぐには立ち去ることをしなかった。

「それからもう一つご忠告したいことがあります」

「？………」

ハンスも、ドアへ向かいかけた真抄子も、動きを止めて浅見の顔を見た。

「この部屋に長い時間閉じ籠《こ》もって、仕事をしているのは、危険な感じがします。あなたの体調が優れないのは、この部屋のせい……というより、あの絵が原因ではないかと思います。いちど調べてもらったほうがいいのではないでしょうか」

それだけ言い、真抄子がハンスに伝え終えると、浅見はようやく回れ右をした。

「浅見さん、いまの最後の忠告みたいの、あれはどういう意味ですか？　キリストの絵が病気の原因みたいなことおっしゃって」

玄関ホールへの階段を上りながら、真抄子が小声で訊《き》いた。

「昨日、ピアさんをお見舞いに行った時に、ハンスさんの体調が悪いという話をしていたのです。白血球が異常に増加しているということでした」

「えっ……じゃあ、それがあの部屋のあの絵のせいなんですか？」

「根拠はありません、単なる勘です。僕は医学の知識も、それ以前に科学的知識もまるっきり貧弱ですからね、完全な当てずっぽうですよ。ただ、あなたと牟田さんから聞いた話の中で、聖骸布《せいがいふ》がダ・ヴィンチの作品で、像を描いた方法がいまだに解明されていない、放射線で焼き付けたという説もあるくらいだというのがありましたよね。それと、聖骸布が銀の箱に納められていたという話ですが、じつは鉛の箱だったのではないか、聖骸布がクリスタルガラス、つまり鉛ガラスのケースに入れてあったというのも、放射線の遮蔽《しゃへい》効果を考えたからではなかったのか、だとすると聖骸布の像は放射線で焼き付けられたのじゃないか、いまでも放射能が出ているのじゃないか——などと思ったのです。その時代に放射性物質なんて知識はなかったでしょうが、経験的に鉛や鉛ガラスが毒性を遮断すると知っていた可能性はあったかもしれない。そもそもそんなことが現実にありえるものなのかどうかも知りませんが、何しろ作者がダ・ヴィンチなんですから、いかにもやりそうな感じがしませんか」

「あ……」と、真抄子は口を丸く開けた。

「そういえば、ダ・ヴィンチが最も活躍したミラノの北東には、ノヴァッツァという有名なウラン産出地があるんだわ……」

「ほうっ……」

「だけど、地下室にあるあの絵は、聖骸布をモチーフに描いた、ただの油絵じゃありませんか。ダ・ヴィンチとは関係ないわ」

「ははは、そうでしたね。しかし、あの怪しい姿を眺めていると、それだけで気分も体調もおかしくなりそうですよ」

浅見は笑ってはぐらかし、さっき、あの部屋で青白い光を見たと思った――とは言わなかった。あれは幻覚にすぎなかったのかもしれないし、これ以上妙なことを言うとヘンな人と思われかねない。

「最後の晩餐《ばんさん》」はヴェジタリアン料理のコースになった。テーブルにはハンスも参加した。ワインで乾杯して、表面上は陽気そうに振る舞っているが、誰もがそれぞれに屈託した思いを抱えているはずである。コースが進み、ラストメニューになると、牟田が厨房《ちゅうぼう》にいたバジルと「お運び」をしていた優子をテーブルに招いて、あらためて乾杯をした。最初からずっとおとなしかったハンスも、アルコールが入って、少し気分が昂揚《こうよう》し、舌の動きも滑らかになってきた。

宴たけなわの頃、突然、「シニョール・アサミ」とハンスが言いだした。

「あなたは日本のポアロのような名探偵だそうですね」

「とんでもない、僕はただのルポライターですよ」

真抄子は「ルポライター」を「ジャーナリスト」と訳して伝えた。「おお、ジョルナリスタか」とハンスは感服している。「クラーク・ケントのように、ある時はジャーナリスト、ある時はスーパーマンとして、日夜、正義のために活躍するのか」

「いや、僕はどちらかというと『ローマの休日』の怠け者の新聞記者のほうが合っていると思います」

「ノ、ノ、そうではない、あなたはまぎれもなく勤勉なジャーナリストであり、名探偵である。わしには分かる。しかも頭がいいだけでなく、あなたには心がある。あなたにはキリストのような寛大さを感じる。たとえ殺人を犯した者であっても、あなたになら捕まってもいいと思うにちがいない」

キリストの名が出て、真抄子は困った顔をした。信仰心がなくて、キリストの神聖を冒瀆《ぼうとく》することを平気で言う浅見のことを「キリストのよう」と表現するのに、かなり抵抗を抱いたようだ。浅見自身もこれには参った。そんなふうに買い被《かぶ》って、いったいハンスが何を言いだすのか、不安になった。「捕まってもいい」というのは、まさか自分のことではないと思うのだが——この「公開」の席で洗いざらい暴露してしまうのは、あまりいいことではない。

牟田老人もハンスと浅見のあいだで、自分の知らないあいだに何か重大な話し合いがあったことを察知して、複雑な顔つきをしている。ハンスが何を言いだすのかを恐れているようにも見えた。

しかし、ハンスはそれっきり黙った。そうしてみると、饒舌《じょうぜつ》だったのは単に酔いのせいで見境がなくなったわけではなく、しっかりした考えを持った上での発言なのだろう。

時間が経過して、まず美恵夫人が「私はお先に失礼しますよ」と席を立った。牟田も行きかけたが、ハンスが「ムッシュ・ムタ」とフランス語で呼び止めて、「後で話があるので、ここに戻って来てほしい」と言った。「ウイ、なるべく早く戻る」と、牟田は気掛かりな様子を見せて立ち去った。

「私たちはどうなのかしら？」

真抄子が浅見とハンスの顔色を、交互に窺《うかが》った。浅見はわざとらしく「では、僕たちもそろそろ」と腰を上げた。すかさずハンスは「ノ、ノ」と人指し指を左右に振った。

「あなた方にもぜひ残っていただきたい。ただし確かめておきたい、真抄子さんは秘密を守ることができますか？」

「もちろんですよ、失礼だわ」

「おお、失礼した。女性はヒバリのようにおしゃべりですからな」

真抄子は浅見に「ヒバリですって、もっと失礼だわ」と憤慨してみせた。

「私たちも一緒にいたほうがいいの？」

優子がバジルに訊き、バジルが父親に尋ねた。

「いや、おまえたちはいないほうがいい」

不満げな優子に、真抄子が「大丈夫よ、後でおしゃべりなヒバリがお話ししてあげるから」と言った。

牟田が戻って来たのを汐《しお》に、バジルと優子は厨房のほうに去った。ハンスは牟田にフランス語で何か話しかけ、顔を寄せるようにして話し込んでいる。真抄子が浅見の耳元で、「さっき浅見さんが、ハンスさんに言ったことや、どの範囲まで話していいか、確かめているみたい」と囁《ささや》いた。真抄子はフランス語も多少は話せるそうだ。

二人のほうに向き直った牟田が、皮肉交じりの口調で、「なるほど、浅見さんは名探偵ですな」と言った。

「地下室でかなり手厳しく追い詰められたとみえ、ディーツラー氏はすっかり観念したみたいですよ。私もあなたのお手並みを拝見したいので、お話しできる範囲のことは話しましょう。しかし何もかもというわけにはいかない。裁判でも証人自身の不利になるようなことは、たとえそれが事実であっても証言を拒否できるそうですからな」

「ありがとうございます、それで結構です。その先のことは僕が補足して推理すればいいのですから」

「ほう、そう言うからには、補足説明ができるという自信があるわけですかな」

「ええ、たぶん」

浅見は言い切った。

「ふーん、もはや何があったのかを、すべて見通したような口ぶりですな。それでは、われわれの証言など通過儀礼のように無意味なのではありませんかな」

「いえ無意味ではありません。話していただいた範囲で警察とそれにヴァチカンの捜査に協力したいと思っているのです。その範囲を超えて、お二人の意に添わないところまで強引に掘り起こしたり、引っかき回したりしたくありませんから」

「そうですか……いや、敬服しました。ディーツラー氏があなたに惚《ほ》れ込んだのもよく分かる。それでは何を話せばいいのか、あなたのほうから『尋問』を始めてください」

牟田はそう言うと、ハンスと並ぶ椅子に、まるで被告のように座り直した。

3

ハンスは一九六八年から六九年にかけての、パリのカルティエ・ラタンであった「五月革命」とその後の出来事の話はあまりしたくないと言った。「若気の至りだそうですよ」と牟田は笑ったが、傷害事件のようなことがあったらしい。まだ二十代で十分に若く、正義感というより、何か精神を発揚させる対象がないかを、貪欲《どんよく》に模索している年代だ。人間の生涯の中には、消してしまいたいほど自己嫌悪に陥る歴史の一つや二つは、必ずある。ハンス・ペーター・ディーツラーにとってはカルティエ・ラタンのその時代がそうだったということなのだろう。

ハンスの父親は息子に家業を継がせたかったらしい。しかし当のハンスは画家としての才能を恃《たの》んでパリに出奔した。だが世界から集まった俊英を相手にして、すぐに自分の限界を悟った。いまさら父親の元に帰るわけにもいかずくすぶっているうちに、次第に生活もすさみ、政治活動に傾斜していった。

そのパリで彼は「久世」という日本人画学生と出会った。久世もまた日本での学生運動に情熱を燃やし挫折、東大紛争の安田講堂攻防戦をめぐる傷害事件の容疑で警察に追われる身であった。ハンスの場合は、それこそ若気の至りのような軽いノリでの政治運動だったが、久世は違った。

アイルランドもそうだが、日本は島国で、日頃は温和だが、何かことが起こると真剣に一途《いちず》になりやすい国民性なのではないか——とハンスは分析した。ハンスと久世とは絵画を通じて心の交流はあったが、こと政治問題となると久世の過激さには、ハンスはついてゆけなかった。もともとスイス人というのは理想主義者というより、現実主義者なのだと、ハンスは自嘲《じちょう》ぎみに解説した。

これはすでに陽一郎から聞いて知っていることだが、久世には姉と妹がいて、姉と結婚したのが牟田広和だった。老舗《しにせ》の画商の三代目で若手画家の英才を積極的にバックアップしていた。とくに久世は義理の弟ということもあって東大紛争の後始末やら渡欧費用やらでよく面倒を見た。パリにも来て、一週間ほどの滞在期間中、ハンスと久世を何回か食事に招待した。「将来の日本画壇を背負う逸材だ」と久世の画才を買っていて、彼が暴走しないようくれぐれもよろしくと、ハンスに頼んで帰った。

しかし、久世にとってはその牟田の好意がかえって重荷だったようだ。姉との義理に縛られるのが苦痛——と漏らしていた。そうして、久世は間もなく日本赤軍のメンバーと付き合い始めるようになって、きわめて危険な兆候が見えてきた。ハンスは久世に深入りするなと忠告したが、久世の暴走を止めることはできなかった。ハンスの身辺にもカルティエ・ラタンのデモの際の警官に対する暴力行為を追及する動きが出てきて、取る物も取りあえずスイスへ引き揚げることになった。別れる時、ハンスは久世に「何かあったらスイスに逃げてこい」と伝えた。

一九七三年——久世が突然、スイスのディーツラー家を訪ねて来た。ハンスはすでにピアと結婚してバジルという男の子にも恵まれ、父親の工場を手伝っていた。久世は相変わらずで、日本赤軍のメンバーとして何か企てている様子だった。詳しいことは打ち明けなかったが、これからイタリアに入ると言う。「トリノで面白いことが起きる」とだけ言って立ち去った。

それから間もなく、トリノで聖骸布《せいがいふ》のテレビ撮影が行なわれたというニュースがあって、聖骸布の信憑性《しんぴょうせい》についての話題で、一時期、スイスのマスコミも盛り上がった。その時、ハンスは、何となく不吉な予感を抱いた。

そしてその翌年、久世がまた突然、ハンスを訪ねて来て、石渡という日本人青年を紹介した。石渡も久世と同様に、日本で何か事件を起こして逃げて来たという。久世は石渡を「天才だ」と褒めた。牟田がバックアップしているから間違いないのだそうだ。手持ちの作品を見ると、確かに異常な才能のひらめきを感じたが、ハンスは彼を人間的に好きになれないタイプだと思った。

その時の久世は異様に窶《やつ》れていた。「いまのわしのようにな」と、ハンスは話の途中で苦笑した。

久世にどうしたのかと訊《き》くと、トスカーナのカッシアーナ・アルタにある「ヴィラ・オルシーニ」という貴族の館《やかた》で、仲間二人と半年ばかり暮らしていたのだそうだ。「そこはその館の貴賓室だった部屋らしい。貴賓室といってもいまは廃墟《はいきょ》の穴蔵のようなもので、あまり快適ではなかった。食い物は不自由なかったつもりだが、三人とも僕みたいに痩《や》せてしまったから、たぶんストレスのせいだろう」と久世は笑った。

ハンスは久世に、トリノで何をやったのか訊いた。「ニュースを見ただろう」と久世は言った。スイスでもニュースになるほどの事件といえば、聖骸布のこと以外には考えられなかった。ハンスが驚いて「聖骸布か？」と訊くと、久世はチラッと石渡を見て頷《うなず》き「すり替えておいた」とだけ言った。そのちょっとした仕草で、彼が必ずしも石渡に気を許しているわけではないことが分かった。それは若い石渡を事件に巻き込むことを懸念したというより、信頼するに足る人物かどうかを危ぶむように見えた。もっとも、その時点では石渡は聖骸布の知識がなかったらしい。二人の会話にあまり反応を見せなかった。

トリノの事件のほとぼりが冷めるまで、久世たちはカッシアーナ・アルタの古い館に潜伏していたということだ。しかし、そのうちに村の連中に怪しまれて、ヴィラ・

オルシーニから逃げ出した。リーダーの判断で三人は別行動を取った。久世はスイスへ向かったのだが、その途中、ミラノで石渡と落ち合った。彼のアパートで牟田の仕送りを受けながらしばらく潜伏した後、ここに来たという話だ。

面窶れはしているものの、気概は相変わらずだった久世だが、ハンスが「カッシアーナ・アルタにいた二人の仲間はどうなった」と訊くと急に暗い顔になった。

仲間の一人はリーダーの堂本という日本人で、「ハーグ事件の仲間と合流する」と言って離れて行った。その後、中東で堂本と会ったという人物からの情報によると、彼はひどく衰弱していて、「最期は日本で迎えたい」と言っていたそうだ。仲間のもう一人はイタリア人の若い画家で、なんと、イタリア・マスコミ界の大立者の息子だという。聖骸布のすり替えは彼がいたからこそ可能だった。一時期、そういう親や体制に疑問を感じて、過激な思想に染まったが、ヴィラ・オルシーニでの暮らしの中で思想的に変質して、親元に戻った。いまはほとんど教会に奉仕するだけの日々を送っている――。

「その人がデ・ヴィータさんですね？」

浅見が言った。「あんた、そんなことも知ってるのかね」と牟田は驚いたが、ハンスは頷いて、「さっき地下室であんたがその名前を言った時、子供の頃、母親に殴られたのより、もっとショックだったよ」と笑った。

ハンスが「デ・ヴィータは裏切ったのか」と訊くと、久世は「いやそうではない」と否定した。

「彼が親元に戻って三ヵ月経つが、いまだに黙秘をつづけている。ヴィラ・オルシーニのことも何も話していないようだ」

「ヴィラ・オルシーニの地下室で半年ものあいだ何をしていたのだ」

「おれと堂本は、聖骸布を脅しの材料に教会を恐喝する方法を考えることと、当座の資金稼ぎに奔走していた。しかし間もなく、聖骸布が体制側に打撃を与えることはもちろん、カネにもならないことを悟ることになった。要するに教会側は、公式にも非公式にも、聖骸布のすり替えや盗難など、まったくなかったこととして表面上を取り繕いながら、水面下で密《ひそ》かに奪回の探索をつづけている。交渉の場に引きずり出そうにも、相手にしてくれないのだよ。キリスト教二千年の歴史を前にしては、おれたちなんか赤子同然だな」

久世は自嘲して、「おれはいっそのこと聖骸布を燃やしてしまおうと思ったが、デ・ヴィータは聖骸布を冒瀆《ぼうとく》することだけは許さないと、その線だけは一歩も譲らなかった。とどのつまりは彼は敬虔《けいけん》なキリスト教徒で、おれたちとは住む世界が違っていたのだな。ヴィラ・オルシーニに入ってからは、修道士のように絵ばかり描いていた。聖骸布を模写するのではなく、同じ大きさの、死んだキリストの絵だ。朦朧《もうろう》として幽霊のような不気味なタッチの絵だったが、しかし生きていて、いまにも動き出しそうに見える不思議なキリスト像だった。フランス語では何と言うのか知らないが、おれと堂本はそれを『……の絵』と呼んでいた」

ハンスは久世が言ったという『……』の部分を思い出せなかったのだが、浅見が「もしかすると、久世さんたちは『怪人』と言ったのではありませんか」と言うと「おおっ……」と飛び上がった。

「そうだ『カイジン』だ。彼はそう言っていた……しかし、なぜあんたはそんなことも知っているのか？」

驚いたのは通訳する真抄子も、それに牟田も同じだった。「なぜです、浅見さん？」と、牟田はまるで詐欺師でも見るような目つきになった。

「そのことはいずれ、機会を見てお話しします。いまはハンスさんの話を聞くことに専念しましょう」

ハンスに「どうぞ」と先を促した。

それからしばらく、久世と石渡はディーツラー家に滞在した。ただ飯を食うわけにいかないからと、二人は時計の部品工場を手伝ってくれた。久世の窶れ方はただごととは思えなかったので、ハンスは医者に診てもらうように勧めた。医者は「白血病の疑いがある」と診断した。久世が日本人で一九四六年生まれであると聞くと、すぐに「ヒバクシャの子供ではないのか」と言った。しかし久世も彼の母親も、ヒロシマにもナガサキにも縁がなかった。

久世は堂本も自分と同じ白血病ではないかと気にしている様子だった。「デ・ヴィータはどうなのだろう」と、しきりに言った。久世のたっての頼みで、ハンスはシエナの教会にデ・ヴィータを訪ねた。

デ・ヴィータは聖職者の資格はなかったが、聖職者以上に行ないすましたような雰囲気を備えた男だった。久世たちとの約束を守り口を閉ざしつづけてはいるものの、神に対しては過去の愚行を懺悔《ざんげ》し、各地の教会の絵を描くことが現在の生活のすべてだと言っていた。しかし彼もまた体調が思わしくないことはひと目で分かった。「白血病です」と寂しげに笑った。スイスに戻り久世にそのことを伝えると、久世は青ざめた顔で「タタリだ」と呟《つぶや》いた。「タタリ」という考え方がキリスト教徒にはないことを知ると「神罰」という言い方をした。聖骸布を冒瀆する者は神の罰を受けるという伝説を恐れていた。

一九七五年の秋、久世はデ・ヴィータを訪ねると言って、ディーツラー家を去った。石渡はミラノで本来の絵画の勉強に戻るということだった。ハンスと別れる時、久世はいつかトスカーナに行く機会があったら、カッシアーナ・アルタのヴィラ・オルシーニを訪ねてみてくれと言った。

「ただし、貴賓室のカイジンにはくれぐれも気をつけろ」

これが最後に聞いた言葉だった。

その翌年の早春、カッラーラ郊外のヴァッリ湖で日本人「ヒロマサ・クゼ」とイタリア人の「アルベルト・デ・ヴィータ」が水死したというニュースが流れた。一緒にいて危うく難を逃れた仲間の日本人「アキヒト・イシワタ」の話によると、彼ら三人はいずれも画家や画学生で、もっぱら古い教会や廃墟を画材にしていた。その日も湖底に沈んだ教会の村を訪ねて、廃墟の館に入ってキャンプしていたところ、その季節としては異常なほどの大雨が降って、ダム湖が急激に増水したために逃げ遅れたものらしい。新聞は「アルベルト・デ・ヴィータ氏は昨年六月に結婚したばかりで、まもなくベビーが誕生する予定だった」と、その悲劇性を強調して報じている。

ハンスはすぐにカッラーラに駆けつけ、事故の現場であるヴァッリ湖畔に行ってみた。湖畔には警察官や警察の車両が詰めかけ、ものものしい様子だった。レスキュー隊のようなものまで出て、湖底に潜っている。まだ死体が上がっていないのかと思って、近くのリストランテで訊いてみると、そうではないらしい。「何か探し物でもしているらしい」と言っていた。不思議なのは、警察官に混じって教会関係者らしき人物が数人いることだ。その時、ハンスは「探し物」は聖骸布《せいがいふ》だ——と直感した。たとえそうであっても、警察と教会はその事実をひた隠しにするだろう。久世たちの「恐喝」に反応を見せなかったのと同様、建前上は聖骸布の盗難などなかったことになっているということだ。

ハンスはカッラーラに一泊して、翌日も現場の様子を窺《うかが》ったが、結局、大捜索は空振りに終わったのか、警察の連中は疲労しきった顔で引き揚げて行った。その後、ハンスは石渡を見つけ出して何があったのか訊いた。石渡は新聞の内容とまったく同じことを繰り返した。新聞報道は彼の供述を基に書かれたにちがいなかった。

そうして歳月が流れた。

ある日、ハンスは雑誌の記事でイタリア・トスカーナの貴族の館《やかた》が売りに出されていることを知った。ファストフード礼賛から、いまやスローフードやらアグリ・ツーリズモやらが注目される時代——という特集記事だったが、場所が「カッシアーナ・アルタ」であることと貴族の名前が「オルシーニ」であることに気づいて、ハンスは久世が言っていたことを思い出した。信じられない幸運が目の前にあった。取る物も取りあえずトスカーナへ飛んで行った。

ヴィラ・オルシーニはここ三、四十年ほど、まったく手つかずの状態で放置されていたとかで、想像以上に荒れ果てていたが、それだけに破格の安値であった。「土地代だけの値段だけど、取り壊し費用が結構かかるよ」と、不動産屋は手付け金をせしめた後で気の毒そうに言った。

ハンスは修復工事にとりかかり、とりあえず自分が暮らせるだけの空間を作った。それでも家族を伴って引っ越して来るまでに、それから一年かかった。妻のピアは移転に大反対で、強行するなら離婚するとまで宣言した。それが後に現実のことになる。しかし、息子のバジルと、彼がイタリアで知り合った嫁の優子はトスカーナでの生活も悪くないと、むしろ積極的に賛成した。

ハンスの執念は本人が呆《あき》れるくらいで、妻が反対しようが絶対に撤回はしない姿勢を貫いた。何かに取りつかれたような――という言い方をした。「むかし久世が『タタリ』と言ったのはそういうことかと、ようやく理解した」とも言った。そうして、移住してきてからも修復工事は休みなくつづけた。何よりも「貴賓室のカイジン」を突き止めたかったのだが、その目的を果たすのに、さらに二年を要した。

館の中で「貴賓室」があるとすれば二階か三階の角部屋――という先入観があったし、確かにそれらしい広さの部屋があった。しかしそのいずれからも「カイジン」は発見できなかった。最後に地下室に手をつけることにした。地下室は上のどの部屋よりも、さらに荒廃しきっていて、足を踏み入れるのも躊躇《ちゅうちょ》するほどの状態だった。根気よく整理してゆくうちに、明らかに、かつて久世たちが生活していたと思われる形跡のある場所を発見した。食べ物の残滓《ざんし》が、腐臭も消えすでに化石のようになっていた。段ボールの下から、ウレタンの敷物や、びっしりカビの生えた毛布なども出てきた。その痕跡《こんせき》を隠すために、いかにもわざとらしく廃材などを放り込んだのも怪しい。久世が「穴蔵のような」と言っていたイメージとも合致した。

やがて、部屋の奥の粗末なベニヤ板の壁を剝《は》がすと、その向こうから「カイジン」の絵が現れた。

「感動しました……」と、ハンスはその瞬間を思い出して、述懐した。デ・ヴィータがどれほど優れた画家なのか、まったく知識はなかったが、あの絵を見て、なみなみならぬ才能の持ち主だったと思った。そのデ・ヴィータがすでにこの世にいないことの無情を思った。それからの日々は、「貴賓室」の復元・修復に全身全霊を傾けた。幸い、ヴィラの経営はバジル夫婦に任せておけたし、むしろハンスが余計な手を出さないほうがいいような雰囲気だった。ただし、ピアとのあいだは彼女の宣言どおり冷えきって、事実上の離婚が成立していた。

「これが、わしから話していいことのすべてですよ」

ハンスは疲れた顔で言った。牟田も疲れきった様子で意味もなく頷《うなず》いている。真抄子は男三人の表情を心配そうに見比べている。

さすがの浅見も、「貴賓室の怪人」の真相が語られたことに、少なからぬ感動を覚えて、しばらくは口を開く気になれなかった。ともあれ、ハンスが「話していいこと」と言ったのは、確かに彼としてはそれが限界なのだろう――と理解できた。

しかし、肝心なのはこれから先なのだ。目の前には「石渡章人の死」という、血《ち》腥い《なまぐさ》現実が横たわっている。ハンスが話すわけにいかないもっと重大な事実を、どのように解決すればいいのか、それは一《いっ》に自分の肩にかかっているのだ――と、浅見はその責任の重さを痛感する。

「さて浅見さん」と、牟田老人が言った。

「これであなたも、何があったのかが分かったでしょうな。あとはあなたがどう補足し収束してくれるのか、われわれはお任せするしかない。お願いできますかな？」

「その前に」と浅見は言った。

「牟田さんご自身のお話もお聞きしたいものです。少なくとも石渡氏とのあいだで何があったのかを教えてください」

「なるほど……」

牟田はしばらく考えてから、「石渡君とのことは、いまハンスさんが話したとおり、画家とパトロンの関係でしたよ。彼は絵描きとしての才能はあったが、精神が邪悪だった。それが彼の作品を魅力のないものにしたのだと私は考える。今回のことも、そういう彼の資質を裏付ける出来事だったのでしょう。それはともかくとして、石渡君が聖骸布のことを持ちかけてきたのは事実です。もうかれこれ半年近く前になります。聖骸布をネタにフェルメールの偽物の仲介をしようと企《たくら》んだのですな。フィレンツェに来てくれということだった。

ただし最初はフェルメールを買わないかという話でしたがね。盗まれたフェルメールの一枚が出たというのだが、私は一笑に付しましたよ。そんなものが出るはずがないとね。すると石渡君はムキになって、いや本当だ、フェルメールどころでない、もっとすごいものだってあると言う。それは何かと訊くと、なんと聖骸布だと言うのですな。これには驚きましたよ。ガセにしても聖骸布とはすごい。もし本当なら……と、半分冗談で言ったら、真剣な口調で本当だと言い張る。彼の癖を知っているが、どうやら本気らしいのですな。聖骸布を見せたらフェルメールの商談に乗ってくれるかとまで言われると、馬鹿馬鹿しいとも言えなくなった。私のほうにも多少の色気はありましたから、『分かった、たまたまトスカーナへ行く予定になっているから、その時ならいいよ』と言いましたよ。ちょうどその頃、何かの雑誌でヴィラ・オルシーニの記事を見ましてね、飛鳥の旅の途中、寄り道したいと考えたのです。調べてみたら何と、むかしパリで知り合ったスイス人の画学生ディーツラー氏が経営するヴィラだったというわけです。その話をすると石渡君は驚いていた。彼もまたヴィラ・オルシーニのことを知っていたから、その偶然にたまげたのでしょうなあ。それでフィレンツェの高級ホテルで落ち合う約束を交わし、あの日、約束どおりホテルの部屋を訪れましたよ。そこには石渡君とイタリア人の美術品シンジケートらしき男が二人いました。商談に入る時にフェルメールは見せてもらったが、その前に聖骸布はどうしているのかと訊くと、その二人の男も石渡君にどういうことかと詰問した。石渡君は『ちょっと待ってくれ』と部屋を出て行ったが、それっきり戻って来ない。それから先のことはすでにご承知のとおりです。その夜、石渡君が殺され、カッシアーナ・アルタで遺棄死体となって発見されるという事件が起きた」

その話をする時、牟田老人は瞑目して、石渡の霊に祈ったように見えた。

「地下室のキリスト像を見せてもらい、ハンスさんから話を聞いた時、私は石渡が確かに聖骸布の存在を知っているか、憶測していたにちがいないと思った。久世がここからスイスへ向かう途中、どこかに隠した可能性がある。ことによると、久世が死んだカッラーラの湖の廃墟にあるのではないかと想像するのだが、だとすると、もはや水没して回収は不可能かもしれませんな」

「石渡氏は聖骸布の在り処について、確信はなかったのだと思いますよ」

浅見は言った。

「しかし手掛かりはあったのでしょう。その手掛かりを求めてあの夜、カッシアーナ・アルタを訪れ、殺されたのです」

牟田老人は悲痛な顔をして口をへの字に結んでいたが、ハンスに請われて不承不承、通訳した。ハンスは眉《まゆ》をひそめ天を仰いだ。真抄子は青ざめた顔で肩をすくめている。氷のような沈黙が部屋を支配した。

「さて」と、浅見は明るい声で言った。

「今夜はここまでにしておきましょう。牟田さんも野瀬さんも、明日の午後には旅立てるよう、荷物の準備をしておいてください」

「えっ、ほんとに？……」

真抄子が眉をひそめた。浅見の豹変《ひょうへん》にほっとしたのと同時に、信じられない——と思ったにちがいない。第一、明日の午後には出発できるなんて、どう考えても大言壮語にしか聞こえないのだろう。牟田も不愉快そうに眉をひそめながら、「無茶苦茶だが、信じるほかはありませんな」と、なかば投げやりな口ぶりで言った。

牟田も真抄子も、そしてハンスも引き揚げた後、浅見は一人残って優子が厨房《ちゅうぼう》から出てくるのを待った。優子に「貴賓室の怪人」をどのように説明すればいいのかという難問がある。しかし、どう転んでも優子に実害が及ぶおそれがないことは確かで、そのことだけは救いだ。不気味な脅迫状めいた手紙が彼女にもたらした不安が、ツアーの一行とともにこのヴィラを去ってゆくことで消えれば、それで十分「終わりよければすべてよし」の結末になるはずであった。

4

トスカーナの空は今朝も澄み渡っていた。こんなに晴れの日ばかりつづいて、大地は乾燥してしまうのではないか、農作物に影響は出ないものかと、よそ事ながら心配になる。しかし旅人にとっては嬉《うれ》しい気候だ。爽《さわ》やかで温暖で、地味が豊かで、風景が美しくて、人々はおっとりしていて……と、こんないいことずくめのところは、世界でも珍しいにちがいない。

板石を敷きつめた坂道から振り返ると、うねうねとつづく丘の海が見渡せる。果樹園、ブドウ畑、オリーブ林、麦畑がそれぞれ、春の装いを競いながら地面を染めているのところどころに糸杉が行列を作ったり、ひとむらにまとまったりしているのが、心地よい抑揚とリズム感を風景にもたらす。

「こんないいところに住んでいる人たちが、戦争に出かけて行くなんて、およそ想像もつきませんね」

浅見はしみじみと言った。ムッソリーニ率いるイタリアは、日本、ドイツと三国同盟を結び、第二次世界大戦に参戦した。衆知を結集して政治を行なっているはずの国家でさえ、時の勢いに任せて暴走することがあるくらいだから、まして煩悩の中で生きる人間が、前後の見境がなくなるのも当然だ。

「でも、この辺りの人も本当に戦争に行ったのかしら？」

野瀬真抄子は疑わしそうに言った。

「もし勇んで戦争に行くイタリア人がいるとしたら、きっとローマやナポリみたいな、血気さかんなところの人たちだわ」

「しかし、イタリアだって徴兵制度はあったでしょう」

「あったとしても、戦場に行ってたら、さっさと逃げ出しそうな感じじゃないですか」

確かにイタリア軍は弱かったらしい。ドイツ人が日本人に「今度はイタリア抜きでやろう」と言ったというジョークがある。しかし大義を信じられない戦からは逃げればいいのだ。相手の信じるものを冒瀆《ぼうとく》するような戦はするべきではないのだ。自分の都合や自分の信じるものを相手に押しつけようとするから軋轢《あつれき》が起き、争乱になる。

「さあ、行きましょうか」

りきり、教会の影の中に入ると、急に温度が下がった。

「どうしても会わなければならないんですか?」と、真抄子は何度目かの同じ質問をした。理由はまだ知らないはずなのに、本能的にこの「会見」が楽しいものにならないことを察知しているのだろう。

浅見はそれには答えず黙々と歩いた。教会の前を過ぎると低い生け垣に囲われた老人ホームの北側の庭である、まだこの時期は少しうすら寒く感じるのか、庭に点在する椅子やテーブルに人の姿はなかった。庭の奥にホームの建物がある。ダニエラ・デ・ヴィータは目敏《めざと》く二人を見つけ、ベランダに現れて手を挙げた。

「さよならを言いに来ました」

浅見はベランダに招じ入れられるとすぐ、そう言った。真抄子は(えっ、そういう用件だったの?——)と言いたげな顔で、そのとおりに通訳した。

「おお、それは寂しいです」

ダニエラは愛想《あいそ》よく言って、白いテーブルを囲む椅子を勧め、「お茶を飲むくらいの時間はあるのでしょう?」と真抄子に訊《き》いた。むろん、あるどころではない。本当にさよならができるものかどうかさえ、真抄子には分かっていないのだ。

コーヒーと手製のクッキーが出た。浅見は遠慮なく頂戴《ちょうだい》して「ああ、おいしい」と嘆声を上げてから、「あなたのお父さんの絵を拝見しました」と言った。

「ああ、教会の絵を見たのですね」

「いえ、そうではなく、ヴィラ・オルシーニの地下室の絵です」

真抄子の少し言い淀《よど》んだ通訳に、ダニエラは一瞬、息を呑《の》んで言葉が出なかった。

「あのキリスト像は、お父さんが半年かけて描いたのだそうですね」

「おお、ハンスがそう言ったのですね」

「ええ、ディーツラーさんは久世氏から聞いたそうです」

久世の名前が、またダニエラを驚かしたにちがいない。いったいこの男は何を言おうとしているのか――という目で、浅見の表情を探っている。

その時、犬の吠《ほ》える声が聞こえた。ダニエラは「おお、タッコだわ」と、救われたように浅見から目を逸《そ》らして、声のした方角に顔を向けた。しかしその方角にはホームの厨房の壁があって、視野を妨げている。

「あの日もそっちの方角から聞こえたのでしょうか？　ディーツラー夫人が事故を起こした時の音ですが」

「ノ、それは違いますよ。事故があったのはこの方向です」

ダニエラはタッコの声がしたのとは、九十度以上違う方角を指さした。

「庭に出てみませんか」

浅見は立ち上がって庭先に下り、二人の女性を手招いた。二十メートルほど行くと、右手の教会の壁に隠れていた坂道の方角が開ける。その坂を上りきったところに、タッコを連れた優子の姿があった。

「タッコはあそこですよ」

「あら……」と真抄子が不思議そうな声を発した。ダニエラはその時すでに浅見の意図を察知したのか、呆然《ぼうぜん》と佇《たたず》んでいる。

「もしあの時、ダニエラさんがベランダにいたのなら、さっきあなたが聞いたように、事故の音は反射して、確かにあの建物の方向から聴こえたはずです。ところが一昨日、僕が尋ねたのにあなたはそうでなく、正確に事故現場の方角を指さした。それは事故の音を少なくともこの場所で聴いてはいなかったことを意味しています」

浅見は優子に手を振って、もう役割が終わったことを伝えた。優子も無邪気に手を振り、踵《きびす》を返して坂を下って行った。

ベランダに戻ると、浅見はコーヒーの残りを飲み干した。

「もう一つ、いまはきれいに洗い流されてしまったようですが、あの時、そこの階段に黒っぽい、まだいくぶん乾ききっていない土がこびりついていました。ここまで来るあいだはどこも敷石道ばかりですから、どこを歩くとあんな泥がつくのかな——と、不思議に思いました。これからでも精密に調べれば、おそらく靴の底や部屋のどこかにまだ残っているはずです。その土がどこから運ばれてきたのかというと、二つの場所が考えられます。一つはアルノ河畔の土。もう一つはヴィラ・オルシーニの地下に通じる抜け道の土……ひょっとすると、あの空井戸の底と同じカビ臭い土かもしれません」

「浅見さん!……」と、通訳の途中で真抄子がたまりかねたように言った。

「何を言わせるつもりなんですか。アルノ河畔といえば殺された石渡氏の車が放置されていた場所じゃないですか。それとダニエラさんが関係あるみたいな、そんな悪意に満ちたことは言えませんよ」

「伝えてもらわなければ困ります」

「いやですよ、この仕事、降ります」

二人が揉《も》めている様子を見て、ダニエラが「マサコ」と宥《なだ》めた。言葉は分からなくても、何の話で揉めているのかは気配で分かるのだろう。

「いいのです、怒らないで、シニョール・アサミは悪い人ではありません」

その言葉を浅見に伝える真抄子は、ほとんど泣き顔であった。それから諦《あきら》めたように、力のない口調で、浅見の言ったことを通訳した。ダニエラは何も反論をしなかった。浅見もあえてその先を言わず、しばらくは重苦しい沈黙が流れた。

「私の父は私が生まれる半年前に亡くなりました」

やがてダニエラは静かに言いだした。ひと区切りずつ、真抄子が通訳しやすいように、ゆっくりと話した。

「カッラーラの冷たい湖で、親友のクゼと一緒に死にました。警察は不慮の死と発表しましたが、あれは殺されたのだと、私の母はずっと後、亡くなる少し前になってから、私に教えてくれました。殺したのはイシワタという日本人だと言いました。おまえの父親になるかもしれなかった男だよと言いました。父が死んで女手一つで私を育てていた母は、父の友人であるイシワタと結婚することになったのだそうです。

事故直後、イシワタは母に、父とクゼをみすみす死なせてしまったのは自分のせいだと打ち明けました。動けなくなった二人を残して、助けを求めに自分だけが脱出したものの、不甲斐《ふがい》なく意識を失い、結果的に二人の友人を見殺しにしてしまった――と。

母はそういうイシワタの潔さに好感を抱いたのかもしれません。素直にイシワタの懺悔《ざんげ》を許しました。その後、イシワタは私たちの生活費まで面倒を見てくれたので、母も情にほだされたのでしょう。イシワタにプロポーズされた時には受けるつもりになっていたようです。ところがある時点から急に、イシワタの様子が変化したのですね。何を思いついたのか、イシワタは母に、父から預かったものはないかと、しきりに訊きたがったそうです。母が何もない何も知らないと答えると、苛立《いらだ》って、恐ろしい形相で詰め寄ったりしたようです。

こうなると、母はイシワタの愛情も、あの告白までも信じられなくなったのでしょう。ヴァッリ湖の遭難は確かに事故だったとしても、イシワタが決死の覚悟で救助を求めたと話したのは嘘で、本心は何かの理由や目的があって、父やクゼの死を望んだのではなかったのか——というのです」

「その理由や目的は、何だったのでしょうか？」と浅見は訊いた。

「クゼに対しては金銭上の問題があったのかもしれません。父については……こんなことは考えたくもないのですが、母への愛を貫くために父が邪魔だったのかもしれません。でも証拠のないことでした。母はイシワタと別れ、私を連れてこの老人ホームのメイドとしてカッシアーナ・アルタに移り住みました。父が描いたあちこちの教会の絵をまとめて、この教会に寄付しました。生前、父はよくこの村のことを話していたそうです。ヴィラ・オルシーニの貴賓室に自分の絵を飾ってあるから、いつかそれを見に行きたいというのが口癖だったということでした。でも、ヴィラ・オルシーニは貴賓室どころかまともな部屋もないほどの廃墟《はいきょ》でした。母は失意のうちに、それから間もなく亡くなりました。たとえいっときでも父を裏切って、仇《かたき》の男と愛し合ったことを死ぬまで悔やんでいました。それから五年ばかり後、ヴィラ・オルシーニにディーツラーさん一家が移り住んで来ました。館《やかた》をホテルに改造して、リストランテを始めるというのです。親しくお付き合いしているうちに、ふとした話から、ハンスが私の父を知っていることが分かりました。ハンスは驚きましたが、なぜかそのことを内緒にしておいてほしいと言いました。そしてある日、こっそりと私を地下室に招き入れたのです。驚いたことに、ヴィラ・オルシーニの地下道は教会の地下室の奥と繋《つな》がっているのです。そういう噂があることは聞いていましたが、信じられない話でした。実際、ずっと塞《ふさ》がっていたのを、ハンスが空井戸の底を調べていて、たまたま地下道を発見して掘り抜いたのだそうです。廃坑のように気味の悪いぬかるんだ地下道でした。そこを通って地下の『貴賓室』に案内されて、その時、私は初めて父の話が嘘でなかったことを知ったのです。大きなキリストの絵を見て、私は涙が止まりませんでした」

ダニエラの話は途切れた。涙が彼女の口の中にまで溢《あふ》れているように見えた。真抄子はもらい泣きをこらえながら通訳して、話のつづきをじっと待った。

「去年の秋のことです、その日も私はハンスに頼んで貴賓室へ行きました。ハンスと一緒に父の絵を見ていると、突然、ドアが開いてイシワタが現れたのです。私はすぐには分からなかったのですが、イシワタはしばらく私を見て『ダニエラか？』と驚いた顔をしました。『そうだ、ダニエラだ……。こんなところにいたのか。あんたの母親の恋人だった男を忘れたのかい？』と言われて、あ、イシワタだと思い出しました。ハンスが驚いて、『どうやってここに入ってきたのか』と訊《き》くと、『ヴィラ・オルシーニの様子を見に来て、偶然、井戸を覗《のぞ》いていたら、下をダニエラが通って行くのが見えたので、そばにあったロープを伝って井戸の底に下りた。脚が痛かったよ』と笑いました。それまでイシワタは、ここの老人ホームに私がいることなど想像もしなかったから、びっくりしたそうです。それから父の描いたキリスト像に気がついて、『やっぱりここだったか』とひどく興奮して『この絵を譲ってくれ』と言い、ハンスが断ると、私に許可を求めました。もちろん私は断りました。イシワタは残念そうな顔をして帰って行きましたが、そのままでは済みそうにない予感がしました」

ダニエラはここでいったん口を閉ざした。それから先に起こるであろう「大事件」を予測させる、不気味な沈黙であった。

「後でハンスから聞いたことなのですが、それからずっと、イシワタは何度もハンスに電話をかけたり、どこかで会ったりして、父の絵を引き取る交渉をつづけていたそうです。一週間前のこと、ハンスがただならぬ様子で私に『警戒しなければならない』と言いました。イシワタからの交渉が、急に切羽詰まった気配になってきたのだそうです。そうしてあの日、ハンスが出先から電話をしてきて、『イシワタの様子がおかしい。彼からフィレンツェに呼び出されたのだが、いま気がついた。私の留守中に貴賓室に入り込むつもりなのかもしれない。私はすぐに戻るが、念のために貴賓室に行っていてくれないか』と言いました。私は教会へ行き、地下の抜け道を通って貴賓室へ急ぎました。でも、部屋に入った直後、イシワタが飛び込んできました。彼はまた古井戸から侵入したと言い、『犬に吠《ほ》えられたよ』と笑っていました。バジルとユウコはリストランテにいたし、ヴィラのお客さんは全員が留守で、館には誰もいませんでした。それどころか、私は知らなかったのですけど、ピアの事故があって、村中の関心はそっちへ向いていたのです。イシワタは『聖骸布《せいがいふ》のことを話してやろう』と言いだしました。私が何のことか分からずにいると『あんたの父親とクゼはトリノの教会から聖骸布を盗み出したのだ』と言うのです」

ダニエラはその時の石渡の話を思い出しながら、ポツリポツリと話した。再現すると、次のようなものだった。

二十七年前、あんたの父親と久世と私は干上がったヴァッリ湖の廃墟に行った。アルベルトが廃墟の教会を描きたいというのに付き合ったのだが、陽が落ちて間もなく、突然、二人が激しく言い争いを始めた。しきりにシンドーネがどうしたとか言っていたが、残念ながらそれまで、私はシンドーネが聖骸布のことだと知らなかった。イタリア語もほとんど分からなかったが、いまにして思うと、久世が聖骸布を持ち出して金にしたがっているのを、あんたの父親が阻止していたのだな。その話し合いをするためにあの廃墟で落ち合ったというわけだ。しかし、あんたの父親は冒瀆《ぼうとく》は許されないとか言って話はつかず、結局殴り合いになった。二人とも病人だったから、ヨロヨロしながら戦った。私が見かねて止めに入って突き飛ばしたら、あっけないほど簡単にひっくり返って、それっきり起き上がれなくなった。後で警察は「殺意があったのだろう」などと言ったが、そんなものはなかったよ。あの二人が死んだのは、あくまでも彼らの意思だ。しかし警察は三人とも怪我をしていたことで、殺人事件だと考えたかったのだろう。ところが、そのうちに警察官ではない妙な紳士どもが来て事情聴取を始めて、私が「シンドーネ」とひとこと言っただけで態度が変わった。「『シンドーネ』とは何か」と訊いても答えず、警察はあっさり事故死で片づけることにしたようだ。それはともかく、久世とあんたの父親が倒れた時、廃墟の部屋に水が流れ込んできた。騒ぎで気づかなかったのだが、上流で大雨が降ったのか、ダムは急な増水で、廃墟と岸のあいだはすでに水没していた。私は「逃げよう」と言ったのだが、二人は「もうだめだ」と、水を見た瞬間から諦《あきら》めた様子だった。ただでさえ凍りつくような寒さだったし、泳いで渡れる気はしなかったのだろう。しかし、廃墟の屋根に上がったって、いずれは水没してしまう。仕方がないので、私が助けを呼びに行くことにした。その時も二人は「あんただけ逃げろ」と言っていた。完全に死ぬ気になっていたのだな。あんたの父親はもちろんだが、久世もやけに悟ったようにそう言っていた。もう天国に行っちまったような顔をしてたな。そんな連中に付き合っていられないから、私は死んでもいい気で水に飛び込んだ。どこかで脚を怪我したらしいが、無我夢中で、岸に上がるまでそれも気づかないほどだった。それからのことはよく覚えていない。気がついたら病院のベッドの上だった。廃墟の二人のことは無意識のうちに伝えたらしい。誰かに聞いたら、「だめだった」と言われたよ。とにかくそういうことだ。それから後、私はずっと聖骸布の行方を考えてばかりいた。絵描きとして何とか食ってはいけたが、夢は聖骸布にあった。そしてついに結論に達した。聖骸布はここ、ヴィラ・オルシーニのこの部屋にある——とね。

「そうしてイシワタは父のキリスト像を指さしたのです」と、ダニエラ・デ・ヴィータは言った。

「『おまえの父親の絵などはどうでもいい。私の欲しいものはこの絵の裏に隠されている聖骸布だ』と言って、いきなりナイフで額から父の絵を切り取ろうとしました。私は夢中でそばにあった鉄パイプを揮《ふる》い、背後からイシワタの頭を殴りました。イシワタはびっくりした目で私を見て、倒れましたが、すぐに起き上がって私にナイフを突きつけてきました。その時、ハンスが部屋に入ってきて、後ろから飛び掛かってイシワタの首を絞めたのです」

その時の恐怖が蘇《よみがえ》るのか、ダニエラは寒そうに体を震わせた。

「イシワタは死にました。ハンスと私はしばらく呆然《ぼうぜん》として、死体の処理をどうするか相談しかけた時、ハンスの携帯電話が鳴って、ピアが交通事故に遭ったと言ってきました。ハンスは『坂の途中にイシワタの車があった、どこか遠くへ置いてきてくれ。死体は私が後で何とかする』と言うなり飛び出して行きました。それから、私は教会へ抜ける通路を通って、いったん自分の部屋に戻ってから、着替えをして、ハンスに言われたとおり、イシワタの車をアルノ河畔に捨ててきました。その後、ピサまでハンスが迎えに来てくれました。ここに帰り着いたのは夜中でした」

ダニエラの話が終わったが、本人も浅見も真抄子も放心状態で、ずいぶん長いことおし黙ったままでいた。やがてその沈黙を自ら破って、ダニエラが真抄子に「シニョール・アサミの言ったことは正しいのです。イシワタを殺害したのは私なのですから」と宣言した。

「でも、本当に殺したのはハンスさんなのでしょう?」

「それは結果です。それに、もしハンスが殺していなければ私が殺されていました。むしろ命の恩人です。さあシニョール・アサミ、これで私は立派な殺人犯ですね」

「グラッツェ」

浅見は日本式に丁寧に頭を下げた。

「何があったのか、話の筋道がとてもよく分かりました。しかし、警察は来ませんから、安心してください」

「えっ？……」

通訳の真抄子も、伝え聞いたダニエラも、驚いて顔を上げた。真抄子が「どういう意味ですか？」と訊いた。

「石渡氏が死んだのは神の意志によるものだからです。それによって善良な人々が傷つくことは、神も望んでいないでしょう」

真抄子はそれをダニエラに伝えた。

「でも、それで警察が納得して引き揚げるのかしら？」

ダニエラが訊く前に、真抄子が言った。

「イタリアの警察が神のご意志に従うかどうかは知らないけれど、教会との取り引きには応じると思いますよ。もう一度言いますが、彼らは石渡氏の事件なんかどうでもいいのです。それよりはるかに重大な命題を抱えているのだから、それをお土産にすれば、意気揚々と引き揚げます」

「本当に？」

「本当です」

真抄子とダニエラのあいだでも、同じ質問が繰り返された。浅見はそれこそ神のような寛大な視線を、二人の美しい女性にむけていた。しかし、内心はそんなに穏やかなものではない。あのグリマーニ警視と、冷徹そのもののファルネーゼ氏を向こうに回して、本当に思いどおりの結末を迎えることができるかどうか、身震いが出るような気分だった。

5

生け垣の向こうに部下を一人伴ったグリマーニ警視の姿が見えた。ベランダの三人に気づいて「やあ」と手を挙げた。浅見も手を挙げ返しながら「どうやらお迎えが来ましたね」と立ち上がり、ダニエラの強張《こわば》った顔に笑いかけて、「さよなら《アリヴェデルチ》」と言うと、ダニエラが「アリヴェデルチ……グラッツェ」と握手を求めてきた。まるで冬の湖のように冷たい手だった。

グリマーニはダニエラには愛想のいい言葉をかけている。しかし彼女の硬い表情には、それに見合うだけの笑顔が浮かんでこない。浅見はグリマーニの視線を遮るように近づいて、「いま、警視のところへ行こうとしていたところですよ」と、真抄子を通じて言った。「ほう、自首するのかね」と、警視はジョークのつもりで言ったのだが、真抄子はまともに受けて「ノ」と怒った顔をした。

石造りの教会の中は、いつも外気温より冷たい空気が澱《よど》んでいる。例の会議室も暖房が欲しいくらい寒かった。前回同様、ファルネーゼと警視は並んで、浅見と真抄子と向かい合った。警視の部下が一人、記録係として離れた椅子に座っている。浅見は彼を指さして、「席を外してもらうように頼んでください」と真抄子に言った。当然、警視は難色を示した。被疑者風情が何を言うか——と言わんばかりだ。

「責任者であるお二人だけに重大な事実をお話ししたい」

浅見は毅然《きぜん》として言った。不退転の決意は十分に伝わったはずだ。ファルネーゼと警視は囁《ささや》きを交わして、了解すると言い、部下に部屋を出るよう命じた。

ドアが閉まり、足音が遠ざかるのを待って、浅見は「お二人に聖骸布《せいがいふ》の在《あ》り処《か》をお教えする。その代わりこちらの条件を呑《の》んでいただきたい」と言った。二人の取調官は真抄子の口から「La Santa Sindone（聖骸布）」という単語を聞いたとたん、極度の緊張に襲われたようだ。また二人でヒソヒソ話をして、警視が「つまらない冗談を言っているひまはない」と言った。

「冗談ではありません。もし冗談だと言うのなら、マスコミを集めて聖骸布の在り処を公開するがそれでもよろしいですか」

真抄子の声が震えた。何しろ警察を脅迫するようなことを言っているのだ。

今度は二人は窓際まで行って、対応策を講じている。五、六分かけて、どうやら結論が出たらしい。戻ってきて、「分かった、とりあえずあなたの言う聖骸布なるものを見せてもらおう」と言った。要するにダメモトの精神なのだろう。

「単に見せるだけではなく、われわれは本来あるべきトリノの教会に、聖骸布を返還したいと言っているのです。それを望まないのでしたら、話を打ち切りますよ」

警視はあっけにとられて、真抄子に「間違いではないのか？」と確かめた。誤訳でも間違いでもないと分かると、ふたたびファルネーゼと話し合っている。会話の内容を隠すどころではなくなったのか、今度は囁きではなく少し上擦ったような声を発した。真抄子は小声で「困っていますよ」と、ようやく笑いを嚙《か》み殺すほどのゆとりが出てきた。

「聖骸布は十六世紀以来トリノにあるのです」と、ファルネーゼが口を開いた。教会としての公式な発言であることを誇示したいのか、背筋を伸ばして、いかにも聖職者らしい威厳を見せた。

「かりにあなたの言うようなモノがあったとしても、それは偽物でしょう。しかしながら、われわれとしては偽物と承知しながらも、そういうモノが存在していることに、強い懸念を感じています。よって、もしあなたの言うことが真実であるならば、あなたの条件を受け入れる用意があります」

「用意とは約束を意味するのでしょうか」

「そう思ってもらって結構です」

「警察も同様の考えですか」

「そうです、警視も了解しています。もっとも、どのような条件であるかにもよりますが」

グリマーニは鼻先に思い切り皺《しわ》を作って、仕方なさそうに頷《うなず》いた。

「では言いますが、条件が二つあります。一つは、聖骸布がいかなる経路を辿《たど》って入手できたかは言えません。あなた方も今後一切、詮索《せんさく》する作業を断念してください。もしどうしてもその情報が必要ならば、われわれがマスコミを通じて世界に公表します。そうでないかぎり、われわれは即座に聖骸布に関する一切の情報を忘却するつもりです。つまり何もなかったことにするということです。条件の二番目は、今日の午後、われわれを出発させることとです。ローマに一泊して、明日ローマ空港からマルタへ向かいます。その宿泊費用と航空券をプレゼントしていただきたい。航空券については僕はエコノミーで結構だが、ご老体の牟田夫妻にはビジネスクラスをお願いします」

最後の注文はむしろ好感をもって迎えられたようだ。警視でさえ苦笑いを浮かべた。

「結構でしょう。われわれはあなたたちのことは何も知らないし、会ったこともない。もし違約することがあれば、あなたの兄上との交渉によって解決することにしましょう」

浅見はあやうく笑いだしそうになった。ここで兄を持ち出されるとは思わなかった。しかし考えてみると、彼らがこんな具合に交渉に応じるのは、日本の警察庁刑事局長が背景にいるからにちがいないのだ。兄の七光がこんな異国でものを言うことに、浅見はありがたいような情けないような、複雑な気分であった。

「もう一つお願いがあります」

「何か？」

「緊急にガイガーカウンターを手配していただけませんか」

「ガイガーカウンター？……なぜそんなものが必要なのだ？」

グリマーニ警視が面喰《めんく》らったように訊《き》き返した。あいだに入っている真抄子も不思議に思ったようだ。

「いや、必要はないと思うのですが、あくまでも念のために用意しておきたいのです」

「了解した、たぶんこの村の病院にあるか、なければ近くの町の病院か工場にあるだろう。最近はほとんどの病院に放射線科があり、事故防止のためにガイガーカウンターを備えることが義務づけられているからね」

「ただし、取り扱い技術者は秘密を守れる人物でなければなりませんが」

「それは私がやりましょう。こう見えても、私はトリノ工科大学の電子工学部で教授もしておりましてね」

ファルネーゼが予期していたかのごとくそう言って、初めてくだけた笑顔を見せた。この四角四面のような聖職者が理工学部の教授とは意外だった。真抄子の話によると、トリノ工科大学はイタリアではエリート校なのだそうだ。

それから一時間後に、一行はヴィラ・オルシーニへ向かっていた。浅見と真抄子、それにグリマーニ警視とファルネーゼという、奇妙な取り合わせだが、雑貨屋のばあさんが見送っただけで、誰にも行き合わない。まったくのどかな村であった。バジルと優子はリストランテの前に出て、四人を迎えた。その前を素通りして館《やかた》に入り、地下室へと下りて行った。地下道入口のドアの前にハンスが佇《たたず》んでいた。

地下の「貴賓室」には警視もファルネーゼも驚きの目を瞠《みは》った。まして、正面に掲げられた等身大のキリストの絵には息を呑んだ。その時点で何か予期するものがあったにちがいない。ファルネーゼはかなり緊張ぎみに、自らガイガーカウンターを操作し、浅見に指示されるまま、キリスト像にガイガーカウンターを向けた。針は微弱ながら放射能をキャッチする反応を示した。ハンスが「おお」と呻《うめ》いた。

「ここに放射性物質があるのか？」

グリマーニ警視は一、二歩後ずさりして、嚙みつきそうな顔で訊いた。

「いや、知らない」とハンスは言い、「どういうことです？」と浅見に訊いた。

「僕にも分かりません。単なる勘です。ハンスさんの白血球の増加は、これが原因だと思っただけです。もしそうだとすると、長時間絵と向き合っているのはきわめて危険です。念のため、とりあえずこの絵を外していただけませんか」

「それは……」と、ハンスは躊躇《ためら》った。躊躇いの理由を察知して、浅見は「全員が納得していますよ」と言った。暗にダニエラも了解していることを言ったのだ。打てば響くようにハンスも頷いて、額を取り外す道具を持ってきた。しかし、絵や額をなるべく傷つけないように取り外すのは慎重を期さねばならない。壁布を剝《は》がし、下塗りとの境界を丁寧に分離させる。額を壁に固定しているボルトを緩め、最後は男四人が力を合わせて、額を壁から床に下ろした。

額縁は分厚く、かなりの重量であった。絵の裏側に薄板が嵌《は》め込まれている。薄板は二枚重ねになっていて、そのあいだにパラフィン紙に保護された大きな布がある。見た瞬間、ガイガーカウンターの反応にも驚かなかったファルネーゼが「おお」と声を発した。古色蒼然《そうぜん》とした亜麻布であった。ハンスが「ラ・サンタ・シンドーネ……」と呟《つぶや》いたのに対して、ファルネーゼはギョッとしたように周囲を見回した。部屋には五人以外には誰もいない。それでも秘密が守られるかどうか、この忠実な聖職者は気になったにちがいない。

警視とファルネーゼは「貴賓室」の聖骸布《せいがいふ》を確認した後、いったん教会に引き揚げて善後策を講じることになったようだ。入れ代わりに警備の警察官を派遣するという。浅見は二階まで駆け上がって牟田を呼んできた。

牟田は聖骸布を見て、おそるおそる手で触って、「おお、おお……」といまにも感泣しそうな声を上げつづけていた。「放射線が出ていますから、危険ですよ」と真抄子が注意すると、「ははは、そんなものを気にするほど若くはありません」と笑った。警視たちが戻ってくるまでのほんの短い「逢《お》う瀬《せ》」だったが、「これで思い残すことはありません」と、何度も繰り返していた。

「これはお約束の賞金です」

牟田はポケットから封筒を出した。聖骸布が出る前からすでに小切手を用意してあったらしい。ハッタリとも受け取られかねない浅見の宣言だったにもかかわらず、成功を確信していてくれたことに浅見は感激した。「ありがとうございます」と、中身を確かめもせずにポケットに仕舞った。

「それから、聖骸布がらみの件については、家内にはくれぐれも内密に願いますよ。あれはこの手のことにはまったくの無知といいますか、無関心な女でしてな」

「はい」と頷きながら、浅見はおかしくて、笑いをこらえるのに苦労した。

正午を期して、教会に置かれていた「前線捜査本部」は撤収した。今後は石渡章人の殺人事件捜査を本署で継続するそうだが、浅見が推測したとおり、あまりやる気はないらしい。警察が引き揚げる時、グリマーニ警視は「今後とも貴国との親交が永続することを祈ります」と、やけに公式的な挨拶《あいさつ》をして去って行った。

午後三時頃になって、バイクの武装警官を四人引き連れて大型のリムジンが二台、到着した。二台とも真っ黒で、一台はたぶん霊柩車《れいきゅうしゃ》仕様にちがいない。高さはともかく、長さと幅は棺《ひつぎ》よりはるかに大きい「絵」がすっぽり納まった。もう一台は牟田や浅見たちのために供与されるらしい。

午後四時、前後を警官のバイクに護衛させて、霊柩車が出発した。ファルネーゼは車から降りず、ヴィラ・オルシーニの門前を通過する時に、窓から会釈だけして行った。

「これでようやく無罪放免ですかな」と、牟田はファルネーゼを見送った目を浅見に向けて笑った。

「それにしてもあなたの才能には感服いたしました。名探偵どころか、すばらしい外交手腕の持ち主でもある。あなたのような優れ者が組織に属さないでいるのだから、なんとももったいないというか……いや、そのほうがいいのかもしれませんな。組織になんぞ入るとろくなことはない」

「兄は組織内でよくやっていますが」

「あ、失礼、あなたの兄上は特別ですよ。いや、しかしあらためて礼を言います。いいものを見せてもらったし。これで思い残すことはない」

部屋に戻り、荷物をまとめ、引き揚げの準備が完了した頃、ドアがノックされた。開けると、優子が不安そうな顔で立っていた。

「お邪魔してもいいですか？」

「どうぞ」と、浅見は招き入れた。

「僕のほうから報告に行こうと思っていたところです」

「でも、下にはバジルやダニエラさんたちがいますから、ここのほうがいいんです。警察は引き揚げたけど、これで何もかも無事に終わったんですか？」

「ええ、終わりました」

「ずいぶんいろんなことがあったみたいですね。タッコを吠《ほ》えさせたりしたの、あれ、お役に立ったのですか？」

「そうそう、さっきはありがとうございました。もちろん、大いに役立ちましたよ。タッコもなかなかの名演技でした」

「だけど、その後も警察が来たり、地下室から大きな荷物を運び出したりして、何がどうなったのかさっぱり分からないのですけど。例の『貴賓室の怪人』のことはどうしちゃったのでしょうか？」

「すべて解決しました、もう何も起こりませんから、安心して大丈夫です」

浅見は笑顔を見せた。

「じゃあ、『貴賓室の怪人』が誰なのか、分かったのですか？」

「分かりました。しかし怪人ではなく、聖人といったほうがいいのかな」

「私の知っている人？」

「うーん、難しい問題ですね。知っていることは知っているけど、たぶんお付き合いはない人物です。いつも遠くから見守っていてくれる……そういう人です」

「ほんとに？　じゃあ、いい人なんですね。ふーん、誰なのかしら……それで、あの手紙の差出人は分かったんですか？」

「ああ、依頼人ですね。それもほぼ見当がつきました」

「誰なんですか？　私の知っている人ですか？」

「手紙を出すくらいだから、先方はあなたのことを知っていたのでしょうね。日本の雑誌にヴィラ・オルシーニや優子さんの記事が載ったそうですから、大勢の読者が知っていた可能性はありますよ。そのことも含めて、まだ少し調べてみたいことが残っていますが、しかし問題になるようなことではありません。あなたはもう、生まれてくる赤ちゃんのことだけを考えてください。それと、ハンスさんの健康のこともね」

「あ、それで思い出しました。父がさっき、浅見さんのことを『いのちの恩人だ』みたいに言ってましたけど、それはどういう意味だったんでしょう?」

「ははは、いのちの恩人はオーバーですよ。無理して体を壊していますから、節制したほうがいいと言っただけです。それより、ピアさんとうまくいくといいのだけれど。お二人ともいい人なんだから」

「もしかすると復活しそうですよ。いま、父は病院へ母を迎えに行きました。それも浅見さんのお陰かな。やっぱり浅見さんにお願いしてよかった。父と母はまもなく帰って来ますから、浅見さんたちの出発はそれまで待っていてくださいね」

その言葉どおり、牟田夫妻と浅見と野瀬真抄子が荷物を持ってホールに下りて行ったのと同時に、ディーツラー家の四人がやってきた。ピアは右腕を三角布で吊《つ》っているけれど、精密検査の結果も問題なく、経過は順調のようだ。「ご迷惑をおかけしました」と、優子を通じて客たちに詫《わ》びている。

「いえ、あなたとタッコのお陰で、われわれの無実は証明できたのですよ……」と、口まで出かかったが、浅見はすべて腹に納めて行くことにした。そのタッコは階段の下で、意味もなく尻尾《しっぽ》を振って客たちを見送った。猫のブブはついに姿を見せなかった。

日本人ツアー客一行を乗せたリムジンは、門を出るとすぐカーブを切って、ヴィラ・オルシーニの人々も館《やかた》も見えなくなった。

「やれやれ、われわれのトスカーナの旅も、これで終わるのですかなあ。なんだか虚《むな》しいような気分だが」

窓外を過ぎてゆく風景を見やりながら、牟田がしみじみと述懐した。

「そうでしょうか。僕にとっては、こんなに充実した旅はいままで経験したことがないと思いますけど」

「そう言ってくれるとほっとしますな。私もいい目の保養をしたし、これでよかったのかもしれませんな」

「おや、あなた、何かいいものをご覧になったの？」

美恵夫人に訊《き》かれて、「いやいや、トスカーナの風景はよかったじゃないか」と牟田はごまかした。

「それにしても、浅見さんと真抄子さんには本当にお世話になりました。美恵もお礼を言ってくれよ」

「あら……」と美恵夫人は不満そうだ。

「お世話になったのはあなたでしょう。迷子になんかなって、みなさんにご迷惑をおかけして、わたくしだって、ずいぶん心配いたしましたのよ」

「そうかそうか、いや、きみにもあらためてお礼を申し上げるよ」

おどけた仕草でお辞儀をして、久しぶりに一同が笑いに包まれた。

車はフィレンツェに真抄子を送ってからローマへ向かう。フィレンツェが近づくにつれて真抄子の口数が少なくなった。「すっかりお世話になっちゃったなあ」と、牟田は父親の友人である親しみのこもった口調に戻って言った。

「そんな、何もできなくて……」

助手席の真抄子は小さく頭《こうべ》を垂れた。

「いやいや、思いがけない出来事の連続、あなたにはよけいな負担をかけました。浅見さんにも助けられましたがね」

「そうですよあなた、殺人犯になりそこなったりして、ほんとに浅見さんに何てお礼を言えばいいのか分かりませんわよ」

美恵夫人はチクリとご亭主に厭味《いやみ》を言った。牟田は「ははは」と頭を掻《か》いている。

「野瀬さんは明日からは本業に戻るのですか」と浅見は訊いた。

「いえ、あと一日休みを取ってます。でも、なんだか日本へ帰りたくなっちゃった」

「そうだ真抄子さん、帰っておいでよ」と牟田が誘惑した。

「帰ってきて、浅見さんと結婚しなさい」

「ははは、そうですね、それもいいかも」

浅見は反応のしようがなくて、照れた顔を窓の外に向けた。リムジンはかなりのスピードを出している。速度違反で捕まる恐れがないのだろう。暮れなずむトスカーナの風景は淡い緑を夕焼け色に染めながら、グングン遠ざかってゆく。

エピローグ

翌日は午前中いっぱい、リムジンを駆ってローマ観光ができた。サン・ピエトロ寺院にも入り、憧《あこが》れの「ピエタ」像も見た。聖母マリアがわが子イエスの亡骸《なきがら》を抱いている石像だが、これがミケランジェロ二十五歳の時の作品というのだから驚異だ。それにしてもなんという美しさだろう。無信仰、無宗教の浅見だが、芸術の美しさには畏《おそ》れさえ感じる。

この像が、カッラーラの大理石から彫り出されたのかもしれないと思うと、いろいろな想いが重なって、涙が出そうな気分だ。

牟田夫妻は何度も見ているから珍しくもないのだろうけれど、浅見は一人佇《たたず》んで、いつまでも「ピエタ」の前を離れなかった。

ローマ空港からマルタ島まで、雲一つない快晴。浅見でさえ飛行機嫌いを卒業したくなりそうな快適なフライトだった。

マルタは聖ヨハネ騎士団がオスマン帝国の猛攻によく耐え、勝利したという光輝ある歴史で知られる。騎士団が築いた城砦《じようさい》都市ヴァレッタは、市街全体が世界遺産に指定されている。上空から見ると、真っ青な海と褐色の巨大城砦との対比がじつに美しい。断崖《だんがい》のような城砦の下の港に白い船体の「飛鳥」が接岸しているのが見えた。日程では今日の午前八時に入港したはずだ。

上空からの景色は鮮やかで美しかったが、空港から港まで行く道の左右の風景は、トスカーナの豊かさと対照的に緑が少なく、作物の出来もあまりよくなさそうだ。そこかしこに茶色の土塊《つちくれ》が剝《む》き出しになった土地もあって、この島の厳しい環境を物語っているように見える。

首都ヴァレッタの市街を抜けて坂を下り、飛鳥の純白の船体に近づくと、ようやく旅の無事を確認できた気分になった。すでに連絡を入れてあったから、花岡チーフ・パーサーと堀田ソーシャル・オフィサーがタラップを下り、「お帰りなさいませ」と満面の笑顔で迎えてくれた。

お客のほとんどは島内観光で出払って、船内はガランとしている。ヴィラ・オルシーニに同行した五人も内田夫妻も姿は見えない。戦線離脱をしたくせに、こちらが「名誉の帰還」をしたというのに出迎えもしないのだから、冷たいものである。

「浅見さん、ひと落ち着きしたら、うちの部屋に来て、家内のお茶でもいかがですか」

　牟田が労《ねぎら》ってくれた。

「ありがとうございます。ぜひ伺います」

　浅見のほうにも美恵夫人に用事があった。少し汗臭くなった下着からすべて着替えて、917号のロイヤル・スイートルームを訪ねた。しかし出迎えたのは美恵夫人だけで、ご亭主は医務室へ行ったのだそうだ。

「どこかお具合でも？」

「ええ、日本を出発する前に軽いギックリ腰になりましてね、一時は車椅子だったんですのよ。今回のツアーが無事に終えられたのは奇跡みたいなものです。よっぽど気が張っていたんですわね。でもさすがにずいぶん動き回ったから、どこか傷んでいるかもしれないって、お医者様に診ていただくんですって。じきに戻ると思いますから、さあ、お入りになって」

　デッキに出て、海風を楽しみながらのティータイムと洒落《しゃれ》ることになった。右舷《うげん》デッキからは島の風景がよく見える。岸壁には観光用の馬車がいくつも並んで客を待っている。ヨハネ騎士団は海岸から一気に五十メートルほど上まで石垣を積み上げて、要塞《ようさい》を築いたそうだ。

「奥さんにお渡しするものがあります」

浅見は言って、ポケットから例の封筒を取り出して、差し出した。

「あら、何ですの？」

「三百万円の小切手が入っています」

「えっ、どうして？」

「折角、お声をかけていただいたのに、十分なお役に立てませんでしたから、ギャラはお返しします」

「まあっ……」

夫人は吸い込んだ息を、そのまま止めて、浅見を見つめた。

「それじゃ浅見さん、あなた、依頼主がわたくしだって、ご存じでしたの？」

「ええ、分かりました。と言っても、気がついたのはつい一昨日の話ですが」

「そう……でもあなた、だめですよ、これは受け取れませんわ。船にお乗りになって、実質的に莫大《ばくだい》な費用がかかっているじゃありませんか。それに、トスカーナで大騒ぎがありましたし、まだこれから先、何が起こるか分かりませんでしょう」

「いえ、もう何も起こりません。それだけは保証できます。それに、その小切手の振出人はご主人ですから、安心して受け取ってください」

「えっ、主人が？……あのひとがどうしてですの？　何も話していませんのに」

「ご主人は何もご存じありませんよ。ですから早くその小切手は仕舞ってください。

ご主人に見つからないうちに」

「ええ、それはそうしますけど……でも、ほんとに何が何だかさっぱり分かりませんわねえ。どうしてお分かりになったのか、第一、貴賓室の怪人というのが何だったのか、お話ししていただけます？」

「それはいつか、折りを見てゆっくりお話しします。ずいぶん長い話になりそうです。それより、奥さんがなぜ僕のような頼りない人間に大事なことをお頼みになったのか、それをお聞きしたいですね」

「それは妹と相談して決めましたのよ」

「堂本修子さんですね」

「そう……ほんとに何でもよくご存じですこと。それじゃ、妹がむかし、あなたのお兄様に弟の遺品を届けていただいたこともご存じなのでしょうね」

「ええ、知っています。失礼ながら、久世寛昌さんのご姉妹のことは調べさせていただきました」

「やっぱり……よろしいんですのよお気になさらなくて。それは当然のことですもの」

「そうおっしゃっていただければ、僕としても安心しました」

浅見は一礼した。

「寛昌としては『遺品』のつもりはなく、妹へのプレゼントだったのでしょうけれど、弟はご存じのように、あなたのお兄様にそれを託した直後にあの湖で亡くなりましたのね。その中身は指輪でしたけれど、指輪と一緒におかしなメモが入ってましたのよ。それが『貴賓室の怪人に気をつけろ』ですの。でもね、それはたぶん妹に宛てたものでなく、妹の主人のほうに宛てたものだと思いました」

「ところが、その時点ではすでに、修子さんのご主人は亡くなられていたのですよね」

「まあ、堂本のこともご存じなの……そんなふうに何でも知ってらっしゃると、ちょっと不気味ですわねえ」

美恵夫人は本当に不気味なものを見るような目をして、しばらく思案をまとめてから話しだした。

「妹の主人は寛昌の芸大の先輩で、修子と知り合う前から寛昌と親しくしておりましたし、寛昌は堂本から思想的にも強い影響をうけて、東大紛争にも参加しました。その後、警察の追及がきびしくなったとかで、主人の画廊がお金を出してやって、二人は一緒にヨーロッパへ脱出しました。主人がパリへ絵の買い付けに行った時などに会ったりしていたのですけど、パリでもまた騒動に巻き込まれたとかでフランスを離れたり、そのうちいつの間にか音信が途絶えたままになってしまいました。そうこうしているうちにある日突然、堂本だけがふらりと帰国しましたの。一九七六年のお正月過ぎでしたかしらねえ。まるで幽霊のように痩《や》せていて、すぐ床について、それから間もなく亡くなりました」

「白血病でしたか？」

「えっ、どうして？……あなた、どうしてそこまでご存じなの？」

「いいえ、知っているわけではありません。しかし、もしご病気で亡くなったのだとすると、白血病だと思っていました」

「そう……やっぱりあなた、少し不気味な方ですわねえ」

夫人はしげしげと浅見を見て、諦《あきら》めたように話をつづけた。

「寛昌からの遺品が届いたのはその直後でした。ですからたぶん、寛昌は堂本が亡くなったことは知らなかったのでしょう。それで堂本に何かを伝えたかったのだと思いました。でも、『貴賓室の怪人』が誰なのか、何に気をつけろというのか、まったく分からないまま月日が過ぎてしまいましたの。ただ、堂本が亡くなる前に話していたのは、寛昌ともう一人、何とかいうイタリアの画家と三人で、トスカーナ地方の古い貴族の館《やかた》に半年ばかり住んでいたことがあるんですって。ですからその館に貴賓室があって、そこにいる怪人に気をつけろっていう意味かなと、私はそう思いました。でも、妹は違ったんですの。あの子はちょっと変わってましたし、学生時代に堂本と結婚するくらいですから、反体制、反ブルジョア主義でしたのね。それで『貴賓室の怪人』というのは牟田のことではないかって言って……」

「なるほど！……」

浅見は思わず膝《ひざ》を叩《たた》いた。

「あら、あなたも同じ意見ですの？」

「あ、いえ、そういう考え方もあるな――と感心したのです。だから久世さんは、いつでも連絡が取れるはずの牟田さんにではなく、妹さんを通じて堂本さんにメモを渡そうとした――妹さんはそう考えられたのでしょうね」

まさか、自分もずっと、牟田が「貴賓室の怪人」かもしれないと思っていた――などとは言えない。

「まあ驚いた……」と、夫人はまた目を丸くした。

「妹もそっくり同じことを言ってましたわ。妹のくせに姉の亭主が大嫌いで、牟田のことを仇《かたき》のように憎んでいましたわね。堂本と寛昌を体よく日本から追い出して、自分だけ身の安全を図ったって……妹にしてみれば結婚してほんの一年ほどでしたでしょう。まるで出征兵士の妻みたいなものですから、僻《ひが》みたくもなるのでしょうけれど、牟田だってあなた、よかれと思ってしたことですから、そんなことはないって言ったんですけどねえ。善意でしたことも全部悪く悪く思う、屈折したところがありました。

ですから、主人のほうも妹のことは天敵みたいに思っていて、何かというと私にまで『あれとは付き合うな、もう死んだ者だと思え』って、ひどいことを言うんですのよ。そんなことできませんわよねえ。わたくしにとっては、たった一人の妹じゃありませんか」

日頃の鬱憤《うっぷん》を晴らすようによく喋《しゃべ》る。しかし本人もそのことに気づいたのか、方向転換することにしたようだ。

「ところが、今度の世界一周に申し込んだ時に、主人は一も二もなくロイヤル・スイートルームにしましたの。その話をしたら、妹は『ほらやっぱりそうじゃないの』って、鬼の首でも取ったように威張って、『兄さんは貴賓室の怪人よ』って言うんですもの、呆《あき》れちゃいましたよ。でもね、その後、主人がイタリアに寄港した時を利用して、トスカーナのヴィラに行くと言いだして、そこがオルシーニという貴族の古い館だったって聞いた時、『あっ、その名前だわ』って思い出しましたの。弟や堂本たちが住んでいた貴族の館というのがそれでしたのよ。単なる偶然なんてことありませんでしょう。これはただごとではないかもしれないって思って、そのことを妹に言うと、またまた威張って『ほらご覧なさい、絶対何かある、姉さんは騙《だま》されている』って……四十年も連れ添ってますのよ。いまさらあなた、騙すの騙されるのってあるかしら。でもそう思いながら何か気にかかりますのね。もともと主人は仕事関係のことは一切話しませんし、わたくしもまったく関わったりしません。堂本や弟のことも、いったい何があって、どこでどうしているのかさえ、ずっと長いこと話してくれませんでしたし、ほら、今度のことだって、フィレンツェで迷子になったなんて、あんなの嘘に決まってますでしょう。ですから何か隠しているのかもしれないっていう気にもなりますわよね。そうしたら妹は『浅見さんに頼むといい』って言うんです。わたくしは存じ上げない方でしたし、藪《やぶ》から棒《ぼう》にそう言われたって分かりませんでしょう。何でも、むかし寛昌から遺品を預かって届けてくださった方が、現在の警察庁刑事局長で、その弟さんが『浅見光彦』さんていう名探偵だから、その方にそれとなく依頼しなさいってけしかけるんですのよ。それとなくって言っても、事件が起きたわけでもないし、こんなわけの分からない話を持ち込んだりしたら、笑われるだけじゃないのって言いましたら、それじゃこうしなさいって、例のおかしなメモをお渡しすることになりましたの。『貴賓室の怪人に気をつけろ』って、ほんとにばかみたいだとお思いでしょう。でも妹が言うには、貴賓室は『飛鳥』に二つしかないから、気をつける相手は主人しかいないって分かるはずだって。『もう一つロイヤル・スイートルームがあるじゃないの、そちらの方は？』って訊《き》くと、その方はミステリー作家の人で、ぜんぜん怪人なんかじゃない分かりやすい人だし、浅見さんもよく知っているから問題にならないんですって、そうですの？」

浅見は苦笑して頷《うなず》いた。堂本修子という女性は、よほど探偵の能力に長《た》けているにちがいない。どこでどうやったのか、「飛鳥」に問い合わせても乗客名簿さえ漏らすはずはないのに、事前によく調べたものである。内田に関することなど、まったくそのとおりだから感心した。

「ただし、浅見さんに探偵みたいな仕事をストレートにお願いしても、絶対に引き受けてくださらないだろうって、妹は言ってました。『それじゃどうするの？』って訊くと、『旅と歴史』という雑誌があるから、そこを通じて取材という形で依頼すれば、浅見さんも断りきれないはずだ。あとは取材費を差し上げれば大丈夫、取材費は姉さんのヘソクリで出してねって――ほんとに強引でしたけど、わたくしも少し主人のことを疑ってましたし、そういうのも面白いかしらって思って。でもね、肝心の『旅と歴史』に頼むのは誰がやるのかしらって思って『あなた、できるの？』って訊きましたら、『私じゃないわよ、そういうことを持ち込むと、喜んで引き受けそうな人に心当りがあるの』ですって。その方の名前を聞いて、また呆れちゃいましたわ。浅見さん、どなたかお分かりになります？」

「まさか……」と、浅見は不吉な予感がしてきた。

「まさか、あの人じゃないでしょうね。軽井沢のセンセ――内田さん……」

「まあ、やっぱりお分かりなのねえ。そうなんですのよ。あの方なら間違いなく引き受けてくださるし、依頼人の秘密は絶対に守ってくださるって妹は言うんですのよ。なんでも、小説を書くネタに苦労していて、浅見さんを動かしては事件簿を頂戴《ちょうだい》しているんですってね。そんなのインチキじゃないかしらって言ったんですけど、でも事実そうなんだから仕方がないって、妹は笑ってましたけど、本当にそのとおりになりましたものねえ。妹はさらに念を入れて、ヴィラにも怪文書を送ったようですけれど」

美恵夫人も笑っているが、浅見はとても笑う気分にはなれなかった。どのつまりはあの狡猾《こうかつ》な作家の手の上で踊らされていたというわけか——できることならあの男を絞め殺すか、それともこの海に身を投げて死にたいくらいだ。

その時、部屋の向こうのドアが開いて、牟田老人が帰ってきた。見たところ元気そうである。デッキにいる二人に向かってガラス戸越しに手を挙げて、棚の中からワインのボトルとグラスを三つ持って、意気揚々こっちへ向かってくる。

美恵夫人は「おやおや、また飲むつもりかしら。ドクターのお許しが出たのかしらね、貴賓室の怪人さん」と、口とは裏腹に嬉《うれ》しそうな顔を作った。

推理作家とルポライターばかりでなく、この老夫婦もこの先ずっと騙したり騙されたりしながら、生きてゆくのだろうか。地中海の抜けるような青空に、にわかに暗雲が立ち込めてきそうな気分になってきた。

解説　現実と架空の間の往来

柄《つか》刀《とう》　一《はじめ》（ミステリー作家）

軽井沢のセンセイである内田康夫氏が作中に時折り登場する「浅見光彦シリーズ」は、ファンにとっては現実とフィクションとの往還も楽しめる作品群だろう。現実とリンクする作品内の世界は、手で触れられそうな、ワクワクするほどの立体感を持つ。中には、浅見光彦は実在している、と言い張る方もいるかもしれない。

そこで、熱烈なファンの面々にとっては周知の話であろうが、ここで改めて記しておくと、本作の舞台の一つであるヴィラ・オルシーニやそこに住まう方々は実在している。まあ、口絵にあたる写真があるのでヴィラの実在は疑われないだろうが、人々や犬や猫も実名で登場しているのだ。取材でお世話になった方々との、大らかな、気心の知れた交流の証《あかし》として。

私は最近、縁あってヴィラ・オルシーニを訪れる機会を得、だから、このような貴重な体験もできた。助けを求める手紙を浅見光彦に出した若狭優子さんに案内してもらって彼が借りた部屋の窓から外を眺め、リストランテで菜食主義形式の食事をいただき、黒犬タッコの頭を撫《な》でる。人なつっこいこの大きな犬は、いつも右耳が垂れて、左耳が立っていたな。ユニークだ。

事件解明に役立った彼だが、人間のほうには、あんな役を与えられた人もいる。気を悪くしたりはしないか？ まあ、日本語は読めないから、配慮の行き届いた通訳をすれば問題ないだろう。あ、でも、映画になった時はどうするんだろう？ 本作には映画化の話が出ている。

ヴィラ・オルシーニ訪問を間に挟んで二度、私は『イタリア幻想曲』を読んでいるが、前と後ではやはり受ける印象がまったく違う。「ああ、この人が……」。「あんな風に描写されていた部屋が、ここまできれいに改装されている」。「ここが、地下への……」。「浅見光彦は、この蛍《ほたる》には出会えなかったろうな」……。そういった現地での胸弾む印象が、二度めの読書には深く反映される。それは同じ本から得る新たな読書体験であり、旅行や出会いといった経験の上昇的なリフレインだろう。

いわゆる「旅情ミステリー」を得意とする内田氏のファンならば、前記のような体験は何度か味わっているのではないだろうか。何十回も、かもしれないが。舞台となった信濃《しなの》を訪れ、伝説の地、津和野《つわの》や高千穂《たかちほ》に誘われ、そんな風に、心引かれた内田作品の足跡をいつしかたどっている。それによって作品は読者の五感にさらに近付き、旅は、自分ではなかなか作り出せないもう一つの視点を得て広がりを持つ。そう、ここでも往還だ。書物と現実の間を行き来する旅情。それは二重の幸福である。

さて、ヴィラで私たち一行を迎えてくれた若狭優子さんだが、彼女に隠れるようにして可愛《かわい》らしい黒髪の少女がいた。長女、ジュリーちゃん。三歳。なにを隠そう、本書二九五ページに登場する彼女……。

「あ、おめでたですか？」

「ええ、十月の予定です」

……現実と架空の両方の世界で誕生を待っていた彼女。生まれ出た少女は、現実の世界で三年と少しを生きている。

バジル・優子ご夫妻の家では、ドイツ、イタリア、日本の三ヶ国語が入り乱れているのだが、ジュリーちゃんはごく自然にどれにも即応できる。実は、この家で交わされる会話のすべてをすんなりと理解できるのは、この三歳児だけなのである。彼女には、一ヶ国語だけしか使われない日本の食卓、家庭は、奇異に映るのかもしれない。

当然といえば当然だが、かように、ヨーロッパが多くの国が集まった大陸であることを実感せしめる事例は身近なところでも事欠かない。また、その歴史の複雑さ、時の厚みを感じさせる事象も、身近なところにごろごろ転がっている。のびやかに広がる美しいトスカーナの田園風景に、ポツンと現われる建物は何百年もの歴史を持つ修道院であり、領主の館《やかた》だ。無論、村や町も、都市さえもが、そうした石造りの町並みを残し、人々はそこに住み、生涯を送る。どんな田舎にも歴史的な政治家や芸術家の足跡《そくせき》があり、伝説や伝承となって残る国の変遷史があり、大事に保たれている宗教画がある。

そうした刺激から生まれた本書『イタリア幻想曲』であるから、当然のこと、スケールの大きさを持っているのだ。連合赤軍の時代もあっさりと飛び越え、二千年前の謎が顔を出す。見え隠れする、キリスト教界最大級のミステリー、聖骸布《せいがいふ》。こうした宗教の色合いは、事件の背景はもちろん、登場人物にも充分に活《い》かされていて、浅見光彦の感慨を微妙に揺さぶる。

そのように物語を膨らませる次なる創作の刺激を得ようとして、今春、内田氏は奥方を伴ってイタリアや南仏を巡ったのだが、その取材旅行に私も少々同行させていただいた。夫人は、ファンのために嬉々《きき》として絵はがきを買い集め、現地の人に気さくにお声をかけ、内田氏は、夫人の姿よりも少しだけ多く取材先の映像をカメラやビデオにおさめ、コーディネーターの説明には熱心に耳を傾けておられた。……楽しくも有意義なこうした時間から、次は果たしてどのような物語が生まれてくるのだろう。

内田氏は、豪華客船「飛鳥」や「飛鳥II」で世界を巡っている。そしてそれぞれの国で、その地特有の刺激を受けているのは間違いない。それはつまり、そこから誕生する新たな『幻想曲』を、我々は楽しみにしていいということだ。

思えば、優雅に船旅をしていながら、読者を幻惑するミステリーを次々と出現させる謎めいた内田康夫氏こそ、「貴賓室の怪人」といえるのではないだろうか。

内田ミステリーの舞台を訪ね歩くといっても、私たちでは世界各地はついて歩けない。だが、ポイントを絞った海外旅行は可能だろう。それは、とても味わい深い旅になるのではないだろうか。海外が無理なら、国内の舞台巡りでもまだまだ充分に楽しめる。それも無理なら、小説で旅気分を味わわせてもらえばいい。あるいは、映画で。

本作の映画制作が進行すれば、内田氏はまたイタリアを訪れるかもしれない。その時は、浅見光彦も同じ地に立つ。そして、様々なものを見て、聞く。

現実との間を行き来する架空が、名探偵・浅見光彦で、架空との間を行き来する現実が、内田康夫氏であり、また、我々読者なのかもしれない。

【参考文献】
朽木ゆり子『盗まれたフェルメール』新潮選書
リン・ピクネット＋クライブ・プリンス　新井雅代訳『トリノ聖骸布の謎』白水社

本書は、二〇〇四年三月自社単行本、二〇〇六年二月カドカワ・エンタテインメントとして刊行された作品を文庫化したものです。

本作品はフィクションであり、作中に登場する個人、団体などはすべて架空のものです。また客船「飛鳥」の運航スケジュール、舞台となった土地、建造物などの描写には、実際と相違する点があることをご了承ください。

イタリア幻想曲《げんそうきょく》

貴賓室《きひんしつ》の怪人《かいじん》II

内田康夫《うちだやすお》

角川文庫 14881

平成十九年十月二十五日　初版発行

発行者―井上伸一郎

発行所―株式会社角川書店
東京都千代田区富士見二―十三―三
電話・編集（〇三）三二三八―八五五五
〒一〇二―八〇七八

発売元―株式会社角川グループパブリッシング
東京都千代田区富士見二―十三―三
電話・営業（〇三）三二三八―八五二一
〒一〇二―八一七七
http://www.kadokawa.co.jp

印刷所―旭印刷　製本所―BBC

装幀者―杉浦康平

定価はカバーに明記してあります。

う 1-59　ISBN978-4-04-160769-5　C0193

角川文庫発刊に際して

角川源義

第二次世界大戦の敗北は、軍事力の敗北であった以上に、私たちの若い文化力の敗退であった。私たちの文化が戦争に対して如何に無力であり、単なるあだ花に過ぎなかったかを、私たちは身を以て体験し痛感した。西洋近代文化の摂取にとって、明治以後八十年の歳月は決して短かすぎたとは言えない。にもかかわらず、近代文化の伝統を確立し、自由な批判と柔軟な良識に富む文化層として自らを形成することに私たちは失敗して来た。そしてこれは、各層への文化の普及滲透を任務とする出版人の責任でもあった。

一九四五年以来、私たちは再び振出しに戻り、第一歩から踏み出すことを余儀なくされた。これは大きな不幸ではあるが、反面、これまでの混沌・未熟・歪曲の中にあった我が国の文化に秩序と確たる基礎を齎らすためには絶好の機会でもある。角川書店は、このような祖国の文化的危機にあたり、微力をも顧みず再建の礎石たるべき抱負と決意とをもって出発したが、ここに創立以来の念願を果すべく角川文庫を発刊する。これまで刊行されたあらゆる全集叢書文庫類の長所と短所とを検討し、古今東西の不朽の典籍を、良心的編集のもとに、廉価に、そして書架にふさわしい美本として、多くのひとびとに提供しようとする。しかし私たちは徒らに百科全書的な知識のジレッタントを作ることを目的とせず、あくまで祖国の文化に秩序と再建への道を示し、この文庫を角川書店の栄ある事業として、今後永久に継続発展せしめ、学芸と教養との殿堂として大成せんことを期したい。多くの読書子の愛情ある忠言と支持とによって、この希望と抱負とを完遂せしめられんことを願う。

一九四九年五月三日